法藏知津

三編：佛教文學與藝術研究專輯

杜潔祥 主編

第 2 冊

盛唐詩中佛禪語典之研究（上）

陳明聖 著

花木蘭文化出版社

國家圖書館出版品預行編目資料

盛唐詩中佛禪語典之研究(上)／陳明聖 著 — 初版 — 新北市：
花木蘭文化出版社，2015〔民104〕
目 6+154 面；19×26 公分
（法藏知津三編：佛教文學與藝術研究專輯　第 2 冊）
ISBN 978-986-322-824-0（精裝）
1. 唐詩 2. 詩評 3. 佛教文學
820.91　　　　　　　　　　　　　　　　　　103013516

ISBN-978-986-322-824-0

9 789863 228240

法藏知津三編：佛教文學與藝術研究專輯
第 二 冊　　　　　　　　ISBN：978-986-322-824-0

盛唐詩中佛禪語典之研究（上）

作　　者　陳明聖
主　　編　杜潔祥
副總編輯　楊嘉樂
編　　輯　許郁翎
出　　版　花木蘭文化出版社
社　　長　高小娟
聯絡地址　235 新北市中和區中安街七二號十三樓
　　　　　電話：02-2923-1455／傳真：02-2923-1452
網　　址　http://www.huamulan.tw 信箱 hml 810518@gmail.com
印　　刷　普羅文化出版廣告事業
初　　版　2015 年 5 月
定　　價　三編 15 冊（精裝）新台幣 25,000 元

盛唐詩中佛禪語典之研究（上）

陳明聖　著

作者簡介

陳明聖，國立高雄師範大學國文所博士，現職為國立高雄師範大學國文所兼任助理教授、國立高雄應用科技大學語文中心兼任助理教授等。

作者於專科時期就讀崑山環工科，後發覺自己對文學的熱愛，畢業後轉考插大中文系，曾發表〈論慧能「無情無佛種」的思想演變〉、〈論孔孟思想中的「恥」觀及其現代意義〉、〈論阮籍《詠懷詩》的悲怨之美〉、〈探兩漢佛道思想中的「冥界」論〉、〈《太平經》的趨吉避凶論初探〉……等論文，除平日教學工作外，現在則以盛唐詩及佛禪思想為研究重心。

提　　要

此本論文在探討盛唐詩中的佛禪意涵，透過統計學的方式，以統計表格呈顯各類佛禪語，並透過觀測表格內容，以明盛唐佛禪語典的應用與流變，再分析文人在詩中所傳達的佛情禪意，吾人即能明瞭盛唐文人與佛禪的關係、佛教本身的發展情形。

本文共分八章：緒論、佛禪語典何以入盛唐詩、盛唐詩中的佛禪術語（一）、盛唐詩中的佛禪術語（二）、盛唐詩中的佛禪典故、盛唐詩中的佛禪經典意涵、盛唐詩中的禪情佛義──以王維、孟浩然為研究對象、結論。

謝　詞

　　能完成此本論文，首先要感謝的是林文欽老師，沒有老師的教誨、敦促，此時的我，仍在緩慢進行論文，不知何年何月才能完成；再來要感謝的是媽媽的大力支持，如果沒有親情的鼓勵，自己也沒有信心能寫完這本論文；再來還要感謝大姨與弟弟，在我還沒有經濟來源時，時常給予財源上的支持，讓我沒有後顧之憂、在學問上全力衝刺。

　　接著要謝謝蔡忠道教授、邱敏捷教授、田博元教授、王頌梅教授、林文欽教授在口考的時候，不僅多方提點、糾正此本論文的缺失與謬誤，這些指示都讓自己獲益良多。而且教授們還為了論文題目的修改而傷神，當下的自己，除了感激還是感激。

　　然後要感謝機自一甲、香妝一甲與音樂科的同學，在我努力寫論文時，大家都真誠給予祝福，還常常詢問我的論文進度，這些舉動都令人感動；也感謝彥霖、冠珽經常分享的笑話，讓自己在壓力中得到緩解；也感謝冠宇、懌典的細心，常主動找我聊天，分享一些看法、心事，讓自己不會太孤單。

　　最後還要感謝在我寫作論文時，所有幫過我的朋友們！也感謝口考當天，幫忙各種雜事的宜青、碧燕與靖芬，還有幫忙接送教授的嘉辰，如果沒有你們的幫忙，我當天一定是手忙腳亂，謝謝你們！

明聖　敬上

目

次

第一章　緒　論

　　《滄浪詩話》云：「夫學詩者以識爲主：入門須正，立志須高；以漢、魏、盛唐爲師，不作開元、天寶以下人物。」〔註1〕；王世禎崇尚「神韻」說，在其《唐賢三昧集》中體現此主張，本書專錄盛唐詩歌，標其「沖和淡遠」之盛唐清音最契本心。經由以上學者的論述，盛唐詩歌的文學地位不勝枚舉，盛唐詩歌之所以爲後人所讚揚、傳誦，誠如王美玥在《詩情與戰火——論「盛唐之音」的美學議題》中所提出的論點，從中確立盛唐之音的價值：

　　　　一、崇高、博大、昂揚的審美基調，影響當代，並足供後人憑式。

　　　　二、精緻、雅正的文化風尚領航時代精神。

　　　　三、確定詩歌創作形式與美學評論標準，提供後人具體且系統化的
　　　　　　學習準則。

　　　　四、承先啓後，鑑往知來。〔註2〕

詹瑛在《唐詩》一書中也指出：「盛唐詩歌，從內容到形式，從風格流派到創作方法，都表現了古典詩歌的最高成就。」〔註3〕盛唐詩之成就在於文學樣式的多變與詩歌內容的豐富性，就其內容而論，三教思想的融通是此時的最大特色。筆者綜觀歷來研究，認爲盛唐詩中的佛禪意涵仍可再深入探討，以下筆者分三節，詳述研究動機、研究目的與研究方法、步驟。

〔註1〕參見《景印文淵閣四庫全書》，臺北：商務印書館，1983年版，第一四八〇冊，頁
　　　811。
〔註2〕參見王美玥《詩情與戰火——論「盛唐之音」的美學議題》，台北：秀威資訊，
　　　2007年7月版，頁257～259。
〔註3〕參見詹瑛《唐詩》，台北：群玉堂（國文天地關係企業），1992年7月版，頁32。

第一節　研究動機

一、問題敘述

　　佛教自從東漢明帝傳入中國後，即不斷傳播四方，發展到唐代，則進入了一個繁盛的時期，胡遂指出：

> 由於國家的統一，南北各地的思想文化得以交流，從南北朝時就已經逐漸形成的各家佛學見解也得以取長補短、融會貫通。〔註4〕

> 生活在這樣一個濃厚的佛禪氛圍裡，作為有唐一代的文人士大夫當然不能不受到影響。可以說，在唐代這個中國佛教發展到繁榮鼎盛階段的社會中，我們幾乎找不出一個對佛教毫無所知的士大夫。〔註5〕

榮新江在〈導言：唐代宗教信仰與社會——新問題與新探索〉中亦云：「佛教無疑是唐代最為流行的宗教。」〔註6〕孫昌武在《佛教與中國文學》中曰：「隋唐五代是中國佛教發展的繁盛期，也是佛教思想與中國傳統思想文化進一步融合並創造出新的成果的時期，因此，佛教對於文人與文學也就有更巨大的影響。」〔註7〕就統計資料來看，當時在中國盛行的宗派有天臺宗、華嚴宗與禪宗等，其中又以禪宗影響最為深遠〔註8〕，文人身處當世不免受其影響，王志清在《盛唐生態詩學》中認為：

> 在這些盛唐知識分子精英中，幾乎沒有一個不受佛禪的影響，沒有一個不在山水詩中表現禪悅旨趣的。〔註9〕

如王維詩文多所涉及佛語、禪意，孟浩然、李白、杜甫、岑參、王昌齡等盛唐詩人的作品亦有披涉，所以，筆者認為這個主題可以探究。

〔註4〕參見胡遂《佛教禪宗與唐代詩風之發展演變》，北京：中華書局，2007年4月版，頁14。

〔註5〕參見胡遂《佛教禪宗與唐代詩風之發展演變》，北京：中華書局，2007年4月版，頁22。

〔註6〕參見榮新江《宗教信仰與社會》，上海：辭書出版社，2003年8月版，頁5。

〔註7〕參見孫昌武《佛教與中國文學》，台北：東華書局，1989年12月版，頁85。

〔註8〕「佛教文化在盛唐門派林立，有天臺、三論、法相、華嚴、禪宗等教派，標志著佛教的中國化進入高峰期。在眾多的佛學教派中，又以禪宗最為深入人心，並深刻地契入中國文化之中。」參見王志清《盛唐生態詩學》，北京：北京大學出版社，2007年4月版，頁154。

〔註9〕參見王志清《盛唐生態詩學》，北京：北京大學出版社，2007年4月版，頁154。

　　至於選擇研究盛唐的原因，肇因於當時佛教的發展已達至巔峰，中國詩歌亦在此時綻放出最瑰麗的色彩，在這兩大頂峰並立之下，二者之間的融通與交涉，確實值得推究；再者，如神秀的北宗禪在武后朝時即已受到尊重，隨後的神會更將禪宗一統於南宗禪，形成「凡言禪皆本曹溪」的盛況〔註10〕，到了玄宗朝，雖然對佛教進行制約〔註11〕，但這些制約卻使得佛教更加快速融入中土文化，盛唐詩人與佛教藉此更為緊密結合，如傅紹良在《盛唐文化精神與詩人人格》指出：

　　　　唐玄宗時期所採用的是一種抑揚結合的方法，這的確是一種「善於控制」的崇佛政策，它既遵循了佛教發展的基本規律，又注重保持政治的控制力，增了世俗力量對佛教的影響力。……從佛教的發展角度來看，它縮短了佛教與中國文化的差距；從社會政治和文化精神的充實角度來看，佛教與中國文化的融合度越來越高，社會上的崇佛情緒也越來越強烈。〔註12〕

因此，深受儒教影響的士大夫、文人們，便自然地融入佛法的天地中，詩、文均富含佛教禪義；另外，筆者研究盛唐而暫不研究中、晚唐詩，最主要是由於盛唐詩人入禪並非刻意，他們認為禪法的修持與他們追求精神自由是相符合的，所以詩之入禪少見刻琢、一片天然，但到了中、晚唐詩人，受限於國勢的逐漸衰微，功名追求已非易事，尋找逃避的樂園便是重點，如孫昌武在《詩與禪》中指出：

　　　　中晚唐詩失去了盛唐詩那種高遠的意境，開闊的氣魄，特別是在矛盾叢生、動亂頻仍的時代，有些詩人取消極、退避態度，……不少詩人在現實壓迫下，消滅了積極求進、奮鬥不息的精神，而用心於咀嚼自己內心的苦悶，把眼光局限於個人的狹小境界裡。他們不再求人生在經世濟民的偉業中發揮光熱，而是追求精神的解脫。他們傾心於宗教，特別是熱衷習禪，也是這種心境的表現。〔註13〕

〔註10〕　參見印順《中國禪宗史》，新竹：正聞出版社，1998年1月版，頁388。

〔註11〕　《冊府元龜》（卷60）記載玄宗下詔：「令道士、女冠、僧、尼，致拜父母。」、《新唐書·百官志》記載：「道士、女冠、僧、尼，見天子必拜。」玄宗亦下詔禁僧徒斂財：「自今已後，僧尼除講律之外，一切禁斷。六時禮懺，須依律儀；午後不行，宜守俗制。如犯者，先斷還俗，仍依法科罪。」（詳見《全唐文·禁僧徒斂財詔》卷30）。

〔註12〕　參見傅紹良《盛唐文化精神與詩人人格》，臺北：文津出版社，1999年6月版，頁37。

〔註13〕　參見孫昌武《詩與禪》，臺北：東大圖書，1994年8月版，頁99。

故他們即在詩中入禪以自癒，雖然也有名篇，只是落入對待之境即非禪法本義。

二、文獻探討

　　根據筆者在國家圖書館的檢索，近 25 年來，研究「唐詩與佛」為主要內容的碩博士論文共有 58 本；研究「唐詩與禪」為主題的碩博士論文共有 33 本；以盛唐為研究對象則約有 28 本，「唐詩與佛」、「唐詩與禪」這兩者之間有重複。這些其中僅有姚儀敏的《盛唐詩與禪》是探討盛唐詩中的佛禪意涵，此著作距今已有 25 年，再加上拜讀後，認為書中所作分析稍屬簡略，可再深入研析；另外蘇欣郁在民國 100 年所完成的臺師大博士論文《唐禪詩研究》是最接近筆者的論文，因作者的研究範圍在整個唐代，又兼論六朝禪詩，而且在唐代研究上還含括禪師偈語、僧人詩作，所以在盛唐禪詩部分就無法全部研討，主要集中在王維、孟浩然、李白與杜甫，詩作也是擇其要點，故筆者認為盛唐禪詩可以再深入探究。

　　另外，在單篇論文的檢索上，並無學者專研高適、岑參、王昌齡等盛唐詩人作品的佛禪意涵；孟浩然則有張健的〈孟浩然與孟郊的詠僧學佛詩〉；李白則有楊秀華的〈李白的禪理詩〉、劉衛林的〈李白與北宗禪〉、朱國能的〈李白與佛教〉、陳祚龍的〈關於李白與佛教的因緣〉，嚴格而論，只有楊秀華談及李白詩中的禪義；至於杜甫則有多篇，如劉衛林的〈杜甫與禪門關係及對於禪學的體會〉、李嘉瑜的〈論杜甫「以禪入詩」的因緣及美感經驗〉、王熙元的〈杜甫與禪學之因緣──兼論其思想歸趨〉、王家琪的〈論杜甫之佛道因緣〉、劉元春的〈「詩聖」與「詩佛」──杜甫一生的佛教信仰淺所〉、趙玉娟的〈從杜甫的詩看杜甫與佛教之關係〉、陸光珍的〈論杜甫的佛教因緣〉、蔡惠明的〈杜甫的佛教因緣〉、曾志罡的〈杜甫的佛教信仰〉等著作，專究杜詩佛禪意涵的亦不多，仍以杜甫與佛教的關係為討論重點；而有「詩佛」之稱的王維，專研其佛禪詩歌的著作超過 30 篇，如陳振盛的《王維的禪意世界》、杜昭瑩的《王維禪詩研究》等；至於其他盛唐詩人的佛禪意涵研究更是闕如。不過，若是研究唐朝與佛禪的文化研究就有不少篇幅，根據蘇欣郁的查找，在大陸期刊就有 24 篇，如王啟興的〈寺院文化與唐代詩人〉，《唐代文學研究·第三輯》，1992 年 8 月版，而在臺灣期刊上則有 11 篇左右。綜合觀之，除王維已深入被探究外，盛唐詩的佛禪議題仍可再論析，因此，筆者不揣己力而

決定徜徉於盛唐佛禪詩藝的世界中，以期獲得盛唐詩的另一面貌。

第二節　研究目的

　　唐詩中富含佛禪意涵的詩句相當多，若能將其逐條逐句整理，則能一窺唐朝文人的佛禪見解及當代的佛禪流行狀況，所以此篇論文的中心主旨，即在統合歸納盛唐詩的佛禪語典；再者，從唐詩與佛禪的相關研究中，吾人可知盛唐詩人大多近禪，然而他們與佛禪之間的關係究竟為何，歷來研究者雖然討論甚多，終究未形成一致的觀點，因此，筆者欲透過此篇論文加以探析，先從整體討論，最後再細析個人，以期得出盛唐詩、盛唐詩人與佛禪的關係。但因盛唐詩人為數眾多，筆者此篇論文的重點在歸納佛禪語典，而筆者的進行方式是逐句探討，這樣才能全面到位，然若要一一詳加介紹各個詩人的佛情禪意恐怕力有未逮，是故筆者先以詩中佛禪成份最多的王維、孟浩然為探討對象。就王維而言，其詩中的南北禪意涵歷來爭論不休，筆者認為如果從佛禪語典的歸納結果進入，或許可以得到另一種解答，因此筆者會以歸納的研究成果，判析王維詩中的南北禪意涵；至於孟浩然，則純從其詩句所含藏的佛禪語典來探討其與佛禪的關係。

一、盛唐詩中的佛禪語典確認

　　杜甫是儒學的絕對信仰者，縱使一生顛沛流離，在詩中仍充滿對老百姓的人道關懷，絕少自傷之言，這種人格精神源自於儒家的中心思維，然而曾自豪「詩是吾家事」〔註14〕的杜少陵，何以放下吾家濟世天下的理想，轉而在詩中流露出「門求七祖禪」的思考，甚至隱約呈顯出有心出家的傾向？這與後來委婉以儒家道統承繼者自居的韓愈排佛作法不同，這箇中滋味值得探究再三。就筆者所見的資料，發現前人在歸納杜詩中的佛禪意涵時，在分法上有些矛盾，比如〈贈蜀僧閭邱師兄〉中云：「夜闌接軟語。」〔註15〕軟語一詞在《維摩經》、《華嚴經》、《法華經》均有提及，如欲將此詩納入杜甫的佛典思想，不知分在何處？因此就有研究者分別列入《維摩經》與《法華經》中，這就令人困惑，不知究竟杜甫受誰的影響。對於這樣的分法，筆者是有

〔註14〕參見《杜詩詳注》，頁1477。
〔註15〕《杜詩詳注》，頁767。

疑義的，首先，《維摩經》、《華嚴經》、《法華經》的漢譯時間均在唐以前，如何判斷杜甫單受哪部佛經影響？再者，「軟語」一詞既是多部經典都有的內容，並不宜將其列入某一佛經的專門教義，筆者以為應該將「軟語」歸入杜詩中的佛教術語，要列入佛典思想需要更明確的佐證。

再者，筆者在研讀關於李白佛禪詩的著作時，亦發現有類似的分法問題，如楊秀華指出〈贈僧朝美〉詩中的「了心何言說」〔註16〕是出自《楞嚴經》的：「汝之心靈，一切明了。若汝現成所明了心，實在身內。」〔註17〕對照王琦校注亦作此解。然而當筆者進一步搜尋《大藏經》，發現「了心」之說不僅只有《楞嚴經》論述，《佛說大淨法門經》亦言：

> 為菩薩者無有異道。當所施行自曉了心。所以者何。若能曉了
> 覺己心者。則能解知一切眾生心之所存。己心寂寞。眾生之心則為
> 澹泊。己心本淨。眾生之心亦復清淨。〔註18〕

《大寶積經》也提到：

> 又我所有無量心相迴向菩提。而心體相不能自了。云何此心能
> 作是念。我當證覺阿耨多羅三藐三菩提耶。何以故。以此心體不能
> 了心。不能觀心。不能通達於自心故。〔註19〕

《佛說大淨法門經》是西晉月支三藏竺法護譯，《大寶積經》是菩提流志在中宗神龍二年迄睿宗先天二年時所譯，《楞嚴經》是般刺蜜帝於中宗神龍元年帶至中土並開始翻譯。綜合三部佛典譯經先後，若李白此句真從佛典而來，李白亦可能受《佛說大淨法門經》影響，因為後二部譯出時間較晚；若考慮《佛說大淨法門經》的流通性較低而排除李白受其影響，當《大寶積經》譯成時，李白十二歲，《楞嚴經》當亦譯畢，試問作者如何能判定李白此詩句出自《楞嚴經》而非《大寶積經》？因此，筆者認為這種歸納法並不精確，應重新檢視盛唐詩的佛禪語詞運用，以得出詩人與佛禪的關係。

除此之外，筆者在閱讀杜甫佛禪詩的資料時，發現研究者多用「以佛典入詩」、「以禪喻詩」或「禪理詩」、「禪意詩」來解詩，這種方式令人產生閱

〔註16〕參見王琦注《李太白全集》，北京：中華書局，2008 年 3 月版，頁 632。
〔註17〕參見《大正新修大藏經》，台北：大藏經刊行會，傳正有限公司，2001 年版，第八冊第 749 頁中，以下所引自《大藏經》之原文，不再標示全稱，以《大正藏》代表。
〔註18〕參見《大正藏》，第十七冊第 824 頁中。
〔註19〕參見《大正藏》，第十一冊第 308 頁中。

讀障礙，例如含有《法華》經義的〈上兜率寺〉云：「白牛車遠近，且欲上慈航。」〔註 20〕大多將其列入杜詩的佛典思想，然下一步的深入剖析則較少；又如「以佛典入詩」、「禪理詩」很容易讓人理解詩中佛意，但「以禪喻詩」、「禪趣詩」就很難體會，尤其是「禪趣詩」，明明杜甫寫的就是景物詩，如其〈為農〉：「圓荷浮小葉，細麥落輕花。」〔註 21〕詩中描述田園一景，但研究者卻認為此詩受王維的禪學影響，表現出動靜相即的禪家妙理〔註 22〕，亦有研究者將它列入「禪趣詩」〔註 23〕，這種分法恐陷入各說各話的境地。是故筆者希望透過這篇論文把這些情況加以釐清，有明顯佛意禪語的詩才列入佛禪意涵研究。

二、王維與南北禪關係確認

就筆者的研究來看，如以王維近禪一事言之，王詩中的佛心禪意以北宗禪居多，還是以南宗禪為中心？這個問題就有多種說法，就目前筆者所看到的相關研究中，主要有三種說法：

（一）認為王維受南宗禪影響較深

1. 邱瑞祥在〈禪學理念與王維山水詩創作手法〉中提到：「禪家分南北二宗，畫亦分南北二宗，南宗倡『不立文字，教外別傳』，『明心見性，頓悟成佛』，不為那些繁瑣的經文、禮儀所拘，為眾生解脫，開一方便簡明之門。南宗畫講究色彩素雅，筆法簡約，重視筆趣，作為禪宗信徒而又兼詩人、畫家之王維，他的詩及畫都以簡約的意象來表意，這種方法上的同一，並非是一種偶然的巧合，其中，必然受著禪宗倡簡約的影響。」〔註 24〕作者也分析王維詩中的禪思，認為部分承自慧能。

2. 孫昌武在《佛教與中國文學》指出：「北宗漸教主張漸修，要人們靜坐看心、守淨、不動、不起，如對明鏡惹塵埃那樣要勤勤拂拭；而南宗頓教主

〔註 20〕《杜詩詳註》，頁 992。

〔註 21〕《杜詩詳註》，頁 739。

〔註 22〕參見魯克兵〈王維與杜甫的交游及其對杜甫禪詩的影響〉，《杜甫研究集刊》第 105 期，2010 年第三期，頁 30。

〔註 23〕參見李嘉瑜〈論杜甫「以禪論詩」的因緣及美感經驗〉，《中國文化月刊》第 230 期，1999 年 5 月出版，頁 119。

〔註 24〕參見邱瑞祥〈禪學理念與王維山水詩創作手法〉，《王維研究‧第一輯》，大陸：中國工人出版社，1992 年 9 月出版，頁 165～179。

張人性本自清淨，頓悟可以成佛，所謂『　即得見性，直了成佛』，『一念愚即般若絕，一念智即般若生』。這種主張一方面否定了佛教義學的繁瑣教義和偶像迷信，同時又和中國傳統儒學『正心誠意』理論相符合，加上由此派生出一種隨緣任運的人生哲學，很容易被中國知識階層接受。王維始習北宗禪，後來則傾向南宗，道理就在這裡。」〔註25〕作者更在分析王維的詩文時，用《六祖壇經》的心淨佛土淨、無念、無相、無住、不立文字、頓悟等慧能思想來加以詮釋解讀，營造出王維深受南宗禪影響的氛圍。

3. 姜光斗在〈輞川詩與南宗禪〉中，直接將王維詩的精華──輞川詩與南宗禪直接系聯起來，他認為王維在認識神會並與他辯論後，他對慧能禪佩服得五體投地，從此全面地接受了南宗禪的理論，並開始與南宗僧人交往，其中的元崇影響他最深。作者並綜合其研究，提出《輞川集》中受南宗禪理影響並留下痕跡的詩共有四種，其中他認為第四種的詩多體現「頓悟」式的審美觀照，是禪學影響王維最重要的一點。〔註26〕

（二）認為王維受北宗禪影響較深

1. 周裕鍇在《中國禪宗與詩歌》中認為：「人們一般把王維詩看作是南宗禪的產物，如孫武昌先生就認為王維詩借鑑了南宗的「頓悟」之說。不過，在我看來，王維詩受北宗的影響似乎更大，詩中更多表現的是北宗『凝心入定，住心看淨，起心外照，攝心內證』的境界。」〔註27〕之後作者就舉了一些詩句加以驗證，尤其他說：「王維有兩句詩『行到水窮處，坐看雲起時』，儘管在南宗的公案裡常被用來示法開悟，但我卻以為它更像是北宗漸悟的象徵。長期艱苦的修行，窮極真理之源，而那智慧的雲、覺悟的雲慢慢在心中升起。這種解釋也許不算太牽強附會，曾經有僧問越州石佛曉通禪師：「如何是頓教？」師答：「月落寒潭。」又問：「如何是漸教？」師答：「雲生碧漢。」大概也是像我這樣理解的。」〔註28〕由此處可知，同一首王維詩，後人對其禪意的解讀就不同。

2. 林柏儀在其碩論《王維詩研究》〔註29〕中，羅列出周裕鍇的這段話，

〔註25〕參見孫昌武《佛教與中國文學》，台北：東華書局，1989年12月版，頁96。
〔註26〕參見姜光斗〈輞川詩與南宗禪〉，《王維研究‧第一輯》，大陸：中國工人出版社，1992年9月出版，頁181~191。
〔註27〕參見周裕鍇《中國禪宗與詩歌》，台北：麗文文化，1994年出版，頁68。
〔註28〕參見周裕鍇《中國禪宗與詩歌》，台北：麗文文化，1994年出版，頁70。
〔註29〕參見林柏儀《王維詩研究》，高雄：高雄師範大學國文系碩士論文，2006年2月。

作者亦無任何反對之說法，故筆者由此推論此本論文贊成周裕鍇的近北宗說。

（三）各種融合說

1. 蕭麗華在《王維──道心禪悅──詩佛》中說：「性好清淨，雅愛山林的王維，雖隱居求道，參佛悟理，卻以儒家思想貫徹入世的生命責任，他不曾棄絕人群，終身奉獻國家社會，雖然在道教佛法中棲息心靈，卻也戮力人事，仁民愛物，完成人世職責。有人責王維思想矛盾，儒、道、釋三者混雜，我們不妨以融合視之，禪宗本是儒、道、釋三教融合的中國產物，王維思想是三教融合的典型表現。」〔註30〕

2. 章尚正於《中國山水文學研究》中指出：「王維於佛門各宗派，確是普示禮敬，不主一派，又擇善而從，融通諸宗，表現出盛唐高士豁達的器度與自主的睿智。」〔註31〕

3. 鄭朝通在其碩論《王維、柳宗元生命情調之研究》中指出：「王維的佛學涵養淵源於南北兩宗的禪法，並受各宗禪師之啟蒙甚深，可以說是兼備了南北兩禪宗之特質，他雖然師事於南宗道光禪師，但詩文中卻極少表現頓悟之教或明心見性之思想，反倒有一些對漸教義理的闡述出現，……因此最多只能說他對整體禪宗義理有深厚的學養與理解，而難以將之歸於哪一派門。」〔註32〕

（四）餘　論

除此之外，尚有學者從王維與僧人的交往情形，用以說明王維受北宗禪的影響較深；有的研究者就不分那一宗，直接提出他所觀察到的禪學思想，用以說明王維受禪宗的影響；有的學者則不認為王維只受禪宗影響，認為王維是受各個佛教宗派影響，因此從佛學經典出發，用以說明王維受佛學的影響；有學者則認為王維詩中都存有三教思想，他對佛教思想的汲取只是出於自己的需要，並不等同於他贊成或接受佛教思想，因為王維有意融合三教思想。綜合以上所言，對於王維作品中與佛學或是南北禪宗的關係，目前看來仍然是很混亂，就其詩中是否含有南宗頓教說法就有不小的分歧，此篇論文

〔註30〕參見蕭麗華《王維──道心禪悅──詩佛》，台北：幼獅文化事業，1991年元月出版，頁116～117。
〔註31〕參見章尚正《中國山水文學研究》，上海：學林出版社，1997年出版，頁148。
〔註32〕參見鄭朝通《王維、柳宗元生命情調之研究》，嘉義：南華大學文學系碩士論文，2006年元月，頁72。

的目的之一即是釐清此問題。

經由以上兩點的說明，筆者研究盛唐佛禪詩的目的總括有三：

（一）將盛唐詩中的佛禪意涵逐一釐清、分析，並通過統計數字，得出屬於盛唐詩人的佛禪實貌，以及當時佛教的傳佈情形。例如哪部佛典最盛行？哪句佛語最為人所用？哪位佛教名人最常被提及？哪個佛教典故最為人所知？

（二）嘗試將禪趣詩與禪理詩分離研究，並嚴分盛唐詩的佛典思想，從其譯經年代、佛典本身經義的特殊性與當時可能流行的佛典等三方面來判斷，不再拘泥於前人的研究成果，期能得出另一種風貌。

（三）確認王維詩中的佛禪思想，究竟是北宗禪多？還是南宗禪多？抑或是根本無法詳加分辨？以及確認孟浩然與佛禪關係為何？

第三節 研究範圍：盛唐定義

筆者此篇論文的研究範圍限縮在「盛唐」，然而筆者綜覽歷來著作，發現對盛唐的定義與分法，至今仍莫衷一是、古今論點分歧，筆者將其整理如下：

一、依紀元分

（一）盛唐（七一三～七六五），特指唐玄宗開元和天寶年前後的半個多世紀。〔註33〕

（二）「安史之亂」以後，唐王朝的歷史就進入中唐時期了。〔註34〕

（三）後人曾提出「三元」說，標舉中國古代詩歌發展之關捩，其實每一位詩歌道路上的後來者，心中都深知「開元」──「開天」乃關捩之關捩，高峰之高峰。因為有了「開元」所標誌的盛唐，元嘉和元祐才有了並稱、比較和言說的意義，中國詩歌史才有了最瑰奇博麗的一章。〔註35〕

〔註33〕參見傅紹良《盛唐文化精神與詩人人格》，臺北：文津出版社，1999 年 6 月版，頁 1。

〔註34〕參見胡遂《佛教禪宗與唐代詩風之發展演變》，北京：中華書局，2007 年 4 月版，頁 137。

〔註35〕參見畢士奎《王昌齡詩歌與詩學研究》，江西：人民出版社，2008 年 10 月版，頁 1。

（四）《河岳英靈集》選本編撰於安史之亂前二年（752），選錄盛唐詩人24家，選詩234首，時間上起開元二年甲寅，下迄天寶十二年癸巳。此四十年，正當唐代全盛之時，也是唐詩的全盛之時。所選24人均為當時詩壇最活躍、最杰出的詩人。〔註36〕

（五）依習慣，常常分唐詩為四個時期……八世紀初年至八世紀中年為盛唐……。這種分法並不是完全恰當的。就唐詩而論，八世紀中年是個分水嶺，以前和以後的詩是不同的。所以我們認為應該分為兩期：初唐與盛唐合為一期，中唐與晚唐合為一期。〔註37〕

（六）從玄宗即位起的半個世紀為盛唐時期。〔註38〕

（七）文學史上所謂盛唐，一般是指唐玄宗在位的開元、天寶年間，大致相當於公元八世紀上半葉。〔註39〕

（八）盛唐是一個精彩的年代，若從歷史的角度論，大致從玄宗開元初年，至代宗永太元年，約半個多世紀（710～780）。〔註40〕

二、依詩歌風格分

（一）明‧胡震亨《唐音癸籤》卷三十集錄一，記載盛唐詩人共四十九家〔註41〕

（二）我們所指的盛唐，是殷璠所說的「頗通遠調」的景雲中，至安史之亂前後。而把創作和理論活動跨於開元天寶與大歷之間的杜甫、元結和《篋

〔註36〕參見王志清《盛唐生態詩學》，北京：北京大學出版社，2007年4月版，頁56。
〔註37〕參見陸侃如、馮沅君《中國詩史》，天津：百花文藝出版社，2000年5月版，頁335。
〔註38〕參見傅德岷、盧晉主編《唐詩鑑賞辭典》，上海：上海科學技術文獻出版社，2010年1月版，頁1。
〔註39〕參見袁行霈《唐詩風神及其他》，香港：香港城市大學出版社，2005年版，頁51。
〔註40〕參見王美玥《詩情與戰火——論「盛唐之音」的美學議題》，臺北：秀威資訊，2007年7月版，頁9。
〔註41〕參見《景印文淵閣四庫全書》，臺北：商務印書館，1983年版，第一四八二冊，頁702～703，四十九家如下：王維、苑咸、康希銑、張均、權若訥、白履忠、鮮于向、康玄辨、嚴從、陶翰、崔國輔、高適、賈至、張孝嵩、儲光義、蘇源明、李白、杜甫、岑參、盧象、蕭穎士、崔顥、綦母潛、祖詠、李頎、孟浩然、包融、李華、李翰、王昌齡、邵說、裴倩、元結、劉彙、丘為、獨孤及、顏真卿、李嶧、樊澤、崔良佐、湯賁、劉迥、武就、于休烈、張謂、常建、王季友、閻防、劉方平。

中集》各家剔除出來，把他們的文學思想看做由盛唐向中唐發展的轉折時期的代表。〔註42〕

（三）開元天寶間，則有李翰林之飄逸，杜工部之沈鬱，孟襄陽之清雅，王右丞之精致，儲光羲之真率，王昌齡之聲俊，高適、岑參之悲壯，李頎、常建之超凡，此盛唐之盛者也。〔註43〕（明・高棅《唐詩品匯・總序》）

（四）歷來都分唐詩爲初、盛、中、晚，這種分期在一定意義上仍有其合理的根據，那便是初、盛表現的是陽剛之美，中、晚則表現爲陰柔之美。〔註44〕

三、依詩人的生卒年分

（一）其實，劉長卿、韋應物、元結等人的年齡與杜甫差不多，……其初始的生活方式和人格追求，並沒有超出盛唐其他詩人所構畫的模式，因而與盛唐詩人表現出諸多相同之處。從這種意義上來說，我們有理由將他們視爲盛唐詩人的一部分，從他們的身上，看到盛唐文化的深遠影響。〔註45〕

（二）近來年某些唐詩研究者，將盛唐詩的斷限，定在杜甫去世之年，則盛唐詩的上下限便是玄宗開元元年，和代宗大歷五年（712～770）。本文據此杜甫的生卒年，作爲「盛唐」之斷限，並以天寶（742～755）中葉爲界，將盛唐分爲前、後兩期。〔註46〕

（三）我們將盛唐詩壇的開始定于開元九年（721），盛唐詩壇的結束定于杜甫逝世的那一年，也就是大歷五年（770），杜甫的逝世是詩歌史上具有劃時代意義的。〔註47〕

以上這三種分法都有其論點，就現今各本中國文學史來看，第一種分法是普遍被接受與應用，然而按照紀元來分期，首先面臨的問題是詩作無法完

〔註42〕參見羅宗強《隋唐五代文學思想史》，北京：中華書局，2005 年 7 月版，頁51～52。

〔註43〕參見《景印文淵閣四庫全書》，臺北：商務印書館，1983 年版，第一三七一冊，頁 40。

〔註44〕參見章鑄等著《中國詩歌美學史》，吉林：吉林大學出版社，1994 年 10 月版，頁129。

〔註45〕參見傅紹良《盛唐文化精神與詩人人格》，臺北：文津出版社，1999 年 6 月版，頁 66～67。

〔註46〕參見蘇珊玉《盛唐邊塞詩的審美特質》，臺北：文津出版社，2000 年 11 月版，頁12。

〔註47〕參見丁放等著《盛唐詩壇研究》，北京：北京大學出版社，2012 年 9 月版，頁 4。

全斷定是否在盛唐，就盛唐諸家來說，王維、杜甫詩作的繫年較確定，其餘如孟浩然、李白等人的詩作就難以斷定，因爲他們都生於武后朝，武后至玄宗即位中間的詩作便不易釐清斷開，更不用說其餘詩作不多的人；若依詩人風格來分，產生最大困擾的就是杜甫的前後詩風問題，如蘇珊玉在《盛唐邊塞詩的審美特質》中引用胡震亨的《唐音癸籤》論點，認爲「盛唐一味秀麗雄深。杜則精粗、巨細、巧拙、新陳、險易、淺深、濃淡、肥瘦，靡不畢具，參其格調，實與盛唐大別。其能會萃前人在此，濫觴後世亦在此。」〔註48〕由此觀點而延伸出杜甫是開盛唐詩歌轉折之樞機，所以就把杜甫詩作排除在盛唐邊塞詩的範圍。

　　然而，筆者竊自以爲：沒有杜甫的盛唐還能被稱爲盛唐嗎？撐起盛唐詩歌的三大支柱不就是王維、李白、杜甫嗎？這觀點筆者持保留態度；至於以詩人生卒年來分，又會有詩風不同的討論，如杜甫前後期的不同詩風，還有詩人生卒年的爭議，如傅紹良就認爲劉長卿與杜甫是同時期的人，他說：「其實，劉長卿、韋應物、元結等人的年齡與杜甫都差不多，杜甫生於公元七一二年，而元結出生於公元七一九年，韋應物出生於公元七三七年，劉長卿出生於公元七二五年，也就是說，這些被人們列爲中唐詩人的人，他們實際上生活和成長於盛唐，而且同杜甫一樣，他們也都經歷了安史之亂，親身經歷了時代的盛衰之變，是這場災難的承受者和反映者。」〔註49〕但就《劉長卿詩編年箋注》的作者儲仲君所歸納，劉長卿小杜甫十四歲，兩人並非同一時期人，他認爲：「他的詩風迥非盛唐，而純乎大曆。」〔註50〕所以，第三種分法亦難以推行。

　　有鑑於現有觀點的難以推斷、紛歧，但也找不出更好的斷點方式，所以筆者在此三種論點中擇其一。原則上，筆者認同盛唐的起迄爲唐玄宗開元初年到天寶十五年，盛唐詩人除廣爲人知的王昌齡、孟浩然、王維、李白、杜甫、高適、岑參、祖詠、儲光羲、裴迪、李頎、綦毋潛、常建等人以外，其餘無法考證其生卒年代的詩人，筆者將凡是在開元初年到天寶十五年登第的所有文人，其創作之詩歌均歸入盛唐詩，因爲能在此年代中登第者，至少可

〔註48〕參見蘇珊玉《盛唐邊塞詩的審美特質》，臺北：文津出版社，2000年11月版，頁12～13。

〔註49〕參見傅紹良《盛唐文化精神與詩人人格》，臺北：文津出版社，1999年6月版，頁66。

〔註50〕參見儲仲君《劉長卿詩編年箋注》，北京：中華書局，1999年11月版，頁1。

確認是生活在盛唐，而此登第標準的引用根據以《《全唐詩》增訂本》內的詩
人小傳爲主。另外，研究的版本以目前學者已詳加箋注的詩集爲優先，其餘
未被箋注的詩人作品，則以中華書局在 2008 年 2 月出版的《《全唐詩》增訂
本》爲底本進行研究。最後筆者要強調的是詩前的序，不列入此論文研究範
圍。

第四節　研究方法與步驟

　　筆者所採用的研究形式屬於統計分析法，謝邦昌在《統計學觀念及應用》
中指出：

> 　　唐太宗曾說：「以銅爲鏡，可以正衣冠；以史爲鏡，可以知興替；
> 以人爲鏡，可以知得失。」統計的角色，正是鏡子的功能，是協調
> 整體政策推動的最佳輔助，讓數字並非只是數字，有其意義存在。
> 所以說統計是蒐集資料、整理資料、分析資料做出決策的一門科學
> 與藝術，它是一門資料分析的科學。〔註51〕

> 　　統計學是一門研究不確定現象的科學方法，經由收集資料、整
> 理資料、分析資料，導出結論等方法可以幫助決策者做出最佳的決
> 策。……統計學上所用的方法可分爲歸納法與演譯法。統計方法是
> 歸納法與演譯法交互運用。〔註52〕

盛唐詩歌超過千首，在如此浩大的資料面前，唯有透過統計學的方法才能掌
握全面，猶如謝邦昌所言：

> 　　越來越豐富的資料促使我們需要強而有利的資料分析技術，若
> 無法有效的使用，往往會演變成「擁有豐富的資料，但卻資訊貧乏」
> 的現象。〔註53〕

所以在研究方法上，以統計表格的方式呈顯各類佛禪語，而在詩句右欄則針
對佛禪語稍作解釋，表格下方則是解釋詩句。然後在每一小節的最後，再加
上分析出來的意義爲何、傳達出何種意涵的說明。筆者認爲這種研究方法正
如高明在〈中國文學的研究方法〉中所指出的「觀流變以測其發展」，他說：

〔註51〕參見謝邦昌《統計學觀念及應用》，臺北：華立圖書，2009 年版，頁 3。
〔註52〕參見謝邦昌《統計學觀念及應用》，臺北：華立圖書，2009 年版，頁 7。
〔註53〕參見謝邦昌《統計學觀念及應用》，臺北：華立圖書，2009 年版，頁 24。

> 宇宙無時無刻不在變，人生也無時無刻不在變，反映人生的文
> 學，自然也是無時無刻不在變的。但一切的變，都有一個因果、一
> 個綫索、一個軌道，決沒有無緣無由突然變的。推求過去流變的緣
> 由，因而找出流變的因果、綫索和軌道，便能推測未來流變的方向
> 和途徑。〔註54〕

筆者也希望透過觀測盛唐佛禪語典的應用與流變，明瞭當時文人與佛禪的關
係、佛教本身的發展情形等。

　　所以筆者首先將現今流傳市面的盛唐詩人箋注本擇優收集，每位詩人各
以一本爲研究底本，試說明如下：

1. 李國勝：《王昌齡詩校注》，台北：文史哲出版社，1973 年 10 月版
2. 仇兆鰲：《杜詩詳注》，台北：里仁書局，1980 年 7 月版
3. 王琦：《李太白全集》，北京：中華書局，2008 年 3 月版
4. 陳鐵民：《王維集校注》，北京：中華書局，2008 年 7 月版
5. 佟培基：《孟浩然詩集箋注》，上海：上海古籍出版社，2009 年 4 月版
6. 廖立：《岑嘉州詩箋注》，北京：中華書局，2004 年 9 月版
7. 劉開揚：《高適詩集編年箋註》，北京：中華書局，2008 年 9 月版
8. 羅琴、胡嗣坤：《李頎及其詩歌研究》，成都：巴蜀書社，2009 年 3 月
   版（此書上編是李頎詩集校注）

　　至於尚未有學者進行箋注的盛唐詩人，則以《全唐詩》進行分析。筆者
首先的工作在於逐首、逐句探析、歸納這九大部著作的佛禪意涵，有明顯佛
意禪語的詩才拿出來討論，並將其分爲佛禪術語、佛禪典故、佛禪典藉思想
等三部分，其中的佛禪術語因篇幅較大，所以筆者擇其相關的佛禪術語加以
分類爲兩章。至於本篇論文的最後一章，則屬筆者對王維、孟浩然詩中之佛
禪語典解讀，透過孟子所說的知人論事作爲旁徵、加上先賢前輩的研究成果
爲後盾，輔以前半部的分析結果，三者相加必能得出王維、孟浩然與佛禪之
關係新面貌。

〔註54〕 參見吳福助編《國學方法論文集》，臺北：文史哲出版社，1990 年 8 月版，頁 191。

第二章　佛禪語典何以入盛唐詩

　　佛教自東漢傳入中國後，歷代帝王基於不同原因多少受其影響，大唐之前有名者如梁武帝與隋文帝的崇佛。梁武帝在位四十八年，幾乎是以佛法在治國，他不僅廣譯佛典，更派人至天竺尋經，而且建造大石佛像與寺院，甚至數次捨身出家，如湯用彤在《漢魏兩晉南北朝佛教史》中所言：

> 　　常設大會，數次捨身，立十無盡藏。於禪定至為重視，搜尋學者，集於揚都。於僧人戒律，甚為注意，嘗親授菩薩戒……自漢以來，僧徒因許食三淨肉，未普斷殺，帝乃依《涅槃經・四相品》等經文，制斷酒肉、言不得著革屣，並與周捨論斷肉，言：「白衣食肉不免地獄。」故在位宗廟薦饌用蔬果。〔註1〕

梁武帝的崇佛不僅是信奉而已，而是身體力行的浸入佛法之中，如其出家四次、親訂出家人必須斷除酒肉、五葷，否則將來恐墜地獄，他更立下誓願要宣揚佛教，使人人同其成佛。隋文帝對佛教亦是崇信之致，史書與佛籍均有記載：

> 　　開皇元年，高祖普紹天下，任聽出家，仍令計口出錢，營造經像。而京師及并州、相州、洛州等諸大都邑之處并官寫一切經，置於寺內；而又別寫藏於秘閣。天下之人，從風而靡，竟相景慕，民間佛經，多於六經數十倍。〔註2〕（《隋書・經籍志》）

〔註1〕 參見湯用彤《漢魏兩晉南北朝佛教史》，臺北：駱駝出版社，1996 年 1 月版，頁475。

〔註2〕 參見《景印文淵閣四庫全書》，臺北：商務印書館，1983 年版，第二六四冊，頁670～671。

> 隋文帝開皇三年周朝廢寺，咸乃興立之。名山之下，各爲立寺。
> 一百餘州，立舍利塔。度僧尼二十三萬人，立寺三千七百九十二所，
> 寫經四十六藏，十三萬二千另八十六卷，修故經三千五百五十三部，
> 造像十萬六千五百八十區。自餘別造不可具知之矣。〔註3〕（《法苑
> 珠林》卷一〇〇）

隋文帝對僧侶更是禮敬，他曾對靈藏律師說：「弟子是俗人天子，律師是道人天子。有欲離俗者，任師度之。」〔註4〕（《佛祖統紀》卷三十九）由以上兩例可知，唐以前的佛教信仰曾在上層流行過，中層官員、下層民眾自然也受影響。但大唐李氏自命爲道家老子後裔，推崇道教自是不遺餘力，對政治氛圍敏感的士人，當是全心擁抱道教以迎合當權者，然而弔詭的是佛教並未因此消沉，士人對佛法、僧人的親近熱絡，文人在詩中亦大方展露其佛學素養，這中間的脈絡與聯結是本章所要探討的內容。

第一節　帝王與佛教因利結合，士宦與僧徒往來密切

前言曾提及李唐自認爲是老子後代，再加上唐朝的建立與道士的暗助有關，李淵與李世民不斷提高道教地位，但這種情形在武后時期曾一度受挫，主因在於武后曾希望藉由道教的符應祥瑞達到稱帝願望，她示意武承嗣鑿石爲文並埋於洛水之下，再假意挖出，形成洛水出文之兆，石文暗指現有聖母降世，只是這種手法太過粗糙，達到的效果不如預期，於是武后把腦筋動到佛教上。

無論古今中外，宗教要流行幾乎與統治者的意向分不開，東晉的釋道安早就體悟到此點，他說：「不依國主，則法事難立。」〔註5〕（《高僧傳》卷五）當武后進行符應的舉動時，爲求佛法的推行，僧人懷義、法朗體會武后心中意向，立刻搜尋現有佛經，發現在《大雲經》中記載有「女主」爲「轉輪聖王」的預言，他們馬上進獻此經併呈《大雲經疏》予武后，《大雲經疏》言明武后乃彌勒佛降世，他們認爲武則天應該順應世尊預言成爲其繼任者，以女身而君臨天下。這個舉措幫了武后很大的忙，畢竟佛經是世尊親自所說，效

〔註3〕參見《大正藏》，第五十三冊，第 1026 頁中。
〔註4〕參見《大正藏》，第四十九冊，第 359 頁下。
〔註5〕參見《大正藏》，第五十冊，第 352 頁上。

果遠大於符應讖緯之言，武后亦以此經取得稱帝依據，於689年稱帝，懷義、法朗立即被封縣公並授紫袈，更頒布《大雲經》於天下、並於各州設立大雲寺，佛教至此流傳幾至巔峰。然而武則天深知光靠一部《大雲經》是無法長久取得人民信賴，惟有透過思想滲透才能達到效果，因此，她在眾多教派中大力崇奉華嚴宗與禪宗。

　　任繼愈在《漢唐佛教思想論集》中認爲武后崇敬華嚴宗的原因有二，一爲道士孫思邈曾勸高宗誦讀《華嚴經》，武后在旁當有受其影響；二爲華嚴宗的思想體系，他認爲：

> 華嚴宗的佛教理論比玄奘的佛教理論更能體現盛唐氣象。華嚴宗的哲學體系，在於論證現實的即是合理的，它體現了上升時期唐朝封建社會兼容兼蓄的思想傾向。它説明世界上萬事萬物並存而不相害，不但不相害，而且是互相補充，互相不可缺少的。〔註6〕

任繼愈再從法藏的「十玄門」，論及此法符合唐初的政治需求：

> 法藏講的十玄門，論述了世界萬物的產生無先無後，同時存在；整體與部分不可分，一與多，相容又有區別，一事物中包括它事物；被視察的對象，注意時凸出，不注意時隱去。一與多，有限與無限，理與事，都是互相包融，互相依存的關係。整個世界構成了一張完整無缺的關係之網。承認了世界是在相互依存，互相融攝，此中有彼，彼中有此……。〔註7〕

大唐是一個民族大融合的朝代，舉凡音樂、人種、飲食、宗教、審美觀、生活習慣等方面都呈現百花爭鳴、各取所需的景況。所以，尊重彼此的不同是相當重要的概念，而《華嚴經》中所闡揚的世界萬物不僅是獨立存在的個體，亦是彼此相融相攝的依存關係，這種思想確實符合當時的社會風尚。筆者認爲武后應是發現華嚴思想的這些特色，認爲若能將華嚴思想推廣天下，則其女主稱帝的事情亦能得到解套，女主爲王並不會有任何災害，因爲天下萬事萬物均是相互依賴共存，既是佛言，人們在接受華嚴思想的同時，對武后稱帝之事亦多少會從此一角度切入，反彈力道必然減輕許多。武后對禪宗的崇信也是相當深，曾於久視元年迎請神秀至洛陽說法，《全唐文》對此事記錄於下：

〔註6〕參見任繼愈《漢魏佛教思想論集》，北京：人民出版社，1998年5月版，頁87。
〔註7〕參見任繼愈《漢魏佛教思想論集》，北京：人民出版社，1998年5月版，頁88。

> 詔請而來，趺坐觀君，肩輿上殿，屈萬乘而稽首，洒九重而宴居。傳聖道者不北面，有盛德者無臣禮，遂推為兩京法主，三帝國師。仰佛日之再中，慶優曇之一現。混處都邑，婉其秘旨。每帝王分坐，后妃臨席，鵷鷺四匝，龍象三繞。〔註8〕

身為帝王的武后與其後的中宗、睿宗均在神秀座下聽法，初唐佛法之盛毋須再言。武后下臺後的中宗理應再恢復李唐先祖的道教，但中宗本身亦是崇拜佛教的皇帝，他一出生便被賜名佛光王，玄奘還奏請高宗讓此嬰出家為僧，雖然他復位後拉攏佛教有其政治目的，基本上崇奉佛教的立場並未改變。睿宗即位後，為清除中宗勢力，開始轉變對佛教的政策，道教地位逐漸提升，佛教開始受限，但其在位只有三年，隨後即位的玄宗才算是真正改變初唐後期的佛教政策。

玄宗時期的大唐國祚已至頂峰，本人還開創李唐兩大盛世之一的開元之治。此期的政治氛圍已擺脫武周稱帝的質疑與中、睿二宗的政權不穩困境，整個王朝趨於穩定，開元年間是玄宗勵精圖治的黃金時期，玄宗已不再需要佛教勢力的扶持，也清楚看到佛教當時的諸多弊病，一方面也是他比較傾向道教，於是，他開始逐步調整前期的佛教政策，根據史書記載如下：

> 「龍朔三年六月乙丑，初令僧、尼、道士、女冠等致拜父母。」（《冊府元龜》卷六十）〔註9〕

> 「道士、女冠、僧、尼，見天子必拜。」（《新唐書》〈百官志〉）〔註10〕

> 「自今已後，僧尼除講律之外，一切禁斷。六時禮懺，須依律儀；午後不行，宜守俗制。如犯者，先斷還俗，仍依法科罪。」（《全唐文》〈禁僧徒斂財詔〉卷三十）〔註11〕

> 凡國忌日兩京定大觀寺各二，散齋，道士、女道士、僧、尼皆集於齋所，京文武五品以上與清官七品以上皆集，行香以退。若外

〔註8〕參見《續修四庫全書》，上海：上海古籍，1995年版，第一六三七冊，頁607。

〔註9〕參見《景印文淵閣四庫全書》，臺北：商務印書館，1983年版，第九〇三冊，頁158。

〔註10〕參見《景印文淵閣四庫全書》，臺北：商務印書館，1983年版，第二七二冊，頁708。

〔註11〕參見《續修四庫全書》，上海：上海古籍，1995年版，第一六三四冊，頁457。

州亦各定一觀一寺，以散齋，州縣官行香，應設齋者八十一州。(《大唐六典》卷四) 〔註12〕

玄宗下詔要求僧、尼見天子必須要禮拜，務以改變「沙門不敬王者」的特權；出家眾自認為是釋迦眷屬，既已出家就不再隸屬俗世家庭，僧人只拜佛、菩薩，即使是生養之父母，相見時也僅以「施主」相稱、相待，玄宗下令僧人遇父母仍需遵從儒教行禮致拜；佛教有自己對僧尼的戒律、儀軌，若有和俗世法律抵觸者，玄宗要求需守俗世制度，不可逾越；玄宗甚至將國家活動列入僧、道的儀軌，其用意在於收編僧、道為己用，將僧、道儀軌列入國家祭典之中，壓低僧、道在民眾內心中的崇高地位，告知民眾這些儀軌僅是國家各種祭典活動之一；而玄宗控制佛教的最大力道在於控制僧尼人數，出家需經國家同意並發予度牒才可剃度，這一來，講求出世的佛教不得不與紅塵中的政治有更緊密的接觸，誠如顧敦鍒在《佛教與中國文化》中所說：

出家人既多，政府乃每三年編訂僧尼的名冊一次，又創立發給度牒的制度，一方面給僧尼特別的權利，一方面也寓限制的意思，政教的關係，一般地密切起來了。〔註13〕

佛教中人為了取得度牒，只能與當政者往來密切，至於玄宗本人亦非要斬斷佛教命脈，當他取得控制權後，就沒有再進一步的政治動作，佛教界為了生存也不得不改變某些原始印度佛教教義，以便能使上至統治者、下至平民老百姓都能接受，當然最主要是不可觸碰到儒家的傳統價質，比如忠君、孝道等倫理觀，所以，此時屬於在家修行者的佛典——《維摩詰經》開始大量流傳並盛行，「在家亦可修行」、「處處是道場」、「心淨即佛土淨」等佛義受到大眾肯定，尤其「修行不一定要出家」的概念更是受到許多中層文士的歡迎，他們也可大方自在的禪坐而不需被人誤會是否準備拋妻棄子出家去。

根據楊曾文在《唐五代禪宗史》的看法〔註14〕，北宗禪在神秀及其弟子普寂、義福的傳播下，整個唐朝廷都奉行深信，不少高官均執弟子禮侍奉，廣泛盛行於東西二都，其盛況可從禪師圓寂後的碑文傳記印證，如在玄宗任中書令的張說為神秀寫〈唐玉泉寺大通禪師碑銘〉、歷任戶部員外郎、括州及淄州、

〔註12〕 參見《景印文淵閣四庫全書》，臺北：商務印書館，1983 年版，第五九五冊，頁50。
〔註13〕 參見顧敦鍒《佛教與中國文化》，臺北：大乘文化出版社，1978 版，頁 75。
〔註14〕 參見楊曾文《唐五代禪宗史》，北京：中國社會科學出版社，1999 年 5 月版，頁100～189。

滑州刺史的李邕爲普寂撰寫〈大照禪師碑銘〉、曾任尚書左丞及洛州刺史的嚴挺之爲義福撰寫〈大智禪師碑銘〉，張說還以弟子之禮侍奉神秀，義福更有不少權貴弟子，如兵部侍郎張均、太尉房琯、禮部侍郎韋陟等，其中的嚴挺之在義福圓寂後，親自穿喪服送葬；至於慧能的南宗禪，則要在神會北上洛陽後才逐漸傳散中原，根據記錄神會在南陽龍興寺的語錄——《南陽和尚問答雜徵義》書中指出，神會在當時廣泛結交士大夫，並傳佈南宗禪法，使久親北宗禪的朝廷官員耳目一新，如王維就曾稱讚南宗禪法的「不可思議」，當時與神會密切往來的朝廷官員有：戶部尚書王趙公、崔齊公、吏部侍郎蘇晉、潤州刺史李峻、張說、侍郎苗晉卿、常州司戶元思直、潤州司馬王幼琳、侍御史王維、蘇州長史唐法通、揚州長史王怡、相州別駕馬擇、給事中房琯、峻儀縣尉李寃、內鄉縣令張萬頃、洛陽縣令徐鍔、南陽太守王弼等人。

　　這些官員基本上都深讀儒學，他們能接受佛禪思想，除了受皇帝影響外，佛禪本身的中土化教義並無抵觸儒學太多，甚至有益於教化百姓，如印順法師在《中國禪宗史》中說慧能所傳法義，德音遠播：

　　　　慧能四十多年的禪的弘化，引起了深遠的影響。弟子們的旦夕請益，對頓教的未來開展，給予決定性的影響而外，更影響到社會，影響到皇室。……慧能的德化，不但百越（浙東、閩、粵、越南等）氏族，連印度，南洋群島，都有遠來禮敬請益的。慧能弟子中，有「而天竺堀多三藏」，就是一項實例。佛道的影響，使猜疑、凶猂、殘殺、凶毒的蠻風，都丕變而傾向於和平仁慈的生活。慧能弘化於嶺南，對邊區文化的啓迪，海國遠人的向慕，都有所貢獻。所以王維稱譽爲：「實助皇王之化」。〔註15〕

否則在儒家經世濟民的理想下，早期佛教的不敬王者說、出世的禪定修行等教法，定是難以被上層官民所接受，更不用說要推廣佛教。所以，禪宗在盛唐對朝廷及其文化所造成的影響，正如傅紹良所言：

　　　　所以盛唐時期宗教社會生活，基本形成了一種佛教與中土文化的雙向滲透融合。盛唐文化容佛機制給社會帶來了一種相對自由輕鬆的宗教環境，加快了佛教徹底中國化的進程，並爲人們的宗教生活創造了一種自然活潑的氣氛，完善了佛教中國化的思維與活動形式。〔註16〕

〔註15〕參見印順法師《中國禪宗史》，新竹：正聞出版社，1998年1月版，頁219。
〔註16〕參見傅紹良《盛唐文化精神與詩人人格》，臺北：文津出版社，1999年6月版，

盛唐時期的佛義與儒義產生意外融合的場景，佛教的中國化因而更加速往前進，受限政治制度的佛教，竟因禍得福進而推展得更順利，玄宗的平衡三教，間接促進了佛教的傳播，最終導致士宦普遍接受佛義，並將其融入日常生活中，成爲行住坐臥的準則之一，盛唐詩人在創作詩歌時，展露其佛教思維亦屬自然。

第二節　意境與禪境的完美結合

　　《毛詩序》云：「詩者，志之所之也，在心爲志，發言爲詩，情動於中而形於言，言之不足故嗟嘆之，嗟嘆之不足故詠歌之，詠歌之不足，不知手之舞之，足之蹈之也。」詩歌的內容是作者的內心話，然而不同的讀者對相同的一首詩卻往往有不同的體會，比如李商隱的〈錦瑟〉就有多種不同的解釋，葉嘉瑩在《葉嘉瑩說詩講稿》中就指出：

> 　　這首〈錦瑟〉詩是李商隱最著名的一首難解的詩篇。歷來說詩者早就有過「一篇〈錦瑟〉解人難」和「可恨無人作鄭箋」的慨嘆。有些箋注者也曾對此詩做正不少猜測，例如馮浩的箋注就曾經以爲「此詩爲悼亡之作」，謂「滄海月明」一句是贊美他妻子的明眸，「藍田日暖」一句是贊美他妻子的容色；又如張采田的《會箋》則以爲此詩「乃自傷之作」，謂「滄海」一句是慨嘆李德裕之被貶而死，「藍田」一句是說令狐綯做了宰相云云。像這一類的解說，最大的毛病就是把詩中的寓意解說得過於拘狹，完全忘記了詩歌中心與物相感發的作用，而只把詩歌中的意象當作謎語來猜測。這種說法不僅容易造成牽強比附的誤解，而且對詩歌中意象的感發力量更是一種拘限與斲喪。〔註17〕

葉嘉瑩本身認爲：「像李商隱這首詩中的情意，我們實在可以說正是他半生抑鬱不偶挫傷失意的整個感情心態的具體呈現，原不必爲之做拘狹實指的解說。因之我們所做的便只是從詩中的意象來想像其情思與意象相感發相投注時，所可能喚起的感動和聯想而已。」〔註18〕

　　吳言生在《禪宗詩歌境界》中則認爲李商隱的〈錦瑟〉富有禪學意味，

頁37。

〔註17〕參見葉嘉瑩《葉嘉瑩說詩講稿》，北京：中華書局，2008年1月版，頁76。

〔註18〕參見葉嘉瑩《葉嘉瑩說詩講稿》，北京：中華書局，2008年1月版，頁78。

他指出：

> 此詩之所以膾炙千古，潛藏著禪學韻味也是原因之一。這種禪
> 學韻味主要表現在三個方面：
>
> （1）色空觀。……錦瑟華年是時間的空，莊生曉夢是四大的空，望
> 帝鵑啼是身世的空，滄海遺珠是抱負的空，藍玉生煙是理想的
> 空，當時已惘然、追憶更難堪的「此情」是情感的空……然而
> 正是在這空中，幻出錦瑟華年等一系列色相。作者見色生情，
> 傳情入色，因色悟空。
>
> （2）無常感。「一切有為法，如夢幻泡影。」莊生蝶夢，幻滅迅速。
> 望帝鵑啼，如夢似煙。珠淚晶瑩，忽爾被棄；玉煙輕裊，臨之
> 已非。深諳無常之理的詩人清楚地知道，錦瑟華年的美滿，終
> 將離自己離所愛而去，替代這美滿幸福的，將是淒迷欲斷的蝶
> 夢，椎心泣血的鵑啼，寂寥映月的珠淚，隨風而逝的玉煙……
> 果然，人生無常，疾於川駛。剎那間歡愛如煙，剎那間青絲成
> 雪。這種夢幻之感，即使在當時已惘然無盡，又何況如今獨自
> 撫思！
>
> （3）求不得苦。……凡有所求，皆是痛苦：錦瑟弦斷，卻期求情愛
> 之杯盈滿；華年煙散，卻期求時光之流凝駐；莊生夢迷，卻期
> 求生命之樹長青；望帝鵑啼，卻期求春色不再凋枯；珠淚不定，
> 卻期求好夢不再失落；玉煙明滅，卻期求能真切地把捉……。
>
> 錦瑟華年所經歷的種種人生遭際、人生境界、人生感受，是如
> 此的淒迷、無奈、失落。然而，也正是這種色空觀、無常感，形成
> 了李商隱詩歌哀感頑艷的藝術魅力。〔註19〕

從以上各學者的論述，單就一首〈錦瑟〉詩就有四種面向的見解，這還不包
含其他學者的論點，這就說明一首詩的意境解讀，端賴讀者的各自體悟；盛
唐所流行的禪宗亦強調修行重在「悟」，如慧能在《六祖壇經》中對法達的開
示：

> 法達，汝聽一佛乘，莫求二佛乘，迷卻汝性。經中何處是一佛
> 乘？吾與汝說。經云：諸佛世尊，唯以一大事因緣故，出現於世。

〔註19〕參見吳言生《禪宗詩歌境界》，北京：中華書局，2001年9月版，頁323～324。

此法如何解？此法如何修？汝聽吾說。人心不思本源空寂，離卻邪
見，即一大事因緣。內外不迷，即離兩邊。外迷著相，內迷著空，
於相離相，於空離空，即是內外不迷。若悟此法，一念心開。出現
於世，心開何物？開佛知見。佛猶覺也，分爲四門：開覺知見，示
覺知見，悟覺知見，入覺知見。開、示、悟、入，從一處入，即覺
知見，見自本性，即得出世。〔註20〕

由此可知，詩道與禪道均需「悟」以得解。然而，「悟」有其基本條件，筆者
認爲禪悟若無一定的禪法修持，想要當下自見本性、截斷欲念並不容易，就
慧能本身而言，「無念爲宗」、「無相爲體」、「無住爲本」是悟的根柢，《六祖
壇經》云：「善知識，我此法門從一般若生八萬四千智慧。何以故？爲世人有
八萬四千塵勞。若無塵勞，般若常在，不離自性。悟此法者，即是無念、無
憶、無著。莫起雜妄，即自是眞如性。用智慧觀照，於一切法不取不捨，即
見性成佛道。」〔註21〕經由心之三無進而達至清虛靈明之境，當下澈見己身
與佛不別的本性。禪宗「悟」的對象在自己身上，悟得一個與佛無別的佛性；
而讀者對「詩」的悟，其對象在作者的詩句中，「悟」的重點在詩句中所組合、
呈現的思想情感或呈顯出之人、事、物的深層意涵，是詩人透過宇宙萬事萬
物表達情志。因此，宋人嚴羽才會在《滄浪詩話》中云：

大抵禪道惟在妙悟，詩道亦在妙悟。且孟襄陽學力下韓退之遠
甚，而其詩獨出退之之上者，一味妙悟而已。惟悟乃爲當行，乃爲
本色。然悟有淺深，有分限，有透徹之悟，有但得一知半解之悟。
〔註22〕

嚴羽看出禪道與詩道的相融處都在「悟」，至於詩道是否如同禪道需要背景涵
養的問題，陳伯海在《嚴羽和滄浪詩話》中認爲：

「妙悟」的能力是從閱讀前人的詩歌作品中培養出來的。當然，
不是任何詩作都有助於人們的「悟入」，必須是那些本身具有嚴羽所

〔註20〕 參見楊曾文《敦煌新本・六祖壇經》，北京：宗教文化出版社，2001 年 5 月版，
　　　　頁 55～56，因此版本的內容已被公認是最早、最接近祖本的《六祖壇經》，故本
　　　　文所引文字均以此版本爲準。

〔註21〕 參見楊曾文《敦煌新本・六祖壇經》，北京：宗教文化出版社，2001 年 5 月版，
　　　　頁 31～32。

〔註22〕 參見《景印文淵閣四庫全書》，臺北：商務印書館，1983 年版，第一四八○冊，
　　　　頁 810。

讚賞的意境渾成、韻趣悠遠特點的作品，才能促成人們對這種藝術
特點的領悟。……其次，嚴羽指示人們去學習前人詩作，不是指的
思考、分析和研究，而是指熟讀、諷詠以至朝夕把玩的工夫，換句
話說，是一種直接的感受和藝術的欣賞活動。〔註23〕

由此可知，嚴羽對詩道之悟的能力與後天的學習、培養做出區隔，他所認爲
的培養僅止於閱讀他所認爲的前人優秀作品，並且從中反覆研讀、仔細品賞，
促進自己的藝術領悟力，他反對創作與欣賞詩的過程中加入邏輯概念，他提
倡「自家實證實悟」、「非傍人籬壁、拾人涕唾傳來」的詩旨，張海沙對此提
出看法：

嚴羽提倡多讀古詩，且強調要動用「眞識」即審美判斷能力，
對各時期詩歌「熟參」之，即反覆品味它們的審美特點，最後達
到悟的境界。這其實是指明培養「妙悟」能力的在於審美的實踐。
〔註24〕

張海沙認爲嚴羽的詩悟力在多讀古詩、並熟參各時期的詩歌，筆者則以爲禪
悟力在於般若的生發，「妙悟」絕非憑空想像而來，審美前的實際踐行方是妙
悟的能力前驅。然而，詩道與禪道的妙悟，是否就此完全等同？陳伯海認爲
兩者一脈相傳：

「妙悟」說的眞正的思想淵源，應該是佛教禪宗學說。……要
成佛作祖，無需到自身以外去追求，只要破除對現象世界的種種迷
妄執著，認識本身固有的「佛性」，就算進入了悟境。……撇開禪
宗講的「佛性」不談，它所宣揚的那種不經過生活實踐和理性思考，
「一悟即至佛地」的直覺式的心靈感應，與嚴羽論詩崇尚「一味妙
悟」，不是分明有著一脈相承的關係嗎？〔註25〕

張海沙則認爲悟前相同，悟後相異：

妙悟作爲審美思想有認證特徵，在整個創作過程中，它所涉及
的是主體創作緣起的心理機制，並非是創作階段。禪道與詩道因悟
而相通，也在悟後而相異。禪一悟成佛，功夫成就，因悟得的是本
來具有的自性，一切語言概念都要吐卻。詩人妙悟後須進入一種創

〔註23〕參見陳伯海《嚴羽和滄浪詩話》，臺北：萬卷樓圖書，1993年4月版，頁90～91。
〔註24〕參見張海沙《曹溪禪學與詩學》，北京：中國社會科學出版社，2009年6月版，
頁316。
〔註25〕參見陳伯海《嚴羽和滄浪詩話》，臺北：萬卷樓圖書，1993年4月版，頁93。

作心態，他必須把握詩歌特殊的風貌、特殊的氣象、特殊的審美特質，這種特殊的決定詩歌之成為詩歌的性質也即詩歌的「第一義諦」，嚴羽稱為「興趣」。〔註26〕

「妙悟」說來自禪宗應無疑義，但二者之悟確實在悟的對象相異，二者之同在於禪悟者藉佛言之意象還得本心、創作者與讀者藉詩句之意象寄託或探尋作者興趣。

「意象」經營是詩道與禪道的共同點，二者尤其喜歡透過山水之物寄託各自意涵〔註27〕，如慧能弟子南陽慧忠就認為佛性遍一切處，不論有情還是無情之物，均有佛性，雖然這種說法不符慧能思想，但由此亦啟迪後來公案喜用花竹等自然作物喻指佛性所在，如《碧巖錄》第27則：

僧問雲門：「樹凋葉落時如何？」雲門云：「體露金風。」〔註28〕

又《宗鑑法林》卷七、〈鼓山珪頌〉記載：

世路風波不見君，一回見面一傷神。水流花落知何處？洞口桃花別是春。〔註29〕

前句指欲見本性需將外物脫落盡淨，但雲門認為連涅槃之葉亦要掃落；後句則以桃源美景暗指佛性的美與醇，詩中感慨人們受困世風、流於俗波，渾渾噩噩只在外圍打轉，而無法進入桃源得見本性；盛唐詩人亦喜用山水意象傳達心志，如胡遂言：

從大量的盛唐詩作中我們可以看出，當時的詩人們無論失意還是得意都喜歡將自己置身於大自然之中，……大自然的景色不但可以「契理」，也可以「蕩心」，足以使他們忘卻種種世俗塵勞妄念，保有一份「無念心」，從而以一種「唯在興趣」的「審美的生活情趣」、以一種「優雅態度」亦即審美的方式來擁抱大自然，在大自然中得到一種心物交契的超越……。〔註30〕

〔註26〕　參見張海沙《曹溪禪學與詩學》，北京：中國社會科學出版社，2009年6月版，頁313。

〔註27〕　王志清指出：「在這些盛唐知識分子精英中，幾乎沒有一個不受佛禪的影響，沒有一個不在山水詩中表現禪悅旨趣的。」詳見王志清《盛唐生態詩學》，北京：北京大學出版社，2007年4月版，頁154。

〔註28〕　參見《大正藏》，第四十八冊，第167頁中。

〔註29〕　參見《卍新纂續藏經》，第六十六冊，第322頁下。

〔註30〕　參見胡遂《佛教禪宗與唐代詩風之發展演變》，北京：中華書局，2007年4月版，頁103。

統而言之，詩道與佛道均要在意象中體悟各自寄託的意涵，兩者亦用大自然的意象隱喻，而且，在盛唐詩人多與禪師往來的情境下，詩道與禪道相互影響是必然的趨勢，在「青青翠竹，盡是法身，鬱鬱黃花，無非般若」的禪意中，詩者與禪者均在大自然中汲取了養份，在大自然的意象中表達「心」之極奧處，詩之意境與禪之禪境至此得到完美的契合〔註31〕；詩人在創作時，自然會在意境中加入禪意，這在禪宗盛行的年代頗為正常，孫昌武就對唐詩富有禪趣的原因提出看法：「在當時的文人中，禪已化為一種體驗，一種感情，擴散到人們的意識深處。現代人是很難體會其深入人心的具體情形的。」〔註32〕因此，盛唐詩人幾乎個個近禪，禪意入詩境不僅為了讓人明白自己的禪學修養，也是透過禪境的刻劃，描繪出己心之澄明無礙，雖說是在描繪詩人之心境，但此澄明不滯之心與佛性特質又有何異呢？盛唐是一個富足安樂的年代，但盛唐之音流行一種虛靈淡遠的詩風，禪境的表達即是不執、不滯，隨緣而來，緣盡則散，這與禪家修行之風亦有契合。如王維的〈鳥鳴澗〉：

　　　　人閒桂花落，夜靜春山空。月出驚山鳥，時鳴春澗中。〔註33〕

此詩誠有作者虛靈淡遠、隨順自在的情志寄託，其意象已超脫時空的束縛〔註34〕，但也不可否認，詩中隱含禪家之寂照與空觀，在隨緣的表面下，詩人早已以空觀照、不執萬物象，澄明佛性隱約呈顯。這即是盛唐詩的特色，詩與禪已融合為一，胡遂對此提出看法：

　　　　概言之，「自在」所顯現的乃是那個時代文人們的精神面貌，它
　　　　是盛唐文化氣象、盛唐精神特質的最生動、最真實的表現，它那種

〔註31〕孫昌武指出：「詩是通過抒寫主觀情志來反映客觀世界的，它又是富於理想的。南宗禪這種富於實踐性的對自性清淨的體認，本身就是非常具有詩情的。它所展現的心靈的境界，正是一種詩的境界。在這裡，詩、禪之間自然會交流、融合。」詳見孫昌武《詩與禪》，臺北：東大圖書，1994年8月版，頁119。

〔註32〕詳見孫昌武《詩與禪》，臺北：東大圖書，1994年8月版，頁62。

〔註33〕參見陳鐵民《王維集校注》，北京：中華書局，2008年7月版，頁637。

〔註34〕王長俊在《詩歌意象學》中指出：「詩歌意象還常以一種『無時間性』來超越有限與無限的矛盾。這便是禪宗所說的『悟』，全在『一念』之間。剎那間的一悟，一切都變了。『你突然感覺到了這一瞬刻間似乎超越了時空、因果、過去、未來、現在似乎溶在一起，不可分辨，也不去分辨……這當然也就超越了一切物我人己界限，與對象世界完全合為一體，凝成永恆的存在。』所以，在詩歌中，水流雲浮，花開花落這些意象，常常表現得自在而無目的，以超越生死和輪迴，在這種主觀時間的絕對反映中，時間感消失了，這是瞬間，又是永恆，宇宙之心、個人之心，物我萬象，融為一體。至此，人就完全不受時間左右，而處於一種無限永恆的時間中。」參見王長俊《詩歌意象學》，安徽：文藝出版社，2000年8月版，頁94。

「與象宛然」、「一味妙悟」、「法法現前，頭頭具足」的將形上形下
渾然融爲一體的形式，所體現的正是盛唐詩與盛唐禪最深層的思想
內蘊與最感發人心的永恆生命力。〔註35〕

盛唐詩的意境與盛唐禪的禪境結合，實爲當時代的特色，中、晚唐的詩禪關
係又是另一番的風貌。

第三節　仕隱的困境因禪而得解

　　盛唐是一個高度文化融合與經濟繁榮的年代，根據袁行霈的綜合統計，
他說：「據兩《唐書》、《唐六典》、《通典》、《資治通鑑》、《唐會要》等書記載，
從中宗神龍元年（705）到玄宗天寶十四年（755），短短的五十年間，人口就
從 37140000，增加到 52919309，增幅達 40%。人口激增說明社會安定、經濟
富裕。可是在這種情況下，物價反而有所下降，開元初，『米斗之價錢十三，
齊齋間斗纔三錢，絹一匹錢二百。』天寶年間人均糧食達 700 市斤。正如杜
甫在〈憶昔二首〉其二裡所說：『憶昔開元全盛日，小邑猶藏萬家室。稻米流
脂粟米白，公私倉廩俱豐實。九州道路無豺虎，遠行不勞吉日出。……』。」
〔註36〕再加上大量的庶族可從科舉制度入仕，實現儒家經世濟民的理想也不
再困難，因此，傅紹良認爲當時文人均有一個共同的自我形象：

　　　　作爲中國文化精神的產物，盛唐詩人大都自覺或不自覺地不同
　　程度地用傳統的自我修養理論來規範自己，將自我擺在社會關係的
　　網絡中，用遠大的功名和崇高的責任來支配自己的行爲，描繪自己
　　的未來，因而在自我形象的預設方面，具有強烈的建功立業的社會
　　責任和功名感。〔註37〕

然而時運的波折，卻使得這些有志之士困境重重，如王昌齡、王維、孟浩然、
李白、杜甫、高適、岑參等人都曾在追求出仕的道路上受挫，王維因舞黃師
子事件被貶，後又因安史之亂逃避不及被授僞官，差點命喪肅宗之手，若不

〔註35〕參見胡遂《佛教禪宗與唐代詩風之發展演變》，北京：中華書局，2007 年 4 月版，
　　　　頁 104。

〔註36〕參見袁行霈《唐詩風神及其他》，香港：香港城市大學出版社，2005 年版，頁 68
　　　　～69。

〔註37〕參見傅紹良《盛唐文化精神與詩人人格》，臺北：文津出版社，1999 年 6 月版，
　　　　頁 230。

是〈凝碧詩〉救他一命，今日已不見詩佛之詩，此事對他打擊很大，從此王維潛心修佛，其詩云：「一生幾許傷心事，不向空門何處銷！」《舊唐書》更記載王維「退朝之後，焚香獨坐，以禪誦爲事」〔註38〕，過著半仕半隱的生活，詩人透過禪學思想，暫時放下早年「孰知不向邊庭苦，縱死猶聞俠骨香」的豪勇愛國之志；又如孟浩然雖終生未仕，但他本有心在仕途上成就一番做爲，曾在開元十六年入長安參加科舉，惜未登進士第、在開元二十二年再入長安求仕未果，他的一生都在仕隱的矛盾中度過，即使李白曾大力讚其「紅顏棄軒冕，白首臥松雲」的隱士形象，但吾人在其它詩篇亦可看出他積極入仕的態度，如：

> 吾與二三子，平生交結深。俱懷鴻鵠志，共有鶺鴒心。(〈洗然
> 弟竹亭〉)〔註39〕

> 三十猶未遇，書劍時將晚。……冲天羨鴻鵠，爭食嗟雞鶩。望
> 斷金馬門，勞歌採樵路。鄉曲無知己，朝端乏親故，誰能爲揚雄，
> 一薦甘泉賦。(〈田園作〉)〔註40〕

因不爲當政者所用，孟浩然只能在隱居耕讀與漫遊中度過一生，因此，山水與田園是其詩歌的主要內容。然而詩人的心是痛苦的，儒家濟世之志時常驚醒他，爲了消解心中煩悶，詩人透過佛教禪理安定己心，亦在山水田園的隱居生活中，展露隨遇而安、對於功名不再患得患失的心境，如其〈陪姚使君題惠上人房〉云：「會理知無我，觀空厭有形。迷心應覺悟，客思未皇寧。」〔註41〕大意就在自我提醒要放下有形功名與情欲的執著，世間的一切並非實有終歸虛空，即使是「我」的存在亦是短暫，詩人勉勵自己要早日由癡迷轉覺悟；又如杜甫是一代醇儒，身爲儒學的絕對信仰者，縱使一生顛沛流離，杜甫在詩中仍充滿對老百姓的人道關懷，絕少自傷之言，這種人格精神源自於儒家的中心思維，然而曾自豪「詩是吾家事」〔註42〕的杜少陵，何以放下吾家濟世天下的理想，轉而在詩中流露出「門求七祖禪」的思考，甚至隱約

〔註38〕參見《景印文淵閣四庫全書》，臺北：商務印書館，1983 年版，第二七一冊，頁598。

〔註39〕參見佟培基《孟浩然詩集箋注》，上海：上海古籍出版社，2009 年 4 月版，頁 420。

〔註40〕參見《孟浩然詩集箋注》，頁 355。

〔註41〕參見《孟浩然詩集箋注》，頁 89。

〔註42〕《杜詩詳注》，頁 1477。

呈顯出有心出家的傾向？這源自於詩人在仕途上的不順遂，杜甫亦曾自暴自棄地說：「儒術於我何有哉？孔丘盜跖皆塵埃。」〔註43〕詩人在長安也曾度過「朝扣富兒門，暮隨肥馬塵。殘杯與冷炙，到處潛悲辛」〔註44〕的屈辱生活，甚至傳說有子餓死的事情發生，這些背景因素，導致滿腔救國熱血的杜甫，不得不放下儒家濟世大業，轉而投向禪家的懷抱，以慰一己之憤懣。

綜上所言，詩人在自我形象的預設上產生極大的挫折，他們的內心無不焦慮難安，是故必得重新再塑造心理人格，此時的文人大都走入佛禪，傅紹良說：

> 盛唐詩人因自我形象預設幻滅而出現生命價值危機感的時候，大都情不自禁投向了佛教。這固然與盛唐時代三教並重的社會風氣相關，更在於佛教觀念給人們生活和精神帶來的感召，的確能喚醒那些陷於苦痛中的靈魂，緩解其內心矛盾。〔註45〕

佛教的「空」與「不二法門」帶給文人們另一種思維模式，不再困挫於儒家的濟世壓力。佛教認為人世間的一切均是因緣合和而成，緣了則散，執著於外相的好、壞、美、惡均是一種沉迷，所以《金剛經》云：「凡所有相，皆是虛妄。若見諸相非相，則見如來。」佛教認為「相」之執著最難降伏，包含「人相、我相、眾生相、壽者相」，若能突破四相的執著，方能得般若智慧，要突破則需修持「空」觀，佛教所說的空並非一無所有，而是真空妙有，如同《六祖壇經》所言的「無相」、「無住」、「無念」般，並非斷念而是不染念、不執念、不滯念、不著念，在人的意識流中念念不止息但也念念不停息。對於佛教來說，世俗所謂的功成名就只是一種欲念、執著，佛家認為人應該要超脫世俗名利的束縛，並進而求得心靈自在與灑脫才是究竟、永恆，詩人們受到啟發，從此岸的不斷追逐功業遂而轉至尋求彼岸的淨土之樂，至此，在仕途上受挫的文人們，稍解功名失落、生命無著的焦慮，在「空」觀的修持下，自我形象擺脫仕功的索求，漸漸走向心靈的品悟。〔註46〕

〔註43〕 《杜詩詳注》，頁176。

〔註44〕 《杜詩詳注》，頁75。

〔註45〕 參見傅紹良《盛唐文化精神與詩人人格》，臺北：文津出版社，1999年6月版，頁233。

〔註46〕 傅紹良對佛教幫助文人重建人格的作用提出看法，他說：「價值危機是盛唐詩人自我形象預設與現實社會政治環境相矛盾的體現，佛教超脫機緣的介入，給詩人增添了應對人世不幸和承受痛苦的心理能力，使他們以主體的內在超越，實現自我形象的再定位，借助簡易的自悟手段，維持心理的平衡和人格的完整，在親切可

　　除「空」觀的修持，「不二法門」的教義亦解救文人在仕隱之間的徘徊。侯迺慧在《唐詩主題與心靈療養》中指出古代有三種隱者，首先是在科舉失意者：

> 落拓失意者於一再的挫敗後只好退回修己潔身的守道世界裡，而以隱的形態生活。至於進入仕宦階級的士人，或者因受到傾軋排斥或者因為貶謫抑鬱而倍感仕途多艱，坎坷崎嶇，深切體會到進退不得、坐愁窮城的不堪，遂在悲苦之中羨慕無官者的自由，嚮往隱逸悠閒的適愜，欲棄官而去卻又不捨，便在出與處、仕與隱的兩端之間掙扎糾纏。而那些飛黃騰達的高官貴人，為蒼生而奔走忙碌，雖是向著既定的理想之路前進，卻也會常常觸動他眷愛大自然的孺慕情懷，企慕著山林野澤的生活，而抱著一分慊慊然的失落。〔註47〕

孟浩然當屬第一類，筆者認為王維介於第二類與第三類之間，他在安史之亂平定後，官位不斷的提昇，然他的內心對於當時受偽官的經歷仍是相當痛苦，上朝只是一種本份、職責，為了家中經濟、也為了報答君王的不殺之恩，王維不得不繼續為官，但他退朝之後幾乎以出家人的身份活著，或許是為了贖罪、也或許是為了安身立命，不想再牽涉太多的政治糾葛，他能在仕隱之間取得完美平衡，究其原因，筆者以為王維深契「不二法門」之義。慧能在《六祖壇經》中提出三十六對，闡明其不二精神：

> 吾教汝說法，不失本宗。舉三科法門，動用三十六對，出沒即離兩邊。說一切法，莫離於性相。若有人問法，出語盡雙，皆取對法，來去相因，究竟二法盡除，更無去處。……此三十六對法，解用通一切經，出入即離兩邊。〔註48〕

慧能的不二思想源自《維摩詰經》。蕭麗華則認為王維的宦隱精神來自「不二法門」，王維對「不二法門」的理解來自《維摩詰經》，他說：

> 如〈燕子龕禪師〉云：「救世多慈悲，即心無行作。」趙殿成引《維摩詰經》注云：「無取無捨，無作無行，是為入不二法門。」《維摩詰經》有入不二法門品，言「不起不生」「無意同相」「不捨不念」

感的悟境中，平靜地面對人世的波瀾，藝術地寫下生命的樂章。」頁237。

〔註47〕參見侯迺慧《唐詩主題與心靈療養》，臺北：三民書局，2006年5月版，頁113～114。

〔註48〕參見楊曾文《敦煌新本·六祖壇經》，北京：宗教文化出版社，2001年5月版，頁60～62。

等不二法門，是大乘般若精髓，而其中菩薩行品更是佛陀正法眼藏，王維應是有心取法「維摩詰」這位在家居士「不厭世間苦，不欣涅槃樂」的精神，以修成正果。〔註49〕

接著他又再舉一例，證明王維直取《維摩詰經》的不二之義，他說：

在其〈偶然作六首〉之六亦云：「不能捨餘習，偶被世人知，名字本皆是，此心還不知。」詩中便是用《維摩詰經》「斷諸邪見有無二邊，無復餘習」的典故，並指出自己名字的本意在此。由此契入王維精神，其追尋大乘眞俗不二的意義是可以肯定的，也由此可以看到「宦隱」精神即不二精神的展現。〔註50〕

筆者認爲王維的不二思想源自《六祖壇經》與《維摩詰經》，王維在安史之亂後才全心投入佛禪世界，在此之前已與神會見面並對南宗禪法大表驚訝，無法排除王維經《六祖壇經》三十六對的影響而深受不二法門啓迪，並進而仕隱兩得。對於王維來說，「不廢大倫，存乎小隱。跡崆峒而身拖朱紱，朝承明而暮宿青靄」（〈王維·暮春太師左右丞相諸公於韋氏逍遙谷讌集序〉）的生活模式，是他所仰慕並追求的方向，他無法與陶潛一樣放下一切，也不願終身只盲求功名利祿，因此，佛典中的不二法門即是其效法的對象，欲得不二眞義即需破除兩端，他開始放下早年濟世之志、他也未曾眞正捨髮出家，他在儒釋二道中汲取中間點，展開白天當官、晚上爲僧的生活。王志清在《縱橫論王維》中對這種生活模式加以讚揚，他說：

王維仕隱兩全的意義，即突破了仕隱非此即彼的簡單化的對立形態，突破了憂心在朝、養性於野的狹隘的處世方式。詩人以純粹理念控制心理，不住有無，不受紛擾，其人生境界達到了超倫理越宗教的藝術境界。〔註51〕（頁103）

王維的仕隱自得模式，啓發眾多第一類仕途受挫文人的思維，出世與入世實爲不二、均有可做之事、均可爲人世間付出一己之力，如同維摩詰的在家修行的境界並不比出家眾的修持差。譚朝炎在《紅塵佛道覓輞川》中就指出：

入不二法門，世間出世間不二，實在是使身在塵世而修行的人方便易行，祛除許多煩惱，使封建士人從焦慮中得到某種程度的解

〔註49〕參見蕭麗華《唐代詩歌與禪學》，臺北：東大圖書，2000年10月版，頁84。
〔註50〕參見蕭麗華《唐代詩歌與禪學》，臺北：東大圖書，2000年10月版，頁84～85。
〔註51〕參見王志清《縱橫論王維》，濟南：齊魯書社，2008年7月版，頁103。

脫，是很得眾生歡迎的。〔註52〕

佛典的不二法門與空觀確實影響深遠，尤其身處太平世界的盛唐，功名競爭激烈，能在科舉脫穎而出並不容易，落魄的文人只得被迫隱居、或是四處漫遊再尋時機而起，這些文人內心的急迫與焦慮，都在不二法門與空觀之中得到緩解，詩人在詩歌中添入佛禪思想撫慰心靈本就自然，盛唐詩入禪之因緣，當是不言可諭。

第四節　小　結

　　筆者分別從「帝王與佛教因利結合，士宦與僧徒往來密切」、「意境與禪境的完美結合」與「仕隱的困境因禪而得解」這三個方向，來說明佛禪何以入盛唐詩的緣由。在第一項的說明中，是古來傳道者的難題，宗教本是出世、政治當是入世，兩條平行線卻因彼此的利益而結合，宗教若沒有政治的支持常遭迫害、無法傳道，政治若有宗教的加持，常能快速獲得民心支持，所以二者不得不相互依託，共同發展，因此上行下效，官員與僧徒自是往來密切；在第二項的說明中，是研究唐宋詩學的要點之一，詩歌與佛禪的相互交涉是建立在相近的某些特質，周裕鍇在《中國禪宗與詩歌》認為在「價值取向」、「情感特徵」、「思維方式」和「語言表現」等方面有極微妙的聯繫與相似性。〔註53〕除此尚有其他學者的不同看法，但無論如何接近，誠如孫昌武在《詩與禪》中所說：「因為作為宗教的禪與作為藝術的詩，中間終究有一條不可逾越的鴻溝。不論比喻起來多麼『親切』，也不可能作出科學的說明。」〔註54〕只是詩禪確實已然交涉，我們也可透過蕭麗華在《唐代詩歌與禪學》中所說來超越：「但就大乘精神，不離世覓菩提的觀點，詩道又何異禪道，禪道正有益詩道。」〔註55〕以大乘精神超越此鴻溝；在第三項的說明中，盛唐詩人在科舉的激烈競爭中受挫，使得他們走入佛禪尋求緩解，尤其是佛禪的「空」義與「不二法門」的思維，在在都使這些文人得到解脫，不再受制於世俗名利，逐步走向心靈的層次，此時佛禪的義理逐步影響文人的思考、創作與生

〔註52〕 參見譚朝炎《紅塵佛道覓輞川》，北京：中國社會科學出版社，2004 年 5 月版，頁 146。
〔註53〕 參見周裕鍇《中國禪宗與詩歌》，台北：麗文文化，1994 年出版，頁 297～319。
〔註54〕 參見孫昌武《詩與禪》，臺北：東大圖書，1994 年 8 月版，頁 82。
〔註55〕 參見蕭麗華《唐代詩歌與禪學》，臺北：東大圖書，2000 年 10 月版，頁 29。

活。如王維在仕隱之中徘徊、兩難，但當他接觸慧能的三十六對法後，澈悟不二的眞諦，開始「朝承明而暮宿青靄」的生活，從此自得其樂。這種仕隱自得的生活影響後世無數文人，入世也好、出世也行，人人都可在其本位上對社會國家付出心力。所以因這三項原因，佛禪與詩人互相產生交集、影響，文人於詩中以禪蘊其思想、佛禪以詩偈推行其義理。

第三章 盛唐詩中的佛禪術語（一）

佛教傳入中國後，佛教與中土文學互相產生影響，佛教文學化、文學佛教化，如周慶華在《佛教與文學的系譜》中指出：

> 對佛教來說，文學化現象雖然無益於義理的傳達和領受，但在文學化過程中所展現的一些形式技巧卻可能給中國文學的發展帶來某些程度的刺激。〔註1〕

這些刺激歷來說法甚多，有梁啓超的四項說、有胡適的三項說、有裴普賢的九項說，大都聚焦在對文學形式的影響，周慶華對此則認為佛教對中國文學的刺激在於文學中的思維與內涵，他說：

> 整體說來，佛教關係中國文學發展最密切的部分，是在它的義理介入了文學的思維和寫作，使得中國文學的內涵「擴大」了，也「深沈」了。因此，就這個層面來看，文學又有所謂佛教化的現象可以討論。而這種討論，基本上是比較有「開展性」的。換句話說，文體的形式技巧上的相互藉使或承繼，都已經成為歷史陳跡，只有表現佛教義理或發展佛教義理部分，才能讓我們對它有所期待或展望。〔註2〕

詩歌內容添入佛教義理，是流行於禪坐的興起，禪宗創造出一個入而自得、寂靜恬然的境界，詩人紛紛受其吸引而修習：

> 從禪宗提出有這個寂靜自在的境界以來，不知引起多少人的欣羨和嚮往，而經常習禪成風：「自唐以來，禪學日盛，才智之士，往

〔註1〕參見周慶華《佛教與文學的系譜》，臺北：里仁書局，1999年9月版，頁125。
〔註2〕參見周慶華《佛教與文學的系譜》，臺北：里仁書局，1999年9月版，頁130。

往出乎其間。跡夫捨父母之養，割妻子之愛，無名利爵祿之念，日夜求其所謂常空寂滅之樂於山巔水涯，人跡罕至之處，斯亦難矣。宜夫聰明識道理，胸中無滯礙，而士大夫樂從之遊也。」（周必大〈寒巖什禪師塔銘〉）每遇生活不如意或厭倦現實紛擾的禪客、詩人們，無形中禪道就成了他們的逋逃藪……。更特別的是，這些禪客、詩人們在體禪修禪後，甚至有所得要為別人開示時，往往不約而同的採用詩這個體裁來寄寓和傳意，形成亙古以來所罕見的禪理詩，為詩領域開拓了一種新的題材和新的意境。〔註3〕

本論文即是在探討此新題材及盛唐詩中對佛語、禪境的運用情形及其意涵寄託，但因佛禪語典的內容甚廣，因此，筆者將其相關、相近的佛語，分門別類歸納為三、四兩個章節，其下再分細項。

第一節　與佛陀、佛法、佛經、佛教、佛徒的相關泛稱

一、佛法、佛經相關

　　盛唐詩人喜遊山水名勝，常在旅途中借宿佛寺，亦經常與寺中僧人討論佛法大義，詩人心中有感，或許心羨出家者的了無牽掛、或者是對佛教的孺慕之情、或者是詩人的佛法體悟等，因此盛唐詩含有佛法、佛教的概稱即屬自然，以下試就所知，整理如下：

（一）【表3-1-1-1】空門、空林、法雲、四達、甘露、蓮花法藏、青蓮、法雨、佛雨、法微、微妙法、大法鼓、淨教、真法、真機、妙教、寶筏、了義、醍醐、梵法、一燈、東山、佛尊

標號	詩　　句	語典解釋〔註4〕
1	一生幾許傷心事，不向空門何處銷（王維〈歎白髮〉·頁522）	「空門」，指佛教；「法」指佛法；「法雲」，謂佛法如雲，能覆蓋一切；「四

〔註3〕參見周慶華《佛教與文學的系譜》，臺北：里仁書局，1999年9月版，頁164。
〔註4〕筆者的「語典解釋」內文，參照七本著作：普潤法雲《翻譯名義集》、楊卓《佛學次第統編》、一如《三藏法數》、陳義孝《佛學常見辭匯》、普濟《五燈會元》、丁福保《佛學大辭典》與《漢語大辭典》。

2	法向空林說，心隨寶地平（王維〈與蘇盧二員外期遊方丈寺而蘇不至因有是作〉，頁 340）
3	空居法雲外，觀世得無生（王維〈登辨覺寺〉，頁 176）
4	四達竟何遣，萬殊安可塵（王維〈與胡居士皆病寄此詩兼示學人二首〉，頁 532）
5	蓮花法藏心懸悟，貝葉經書手自書（王維〈苑舍人能書梵字兼達梵音皆曲盡其妙戲爲之贈〉，頁 256）
6	金繩開覺路，寶筏度迷川（李白〈春日歸山寄孟浩然〉，頁 683）
7	願承甘露潤，喜得惠風灑（孟浩然〈雲門蘭若與友人同游〉，頁 8）
8	看取蓮花淨，應知不染心（孟浩然〈題大禹義公房〉，頁 31）
9	談空對樵叟，授法與山精（孟浩然〈題明禪師西山蘭若〉，頁 55）
10	法雨晴霏去，天花晝下來（孟浩然〈題融公蘭若〉，頁 97）
11	道以微妙法，結爲清淨因（孟浩然〈還山詒湛法師〉，頁 125）
12	了義同建瓴，梵法若吹籟（高適〈同馬太守聽九思法師講金剛經〉，頁 323）
13	蓮花梵字本從天，華省仙郎早悟禪（全唐詩·苑咸〈酬王維〉，頁 1316）
14	白日傳心靜，青蓮喻法微（全唐詩·綦毋潛〈宿龍興寺〉，頁 1371）
15	楚水青蓮淨，吳門白日閑（全唐詩·張謂〈送青龍一公〉，頁 2022）
16	聖朝須助理，絕莫愛東山（全唐詩·張謂〈送青龍一公〉，頁 2022）
17	軒風灑甘露，佛雨生慈根（全唐詩·崔顥〈贈懷一上人〉，頁 1322）
18	一承微妙法，寓宿清淨土（全唐詩·崔曙〈宿大通和尚塔敬贈如上人兼呈常孫二山人〉，頁 1602）

達」，以佛教之四諦指佛法；「甘露」，喻佛法；「蓮花」、「蓮花法藏」，喻佛門的妙法；「法雨」、「佛雨」，喻佛法；「法微」、「微妙法」，法體幽玄故曰微，絕思議故曰妙，指佛法、微妙之佛法；「大法鼓」，大法能警醒生死之長夜，故以譬於鼓；「東山」，五祖弘忍禪師住蘄州黃梅縣之黃梅山，其山在縣之東境，因而謂爲東山，稱五祖之法門爲東山之法門，在此指佛教或佛法；「淨教」，指佛教；「眞法」，眞如實相之法也，指佛法；「眞機」，玄妙之理，在此指佛法；「醍醐」，指稱佛法；「佛尊」泛指佛法世界；「妙教，」指佛教、佛法；「寶筏」，比喻引導眾生渡過苦海到達彼岸的佛法；「梵法」，指佛教法義；「一燈」，比喻佛法。

19	傳心不傳法，誰可繼高蹤（全唐詩·包佶〈雙山過信公所居〉·頁2142）
20	久來從吏道，常欲奉空門（全唐詩·包佶〈近獲風痺之疾題寄所懷〉·頁2144）
21	直心視惠光，在此大法鼓（全唐詩·儲光羲〈同房憲部應旋〉·頁1400）
22	朝看法雲散，知有至人還（全唐詩·儲光羲〈送王上人還襄陽〉·頁1414）
23	意有空門樂，居無甲第奢（全唐詩·李嘉祐〈奉和杜相公長興新宅即事呈元相公〉·頁2162）
24	淨教傳荊吳，道緣止漁獵（全唐詩·皇甫曾〈贈沛禪師〉·頁2186）
25	真法嘗傳心不住，東西南北隨緣路（全唐詩·皇甫曾〈錫杖歌送明楚上人歸佛川〉·頁2188）
26	雖知真機靜，尚與愛網並（全唐詩·劉慎虛〈登廬山峰頂寺〉·頁2862）
27	回首空門外，瞭然一幻身（全唐詩·常袞〈登棲霞寺〉·頁2852）
28	醍醐長發性，飲食過扶衰（杜甫〈大雲寺贊公房四首·其一〉·頁333）
29	不復知天大，空餘見佛尊（杜甫〈望兜率寺〉·頁993）
30	晚聞多妙教，卒踐寒前愆（杜甫〈秋日夔府詠懷奉寄鄭監李賓客一百韻〉·頁1715）
31	蓮花交響共命鳥，金牓雙迴三足烏（杜甫〈嶽麓山道林二寺行〉·頁1986）
32	一燈如悟道，為照客心迷（孟浩然〈夜泊廬江聞故人在東林寺以詩寄之〉·頁140）
33	不須愁日暮，自有一燈燃（王維〈過盧員外宅看飯僧共題七韻〉·頁342）
34	雪融雙樹濕，紗閉一燈燒（岑參〈雪後與群公過慈恩寺〉）

　　王維在〈歎白髮〉中提出自己一生有許多傷心往事，唯有歸向佛門，才能清除這些痛苦。王維在〈與蘇盧二員外期遊方丈寺而蘇不至因有是作〉中言及與友人同約寄宿佛寺，進入佛寺的所見感觸，寺中園林久經佛法滋潤，自然顯出佛法沉靜氛圍，一踏入佛寺，這煩動塵心也受感染趨向靜寂。王維在〈登辨覺寺〉中言僧人們身處佛法滋潤的環境，透過觀察塵世之苦，進而修習佛法以達對無生涅槃法門的解悟。王維在〈與胡居士皆病寄此詩兼示學人二首〉中言要達到四聖諦中的「道」，究竟該清除何種執著？是萬事萬物的現象嗎？作者自問自答，認為萬物萬事本為空寂、其體為虛，不會永久塵染吾人本性。王維在〈苑舍人能書梵字兼達梵音皆曲盡其妙戲為之贈〉中讚美苑咸，能輕易理解佛法的精深奧妙，甚至還能親書梵文。詩人以佛法對佛經、體悟對手書的相應筆法，烘托出苑咸對佛教的嫺熟，由此也可隱約看出現代抄經文的風氣已現端倪；李白在〈春日歸山寄孟浩然〉中言及孟浩然辭官隱居，回到青山的佛教道場，孟浩然以佛法為繩、為指引，登上救渡眾生的寶船，以佛法開啟一己迷惑進而到達覺悟的彼岸；孟浩然在〈雲門蘭若與友人同游〉中提及與友人同游佛寺的為心中有感，願意在此接受佛法的滋潤灌溉，這種溫和法風的撲面灑澆是深受作者喜愛。這裡用甘露與惠風相對，呈顯佛法所能帶給眾生的利益，不僅能滋潤心靈，更能使其成長。孟浩然在〈題大禹義公房〉中讚賞義公的禪法精深，從其論法禪坐之間，即可看出其修行已臻至萬物不染其心的境界。孟浩然在〈題明禪師西山蘭若〉中言及明禪師的日常修行，其所居之地僻遠，平時常與樵叟對談真空之理，亦常對虛空中的萬靈講述佛法。孟浩然在〈題融公蘭若〉中稱讚融公講法之奧妙，不僅能感動鬼神降下法雨，亦能使天女至此灑下天花。詩人以法雨、天花的顯現，襯托僧人說法之妙。孟浩然在〈還山詒湛法師〉中談及湛然法師導引自己沉浸在幽微奧妙的佛法中，並藉此因緣契印清淨無染之法門。

　　高適在〈同馬太守聽九思法師講金剛經〉中言及了義之法乃是佛法之頂端，此了義佛法彷若簫笛所吹之美妙天籟，使聽者徹悟去迷；苑咸在〈酬王維〉中提到佛法與寺院建築均是由西方天竺而來，對於禪法之妙，我早已有所得悟；綦毋潛在〈宿龍興寺〉中提及龍興寺的整體氛圍讓人心靈沉澱、寂靜，無論花草或僧人處處都顯示佛法之奧妙；張謂在〈送青龍一公〉中提及楚水一帶佛法盛行。在〈送青龍一公〉中提及聖朝仍需有人協助，期盼旅人不要沉於佛法；崔顥在〈贈懷一上人〉中言及懷一上人進入王宮為君臣講法，已灑下眾多佛法種子，君臣們經此佛雨滋潤，心中已生起慈悲為懷的善根。

詩人將佛法比喻爲甘露，聽之能滋潤心靈、長養慈悲心；崔曙在〈宿大通和尚塔敬贈如上人兼呈常孫二山人〉中言僧人已承傳禪宗微妙法門，使寄寓此處者均能如身處淨土般自在；包佶在〈雙山過信公所居〉中提到經過道信傳法的居住地時，心有所感慨，傳心不傳法的禪宗，往後還有誰能承傳道信的高蹈行誼呢？在〈近獲風痹之疾題寄所懷〉中提到自己久處吏道，近來常想歸奉佛教習取佛法；儲光羲在〈同房憲部應旋〉中言唯有直心者才能視得微妙智慧之法，而此處能使人拋開雜念直入本心，深契助人超脫生死之大法、儲光羲在〈送王上人還襄陽〉中言不捨王上人即將離開此地，因籠罩精舍的佛法氛圍亦會隨之消散。

李嘉祐在〈奉和杜相公長興新宅即事呈元相公〉中言杜相公本有追求佛法之樂的趨向，是故所居之地即無官宦人家的奢華。盛唐詩人喜以官城映對佛寺，以表塵外與塵世的差異，此詩則以官宦若喜修佛道，官舍亦是淨地的表述，官城與佛寺不再對立；皇甫曾在〈贈沛禪師〉中讚揚禪師將佛法傳至荊吳一帶，使得當地人信奉佛教，終止許多人再造殺業。在〈錫杖歌送明楚上人歸佛川〉中，皇甫曾稱揚明楚上人的傳法不重外相誦讀，而在己心對佛法之契印與不著，對於上人而言，到處均是道場、均有佛緣深厚之人，毋須執滯於某處才能傳法；劉慎虛在〈登廬山峰頂寺〉中言佛心可照見有無法境，亦明瞭「業」對前後世的繫縛，雖然自己也明白佛教真理惟有修得制心一處，從心靜中得取智慧方能體悟，但如今的己心卻充塞紅塵名利的欲網。詩人在此以欲望對佛法，闡明若無實修踐行，則人心欲望橫行；常袞在〈登棲霞寺〉中提及回首佛教萬法教門，人身在世，只不過是一種虛幻的存在，終將滅亡，其意在於若身入佛門方有超脫死生的可能。

〈大雲寺贊公房四首〉其一，是杜甫於至德二年至大雲寺，正好是用齋之時，詩中闡明食物可以長養人的性命，然而這無上正等正覺的佛法猶如醍醐一般，若沒有經過多重提煉、不斷精進修行，並從中生發慧性與定性，如此才能深契此甚深微妙法，否則終難一窺佛法秘奧。〈望兜率寺〉是杜甫身在兜率寺，不自覺地被佛門氛圍所影響，心有所感，超越時空限制，體悟到佛法之無邊，放眼所及盡是佛義。〈秋日夔府詠懷奉寄鄭監李賓客一百韻〉是杜甫感慨太晚才親近佛法，於此透露想要經由誠虔的修持佛法，進而洗滌並懺悔一生所犯下之罪業。杜甫在〈嶽麓山道林二寺行〉中言佛地之殊勝，不但佛之妙法處處可聞，更可聆聽佛國神鳥所發之雅音，妙法與雅音正在此地交

響輝映著；孟浩然在〈夜泊廬江聞故人在東林寺以詩寄之〉中則期許故人若能頓悟佛法深義，尚請故人為己解照心之執迷；王維〈過盧員外宅看飯僧共題七韻〉中提及虔心修行者，毋須擔憂世道的黑暗，因為真修者能產生無限般若，即使位於黑暗，心中慧燈當照見黑暗而光明；岑參在〈雪後與群公過慈恩寺〉中提及雖然佛陀涅槃成道已久，吾人已無緣再至佛陀紗帳下聆聽佛言，但佛陀所傳之無上妙法實已代代相傳，並以其法語繼續救渡眾生。雙樹是佛陀涅槃處，詩人以雙樹借指涅槃，而以一燈借代傳承。

（二）【表 3-1-1-2】道、道門、妙道、妙宗、偈、一音

標號	詩　　　句	語典解釋
1	理齊少狎隱，道勝寧外物（王維〈留別山中溫古上人兄并示舍弟縉〉·頁115）	「道」指佛法、佛義；「道門」，指佛教、佛門；「妙宗」、「妙道」，指佛教。「四句」者，如四句偈文，四句分別，四句推撿是也。四句偈文如諸行無常等偈；「一音」，一音聲也，指如來之說法而言。維摩經佛國品曰：「佛以一音演說法，眾生隨類各得解。」
2	少年不足言，識道年已長（王維〈謁璿上人〉·頁179）	
3	中歲頗好道，晚家南山陲（王維〈終南別業〉·頁191）	
4	卓絕道門秀，談玄乃支公（李白〈將遊衡岳，過漢陽雙松亭，留別族弟浮屠談皓〉·頁735）	
5	大臣南溟去，問道皆請偈（李白〈登巴陵開元寺西閣，贈衡岳僧方外〉·頁997）	
6	儒道雖異門，雲林頗同調（孟浩然〈題終南翠微寺空上人房〉·頁38）	
7	支遁初求道，深公笑買山（孟浩然〈宿立公房〉·頁371）	
8	知君悟此道，所未披袈裟（高適〈同群公宿開善寺贈陳十六所居〉·頁295）	
9	乘閑道歸去，遠意誰能知（全唐詩·儲光羲〈送恂上人還吳〉·頁1406）	
10	四句了自性，一音亦非取（全唐詩·儲光羲〈同房憲部應旋〉·頁1400）	

11	障深聞道晚，根鈍出塵難（全唐詩·獨孤及〈詣開悟禪師問心法次第寄韓郎中〉·頁 2764）
12	訪道三千界，當仁五百年（全唐詩·皇甫冉〈奉和獨孤中丞游法華寺〉·頁 2815）
13	自此照群蒙，卓然為道雄……淨體無眾染，苦心歸妙宗……天子揖妙道，群僚趨下風（全唐詩·崔顥〈贈懷一上人〉·頁 1322）

　　王維在〈留別山中溫古上人兄并示舍弟縉〉中提及作首與上人均認為學佛與隱居相同，他又讚揚溫古上人從小就親近隱者，很早就體悟到修行佛道遠勝追求外物之欲。在〈謁璿上人〉中感慨自己年少時未曾真正了解佛教，直到年長時才算真正體悟到佛法。在〈終南別業〉中亦言自己中年時頗愛佛家道義；李白在〈將遊衡岳，過漢陽雙松亭，留別族弟浮屠談皓〉中讚揚談皓是佛門中的傑出人才，其談玄說法之能，可與支道林媲美。在〈登巴陵開元寺西閣，贈衡岳僧方外〉中言僧人德行深厚，凡欲往南方的大臣，均會向你拜謁，並請求佛語指迷導悟；孟浩然在〈題終南翠微寺空上人房〉中指出儒家與佛家雖然在旨趣、思想上有所不同，但在喜愛山林、雲霧的世外之景方面則是相近的。在〈宿立公房〉中指出支遁立志追尋修持佛家之道時，曾向竺道潛詢問購買道場之事；高適在〈同群公宿開善寺贈陳十六所居〉中言陳十六早已悟得佛家甚深解脫妙法，雖然尚未剃髮穿僧衣，但其修為幾與一般高僧相近。

　　儲光羲在〈送恂上人還吳〉中言及恂上人所代表的佛家之道即將遠離，這其中的深意實難明瞭。儲光羲在〈同房憲部應旋〉中讚揚高僧的修持已近阿羅漢，從無生智誦下四句偈，已到明心見性的境界，佛以一音為眾生說法，眾生因其根器不同而各得其解，詩人在此強調僧人所悟之法為一己精修而得，非擷取佛經；獨孤及在〈詣開悟禪師問心法次第寄韓郎中〉中自言自己累世所積業障深厚、佛根又愚鈍，想要超脫紅塵俗累甚為艱難。詩人對佛法甚為通解，以業重根鈍為修法的前提障礙，當然想超俗就難以達成；皇甫冉在〈奉和獨孤中丞游法華寺〉中言及游法華寺的感受，《法華經》曾言宇宙共有三千大千世界，而佛教之道即在此三千大千世界中遍存，而此法華寺亦為世界之一，故在游法華寺時寫下此句；崔顥在〈贈懷一上人〉中讚揚懷一上人出家之後，精進修行，已成為佛門中的英才，他努力使自己的佛性保持淨

潔，不因外在因緣而染，用盡心力使自己與他人都能躍進無上正等正覺的法界，懷一上人在朝廷說法時，天子拱手作揖虔心聽講，眾朝臣亦在法座下接受佛風熏習。詩人在此營造一股上至天子、下至百官臣僚均誠心聽法的氛圍，用上與下的對比字詞，展現一心同歡沐法雨的場景。

（三）【表 3-1-1-3】法要、第一義、大乘、一乘、了義

標號	詩　　　句	語典解釋
1	一心在法要，願以無生獎（王維〈謁璿上人〉·頁 179）	「法要」，佛法的要義；「義心」、「第一義」，指佛法的第一義，亦即至深微妙之法；了義，眞實之義，最圓滿的義諦；「大乘」、「一乘」，指大乘佛法；「了義」，對於不了義而言，顯了分明說示究竟之實義，謂之了義，眞實之異名。
2	欲問義心義，遙知空病空（王維〈夏日過青龍寺謁操禪師〉·頁 362）	
3	久欲謝微祿，誓將歸大乘（岑參〈寄青城龍溪奐道人〉·頁 89）	
4	棄官向二年，削髮歸一乘（岑參〈送青龍招提歸一上人遠遊吳楚別詩〉·頁 53）	
5	每聞第一義，心淨琉璃光（李頎〈題神力師院〉·頁 16）	
6	俯仰宇宙空，庶隨了義歸（全唐詩·儲光羲〈同諸公登慈恩寺塔〉·頁 1398）	
7	願聞第一義，迴向心地初（杜甫〈謁文公上方〉·頁 951）	
8	永願坐長夏，將衰棲大乘（杜甫〈陪章留後惠義寺餞嘉州崔都督赴州〉·頁 1024）	

王維在〈謁璿上人〉中講述璿上人全心於佛法大要的探究上，願以無生涅槃之法勸渡眾生。王維在〈夏日過青龍寺謁操禪師〉中提及自己想要詢問禪師，佛法中的第一義是什麼？因為禪師早已明白一切皆空的道理，甚至連一切皆空亦不能執著的道理，禪師均了然於心。義心義是佛法至深密處，罕有人能探得，但詩人卻以空法斬斷所謂至高佛法，此二句的強烈對比，反而呈顯出眞空妙有之境；岑參在〈寄青城龍溪奐道人〉中言及自己很久以前就想脫離官場，並且立下誓言將追尋、歸向大乘佛法的要義。在〈送青龍招提歸一上人遠遊吳楚別詩〉中言及歸一上人棄官兩年後，即削髮進入佛門，立願追求無上大乘法要；

李頎在〈題神力師院〉中讚揚神力師的修行精深，每當作者聽聞神力師至尊無上之佛法妙義時，蒙塵已久的佛性，總會又再發出與佛無別的琉璃寶光；儲光羲在〈同諸公登慈恩寺塔〉中描寫登上慈恩寺塔時心之所感，宇宙萬物均非永久存在、終將滅亡而空寂，惟有追尋無上正等正覺的佛法，才是永恆；寶應元年，杜甫在〈謁文公上方〉中表露求取佛法的初心，並將此願力迴向於己身之初地、初心，盼自己能勇往直前，更願尋求無上正等正覺的佛法。作者心求涅槃解脫之法，想尋無上至高佛法，但作者又言從初心做起，至高與開始的交集即是「初」字。想得法揚升必得由發初心開始。杜甫於廣德元年的作品〈陪章留後惠義寺餞嘉州崔都督赴州〉再提及：「永願坐長夏，將衰棲大乘。」〔註5〕五十二歲的杜甫，已為自己的晚年訂下方向，追求無上甚深微妙的大乘法將是最終歸宿。

二、與佛經相關

　　盛唐詩人對佛法的理解，除了與僧人往來、在佛寺聆聽講道外，詩人本身亦多少閱讀過佛典，但此節所要闡明的是詩中所指涉的佛經概念，而不是談論佛典的某一思想，詩人受佛典影響的研究是第五章的內容。以下筆者就整理的內容敘述如下：

（一）【表3-1-2-1】經論、偈、藏經、三藏、一切經、龕經

標號	詩　　　句	語典解釋
1	優婁比丘經論學，傴僂丈人鄉里賢（王維〈輞川別業〉·頁467）	「經論」，經是佛所言；論是經之釋義；「道書」，指佛書；「經」指佛經；「偈」，即佛經中的唱頌詞，通常以四句為一偈；「童子偈」指佛經偈頌；「金偈」，佛所說的韻語，因敬稱故名「金偈」；「法王經」指佛經；「藏經」，佛經的總匯；「三藏」，佛教經典的總稱；「一切經」，指佛經總名，即《大藏經》；「龕經」，應指佛經。
2	平窺童子偈，得聽法王經（孟浩然〈陪姚使君題惠上人房〉·頁89）	
3	說法開藏經，論邊窮陣圖（岑參〈送青龍招提歸一上人遠遊吳楚別詩〉·頁53）	
4	結宇題三藏，焚香老一峰（岑參〈題雲際南峰演上人讀經堂〉·頁749）	

〔註5〕《杜詩詳注》，頁1024。

5	誓寫一切經，欲向萬卷餘。揮毫散林鵲，研墨驚池魚。音翻四句偈，字譯五天書（岑參〈觀楚國寺璋上人一切經院南有曲池深竹〉‧頁218）	
6	談經演金偈，降鶴舞海雪（李白〈登梅崗望金陵，贈族姪高座寺僧中孚〉‧頁984）	
7	法證無生偈，詩成大雅篇（全唐詩‧皇甫冉〈奉和獨孤中丞游法華寺〉‧頁2816）	
8	月在上方諸品靜，僧持半偈萬緣空（全唐詩‧郎士元〈題精舍寺〉‧頁2779）	
9	啜茗翻眞偈，燃燈繼夕陽（全唐詩‧李嘉祐〈同皇甫侍御題荐福寺一公房〉‧頁2154）	
10	壁畫感靈跡，龕經傳異香（全唐詩‧崔國輔〈宿法華寺〉‧頁1199）	

　　王維在〈輞川別業〉中提及輞川的人文特色，不僅有通曉佛教經論的僧人，亦有如傴僂丈人那樣的鄉野智者；孟浩然在〈陪姚使君題惠上人房〉中言及在惠上人處聽聞佛經偈誦，以及甚深微妙佛法；岑參在〈送青龍招提歸一上人遠遊吳楚別詩〉中提到歸一上人在皇宮爲君臣演述佛經妙義。在〈題雲際南峰演上人讀經堂〉中提到演上人讀經堂中充滿佛教經、律、論經典，每到梵香時刻，整座山峰盈溢著香氣。在〈觀楚國寺璋上人一切經院南有曲池深竹〉中讚賞璋上人立下弘愿，欲抄寫萬卷《大藏經》，每當其抄寫時，不論其磨墨或是筆劃流灑之際，均驚動林中鳥與池中魚，上人在書寫過程亦在尋找誦經之句法、與文字的正確解讀。此詩亦爲盛唐抄經、唸經風行之例；李白於〈登梅崗望金陵，贈族姪高座寺僧中孚〉中稱揚中孚僧在闡揚佛偈時的精湛，如仙鶴躍舞於雪海中，令人印象深刻；皇甫冉在〈奉和獨孤中丞游法華寺〉中提及佛法偈語讓人體悟涅槃妙法，而獨孤中丞的詩則顯現儒家經世濟民的本懷。詩人在此將儒佛對舉，前爲超脫塵俗入無餘涅槃，後爲瀟脫入世塵，爲生民創造繁榮；郎士元在〈題精舍寺〉中描述夜宿精舍所感，此時寺中萬籟靜謐、悄無人聲，惟有當空懸掛一輪明月，寺中僧人均如雪山童子般精進於修行，爲求無上解脫智慧妙法，他們可以放下世間萬緣，因爲眼前所見均是虛幻，其體本空；李嘉祐在〈同皇甫侍御題荐福寺一公房〉中讚

揚一公修行精進,經常在翻讀佛教經籍,即使已至黃昏也不休息,燃起燈燭繼續研討;崔國輔在〈宿法華寺〉中言及夜宿法華寺所感,看見寺中壁畫而心中似有感應,佛龕上的經書傳來陣陣異香。

（二）【表 3-1-2-2】貝多葉、貝葉、梵字、多羅

標號	詩　　句	語典解釋
1	手持貝多葉,心念優曇花（全唐詩·張謂〈送僧〉·頁 2026）	「貝多葉」,多羅樹的葉子、寫經的樹葉、亦借指佛經;「梵字」,指古印度文字。即梵文;「梵語」,一般指古印度的書面語;「多羅」,梵文 Pattra 的譯音。亦譯作「貝多羅」。樹名,即貝多樹,形如棕櫚,葉長稠密,久雨無漏。其葉可供書寫,稱貝葉。玄奘《大唐西域記·恭建那補羅國》:「城北不遠有多羅樹林,周三十餘里。其葉長廣,其色光潤,諸國書寫,莫不採用。」
2	口翻貝葉古字經,手持金策聲泠泠（全唐詩·皇甫曾〈錫杖歌送明楚上人歸佛川〉·頁 2188）	
3	蓮花梵字本從天,華省仙郎早悟禪（全唐詩·苑咸〈酬王維〉·頁 1316）〔註 6〕	
4	禪心超忍辱,梵語問多羅（全唐詩·李嘉祐〈奉陪韋潤州游鶴林寺〉·頁 2157）	
5	蓮花法藏心懸悟,貝葉經文手自書（王維〈苑舍人能書梵字兼達梵音皆曲盡其妙戲爲之贈〉·頁 256）〔註 7〕	
6	吾知多羅樹,卻倚蓮華臺（杜甫〈山寺〉·頁 1060）	
7	貝葉傳金口,山樓作賦開（孟浩然〈與張折衝遊耆闍寺〉·頁 99）	

張謂在〈送僧〉中言僧人自小便佛根深厚,常誦讀各類佛經,一心只想求得無上佛法,並與佛相印;皇甫曾在〈錫杖歌送明楚上人歸佛川〉中提及明楚上人自西方而來,在中原翻譯梵文佛經,行走所拿之禪杖隨著腳步移動,發出陣陣清越、悠揚的聲音;李嘉祐在〈奉陪韋潤州游鶴林寺〉中提到進佛寺的體悟,清靜寂定之心油然而生,塵世的垢辱已被生發的佛性超脫,進入忍辱菩薩行,至於欲求佛教之無上殊勝法門,惟有體悟佛經妙理方可明瞭;杜甫在〈山寺〉中提及高官貴人均知佛經所言之佈施功德,於是紛紛佈施錢

〔註 6〕請參見頁 46 解釋。
〔註 7〕請參見頁 45 解釋。

財予佛寺加以整修或興建；孟浩然在〈與張折衝遊耆闍寺〉中讚揚寺中長老熟讀佛典，並能將其體悟完整告訴信徒、門生。

三、與佛、菩薩、羅漢相關

　　盛唐詩人喜遊山川名寺，途中或許借宿廟宇、或許在寺中與僧人交談甚歡，詩人有時心有所感，於是便在詩中加入佛、菩薩、羅漢的意象，可能透過此一意象傳遞自己的向佛之心；也有可能在推崇僧人的修持精湛，已至佛、菩薩境界；也有可能僅是單純指涉寺中的佛像，試就整理敘述如下：

（一）【表 3-1-3-1】佛、菩薩、羅漢、法王、佛身、開士、法王子、醫王、金仙、應真

標號	詩　　句	語典解釋
1	夙承大導師，焚香此瞻仰（王維〈謁璿上人〉·頁 179）	「大導師」，指佛菩薩。謂其能以無邊法力導引眾生超脫生死；「法王」，佛教對釋迦牟尼的尊稱，亦借指高僧，佛於法自在，稱曰法王；「應真」，羅漢的意譯。意謂得真道的人；「羅漢」，小乘的最高果位，謂已斷煩惱，超出三界輪回，應受人天供養的尊者，亦可指高僧；「開士」，菩薩的異名，以能自開覺，又可開他人生信心，故稱；「佛身」，證得無上正覺之佛陀身體也；「法王子」，大菩薩的尊稱，因大菩薩是出生於法王之家，而且能夠傳承佛法，菩薩為生育於法王佛陀之家者，故總稱曰法王子；「醫王」，醫中之王。稱讚佛譬以醫王；「金仙」，謂佛也；「空王」，佛的尊稱，佛說世界一切皆空，故稱空王；「世尊」，諸經皆以佛為世尊；「藥王」，指藥王菩薩。
2	舞成蒼頡字，燈作法王輪（全唐詩·孫逖〈正月十五日夜應制〉·頁 1189）	
3	漢主馬蹤成蔓草，法王身相示空棺（全唐詩·獨孤及〈登山谷寺上方答皇甫侍御臥疾闕陪車騎之後〉·頁 2769）	
4	應同羅漢無名欲，故作馮唐老歲年（全唐詩·苑咸〈酬王維〉·頁 1316）	
5	佛川此去何時回，應真莫便游天台，（全唐詩·皇甫曾〈錫杖歌送明楚上人歸佛川〉·頁 2188）	
6	開士度人久，空岩花霧深（全唐詩·綦母潛〈題招隱寺絢公房〉·頁 1370）	
7	佛身瞻紺髮，寶地踐黃金（全唐詩·綦母潛〈登天竺寺〉·頁 1371）	
8	衡山法王子，慧見息諸苦（全唐詩·儲光羲〈同房憲部應旋〉·頁 1400）	
9	醫王猶有疾，妙理竟難窮（全唐詩·皇甫冉〈問正上人疾〉·頁 2798）	

10	高僧本姓竺，開士舊名林（全唐詩・皇甫冉〈赴無錫寄別靈一淨虛二上人〉・頁 2787）
11	輕策臨絕壁，招提謁金仙（全唐詩・閻防〈晚秋石門禮拜〉・頁 2842）
12	途經世諦間，心到空王外（高適〈同馬太守聽九思法師講金剛經〉・頁 323）
13	前佛不復辨，百身一莓苔，雖有古殿存，世尊亦塵埃（杜甫〈山寺〉・頁 1059）
14	應眞坐松柏，錫杖掛牎戶（王昌齡〈諸官遊招隱寺〉・頁 76）
15	授余金仙道，曠劫未始聞（李白〈贈僧崖公〉・頁 542）
16	朗悟前後際，始知金仙妙（李白〈與元丹丘方城寺談玄作〉・頁 1059）
17	衡岳有開士，五峰秀眞骨（李白〈登巴陵開元寺西閣，贈衡岳僧方外〉・頁 997）
18	隨病拔諸苦，致身如法王（李頎〈題神力師院〉・頁 16）
19	遠公遁跡廬山岑，開士幽居祇樹林（李頎〈題璇公山池〉・頁 186）
20	久交應眞侶，最歡青龍僧（岑參〈送青龍招提歸一上人遠遊吳楚別詩〉・頁 53）
21	願聞開士說，庶以心相應（岑參〈寄青城龍溪奐道人〉・頁 89）
22	況値廬山遠，抽簪歸法王（岑參〈上嘉州青衣山中峰題惠淨上人幽居寄兵部楊郎中〉・頁 149）
23	早知清淨理，常願奉金仙（岑參〈登總持閣〉・頁 474）
24	只爲能除病，傾心向藥王（岑參〈臨洮龍興寺玄上人院同詠青木香叢〉・頁 494）

　　王維〈謁璿上人〉中表明自己一直誠心跟隨上人修行，因為上人之德行，如指佛菩薩般能導人入佛道，並在此以焚香表己欣羨仰望之情；孫逖在〈正月十五日夜應制〉中描述元宵夜的洛陽場景，宮殿中的舞團正表演排字的舞蹈，樓閣樑柱則掛著繪有佛教色彩的花燈；獨孤及〈登山谷寺上方答皇甫侍御臥疾闕陪車騎之後〉中云當年漢武帝的馬跡曾在此寺的石穴停留，然如今此穴已被蔓草所掩，寺中所立禪宗三祖之舍利塔，則說明雖然三祖肉身已滅，但其德行仍停留人間，受人敬仰、膜拜，詩中頗有榮華富貴只能在身前享受，能永久留存只有德行；苑咸〈酬王維〉中推崇王維的修持已至阿羅漢的境界，對於世間名利欲望早就不動念，因此常表態自己身心已老，不能再有所作為了；皇甫曾〈錫杖歌送明楚上人歸佛川〉中則希望明楚上人早日回來，不要如羅漢般游歷天台山太久，只想自我修持超脫，卻遺忘此地仍有太多信徒等著指點迷津。

　　綦毋潛〈題招隱寺絢公房〉中以菩薩異名讚揚絢公渡化眾生離苦得樂已久，居處周遭空寂而山間林道、花叢集聚，因山嵐飄聚而更顯深邃。綦毋潛的〈登天竺寺〉是詩人在遊覽佛寺時的觀見，此寺的佛相莊嚴、栩栩如生，佛寺建構亦如給孤獨長者建精舍般用心甚深，才能讓人在觀覽時，湧出一股彷若置身佛陀當年在給孤獨園講法時，親炙佛音的法喜；儲光羲〈同房憲部應旋〉中讚揚僧人是世尊佛法的承繼者，其精深修行所獲得的無上智慧，不僅替自己解脫諸相之苦滯，亦是啓示信徒了卻、止息世間苦海的智慧；皇甫冉在〈問正上人疾〉中慰問生病中的正上人，認為連世尊在世亦曾生病，但其講述佛理不因此病而有所削減，反因病而悟至理，佛理更加深而難以揣測，詩人藉此鼓勵正上人。皇甫冉在〈赴無錫寄別靈一淨虛二上人〉中指出僧人在出家前，分別姓竺與林，詩中稱僧人為開士則是敬稱；高適〈同馬太守聽九思法師講金剛經〉中讚揚九思法師雖人在俗世，必須歷經生老病死、苦集滅道等人生循環，但其心性修持卻早已進入世尊所言的空而不空、不空而空的境界。佛教告訴世人塵世太苦，惟有超脫才能得其大自在，詩人在此以人間之苦痛，對比得其空諦後的心靈自由；杜甫〈山寺〉中言在石龕中的佛像因久未照顧而無法再辨認身份，佛像上也長滿青苔，雖然尚有早期興建的佛殿存在，但寺中香火已微，世尊佛像上亦多所塵埃沾染；王昌齡〈諸官遊招隱寺〉中云在招隱寺遇一得道高僧正在松柏下禪坐，錫杖掛在窗戶旁。

　　李白在〈贈僧崖公〉中說承蒙傳授我世尊以來的佛法眞諦，是無始劫以

來未曾聽聞過的事理。李白〈與元丹丘方城寺談玄作〉中言自己在禪坐中，朗然省悟過去、未來與現在的種種，始知世尊佛法的精深奧妙。李白在〈登巴陵開元寺西閣，贈衡岳僧方外〉中稱讚衡山得道僧人的外相，如其頭骨呈五峰秀出的奇相；李頎〈題神力師院〉中稱讚神力禪師能隨眾生所執而給予不同的法藥，以解眾生因執著所帶來的痛苦，其對眾生的付出與對佛法的堅持，正如釋迦牟尼所示現的大慈與大悲。李頎在〈題璇公山池〉中將璇禪師比擬為慧遠，稱讚其德行如慧遠般不染塵俗，無論外在的威脅或利誘多麼強烈，都固守不離山林的修行。詩人將此佛寺比擬為廬山慧遠所居地，一則稱揚僧人修持，一則即顯其對慧遠的崇敬；岑參在〈送青龍招提歸一上人遠遊吳楚別詩〉中稱揚歸一上人是他長久交往的僧人中，不論其為人或是佛法修持，都令他讚歎不已。岑參〈寄青城龍溪奐道人〉中表明自己學佛的心跡，願意聞見奐道人的佛法開示，並承諾將會以誠敬的心與佛法相應、相行。岑參在〈上嘉州青衣山中峰題惠淨上人幽居寄兵部楊郎中〉描繪自己的心境，在拜訪惠淨上人的隱居處所後，內心受到啟發，想脫掉一身官服，全心皈依佛教、潛心修行，在此的廬山是指隱居處。岑參〈登總持閣〉中表明自己早已明瞭佛教的解脫生死煩惱之法，因心嚮往之，故立下誓願想長期侍奉佛陀、誠心修行佛法。岑參〈臨洮龍興寺玄上人院同詠青木香叢〉中指青木可治人病，而佛法可治人心病，解除煩惱執著，因而作者在此表露想歸向佛陀、用心修持佛法。

（二）【表3-1-3-2】佛眼、佛日、金色身、金像

標號	詩　句	語典解釋
1	三賢異七聖，青眼慕青蓮（王維〈過盧員外宅看飯僧共題七韻〉‧頁342）	「青蓮」、「蓮花目」，指佛眼，佛教以為蓮花清淨無染。故常用以指稱和佛教有關的事物，此指佛；「佛日」，對佛的敬稱，佛教認為佛之法力廣大，普濟眾生，如日之普照大地，故以日為喻；「金色身」，金色之身相也。指佛身之色；「金像」，金色佛像，此指石彌勒像。
2	徒言蓮花目，豈惡楊枝肘（王維〈胡居士臥病遺米因贈〉‧頁528）	
3	老夫貪佛日，隨意宿僧房（杜甫〈和裴迪登新津寺寄王侍郎〉‧頁764）	
4	金色身壞滅，真如性無主（王昌齡〈諸官遊招隱寺〉‧頁76）	
5	石壁開金像，香山倚鐵圍（孟浩然〈臘八日於剡縣石城寺禮拜〉‧頁76）	

　　王維在〈過盧員外宅看飯僧共題七韻〉中提出佛教修行有層次、階段的不同，修行初階的三賢位與悟道後的七聖修行階位是不同的，盧員外雖然未至七聖位，但他對佛陀與佛法修行卻是相當仰慕。詩人以三賢對七聖的筆法，強調賢與聖的差別在「悟」的程度深淺。王維在〈胡居士臥病遺米因贈〉中指出佛教只言佛眼能洞察一切生死、是非、善惡，但並未厭惡生老病死之循環變化；杜甫〈和裴迪登新津寺寄王侍郎〉中則言自己偏愛佛陀的大誓願與其法力無邊，故隨意地任憑安排，在寺中僧房住宿；王昌齡〈諸官遊招隱寺〉中言即便是佛陀的色身亦有壞滅之時，惟有人的佛性方是真實而不變，沒有任何力量可以主宰、改變此一真理；孟浩然在〈臘八日於剡縣石城寺禮拜〉中描述在石城寺禮拜的感受，早年在石壁上開鑿彌勒佛的佛像以及眾多的佛教人物、故事，如今參觀寺中的每處石窟，猶如在觀看、體悟佛教的一小千世界般。

（三）【表 3-1-3-3】三身、分身、法身

標號	詩　　　　句	語典解釋
1	昔喜三身淨，今悲萬劫長（全唐詩・張謂〈哭護國上人〉・頁 2026）	「三身」，通常指法身、報身和化身（或應身），乃成佛所證之果；「分身」，諸佛為以方便力，化處處有緣之眾生，分身於十方，而現成佛之相也；「法身」，謂證得清淨自性，成就一切功德之身。
2	此方今示滅，何國更分身（全唐詩・郎士元〈雙林寺謁傅大士〉・頁 2779）	
3	山河天眼裡，世界法身中（王維〈夏日過青龍寺謁操禪師〉・頁 362）	

　　佛教認為「佛」有法身、化身、報身，依據不同機緣、場合而顯現於眾生之前，這是成佛之果證；另外，佛教中人或盛唐詩人喜用各式不同的詞語用以表達佛之種種不可思議，借以傳揚信奉佛教所能帶來的庇蔭與護持，更以舍利印證戒定慧的修持果報。張謂〈哭護國上人〉中感慨上人過往總喜愛身、心、性的清淨無礙，不願受紅塵所染著，雖然如今已修至身、心、性的純然清淨，上人卻功果圓滿、進入涅槃，留存活著的我，則因上人的涅槃而悲痛萬分，這內心的悲傷是無法用時間來衡量；郎士元〈雙林寺謁傅大士〉中感慨傅大士已示現四聖諦的真義，今已入於涅槃、證成道果，然其本願深厚，想必其化身仍在多處行施佛道、救渡眾生；王維〈夏日過青龍寺謁操禪師〉中讚美禪師對佛法的修持與體悟，山河大地均在禪師的天眼觀照裡，世上一切事物都在僧人的功德法身所涵蓋的範圍中。對於佛教徒來說，一花一世界，一葉一如來，所有可見物均蘊藏佛法，所以

不論是大如須彌山或小如浮游，都是佛法、都在修者的一心一念中，真修行者能徹悟與佛不別的佛性，使法身顯現而含藏一切萬有。

（四）【表 3-1-3-4】身雲、金口、師子座、玉毫

標號	詩　　句	語典解釋
1	方將見身雲，陋彼示天壤（王維〈謁璿上人〉・頁 179）	「身雲」，謂圍繞在佛身上的祥雲；「金口」，謂佛之口舌如金剛堅固不壞；「師子座」，佛為人中之師子，故佛之所坐，總名師子座，如帝王之座謂為龍座也；「玉毫」，指佛眉間白毫，佛教謂其有巨大神力，此指佛光。
2	貝葉傳金口，山樓作賦開（孟浩然〈與張折衝遊耆闍寺〉・頁 99）	
3	黃金師子乘高座，白玉麈尾談重玄（李白〈峨眉山月歌送蜀僧晏入中京〉・頁 443）	
4	玉毫如可見，于此照迷方（李白〈秋日登揚州西靈塔〉・頁 977）	

王維〈謁璿上人〉中指出璿上人修行將近功圓果滿，已修至佛菩薩的境界，將可隨意分化三身、處處顯化，對於得道的壺子，其至人之境界所變化出之莫測形象，以為尚不足以稱為佛菩薩的境界；李白在〈峨眉山月歌送蜀僧晏入中京〉中祝福蜀僧晏在長安能受玄宗重視，坐上代表佛陀的師子座，在君臣前宣揚佛法，此時的您正手拿著白玉麈尾，用玄理釋佛義吧！李白〈秋日登揚州西靈塔〉中指出如果能見到佛陀眉目之間所散發出的佛光，即可在此照見令人沉醉的迷途，重現明路。

（三）【表 3-1-3-5】舍利、琉璃、甘露

標號	詩　　句	語典解釋
1	舍利眾生得，袈裟弟子將（全唐詩・張謂〈哭護國上人〉・頁 2026）	「舍利」，佛的身骨，佛、菩薩、羅漢、高僧等，寂後火化，每凝結有舍利，或如珠，或如花，白色為骨舍利，赤色為血肉舍利，黑色為髮舍利，也有雜色的，那是綜合而成，此是生前依戒定慧薰修而得，無量功德所成，若是佛舍利，世間無物能損壞，菩薩以下，其堅度便相應減少，後泛指佛教徒火化後的遺骸；琉璃」，一種青色的寶石，是佛教七寶之一；「甘露」，異
2	試向東林問禪伯，遣將心地學琉璃（全唐詩・張繼〈安公房問法〉・頁 2712）	
3	翡翠香烟合，琉璃寶地平（王維〈遊感化寺〉・頁 439）	
4	瓶裡千年舍利骨，手中萬歲胡孫藤（李白〈僧伽歌〉・頁 406）	

| 5 | 灑以甘露言，清涼潤肌髮（李白〈登巴陵開元寺西閣，贈衡岳僧方外〉．頁997） | 名天酒、美露，味甘如蜜，天人所食，光明文句五日：「甘露是諸天不死之藥，食者命長身安，力大體光。」 |

　　張謂〈哭護國上人〉中哀傷上人涅槃，其法身舍利將受眾生供養，其法、缽、袈裟亦將由眾弟子們承傳；張繼在〈安公房問法〉中言及人生事務眾多，不知何時才是終境，因此，欲向東林寺的安禪師請示解脫之法，如何讓自己的心學到清淨與光明，即是復其與生所俱之佛性；王維〈遊感化寺〉則描述佛殿上青煙瀰散籠罩著寺院，以琉璃裝飾的佛殿地面甚是平坦；李白〈僧伽歌〉中讚嘆僧伽瓶中所放是千年的佛骨舍利，手中所拿是萬年生的胡孫藤手杖；李白〈登巴陵開元寺西閣，贈衡岳僧方外〉中稱揚衡岳僧人的德行深厚，其說法如菩薩灑甘霖般，使聽法者的肌膚與頭髮甚感清涼與潤澤，並進而使人之心念淨潔、放下塵欲。

四、佛教名人

　　盛唐詩人在詩中亦多所提及名僧、祖師，有時是稱讚僧人的修為不凡、有時是心羨僧人的灑脫超然、有時則是希望自己能在其座下修行，企求得其心法真傳。就筆者所整理結果，出現次數次多的是廬山慧遠，由此趨勢研析，盛唐之淨土宗已流行傳佈甚廣，試就整理敘述如下：

（一）【表3-1-4-1】慧遠

標號	詩　　　句	語典解釋
1	善哉遠公義，清淨如黃金（全唐詩．崔顥〈贈懷一上人〉．頁1322）	「遠公」，指慧遠；此「廬山」亦指慧遠；「廬山」，有時詩人以廬山表慧遠，亦有以「廬山」表隱居處。
2	法許廬山遠，詩傳休上人（全唐詩．李嘉祐〈同皇甫冉赴官留別靈一上人〉．頁2160）	
3	石林精舍武溪東，夜扣禪關謁遠公（全唐詩．郎士元〈題精舍寺〉．頁2779）	
4	幾日東林去，門人待遠公（全唐詩．皇甫冉〈問正上人疾〉．頁2798）	
5	夜夜夢蓮宮，無由見遠公（全唐詩．皇甫冉〈望南山雪懷山寺普上人〉．頁2825）	

6	道林才不世，惠遠德過人（杜甫〈大雪寺贊公房四首・其二〉・頁 334）
7	似得廬山路，真隨惠遠遊（杜甫〈題玄武禪師屋壁〉・頁 930）
8	巫山不見廬山遠，松林蘭若秋風晚（杜甫〈大覺高僧蘭若寺〉・頁 1801）
9	隱居欲就廬山遠，麗藻初逢休上人（杜甫〈留別公安太易沙門〉・頁 1935）
10	嘗讀遠公傳，永懷塵外蹤（孟浩然〈晚泊潯陽望廬山〉・頁 6）
11	久欲追向子，況茲懷遠公（孟浩然〈彭蠡湖中望廬山〉・頁 49）
12	日暮辭遠公，虎溪相送出（孟浩然〈疾愈過龍泉精舍呈易業二公〉・頁 80）
13	讜浪肯居支遁下？風流還與遠公齊（李白〈別山僧〉・頁 745）
14	遠公愛康樂，為我開禪關（李白〈同族姪評事黯遊昌禪師山池二首・其一〉・頁 942）
15	思師石可訪，惠遠峰猶在（岑參〈送青龍招提歸一上人遠遊吳楚別詩〉・頁 53）
16	況值廬山遠，抽簪歸法王（岑參〈上嘉州青衣山中峰題惠淨上人幽居寄兵部楊郎中〉・頁 149）〔註 8〕

　　崔顥〈贈懷一上人〉中稱讚上人之德義如慧遠般高遠，其心清淨無染，猶如黃金般無瑕；李嘉祐〈同皇甫冉赴官留別靈一上人〉中讚許靈一上人的佛法行持之深，倘若慧遠仍在世當受其應許，而上人的文學創作精彩，若身在南朝，其文名亦當傳至惠休耳中；郎士元在〈題精舍寺〉則言露台寺的地理位置，以及夜宿寺中，欲禪坐深契慧遠所言淨土妙處，期能到達此境並拜謁慧遠；皇甫冉〈問正上人疾〉中提及上人幾日前去到東林寺，信徒門人都在等待著上人的回歸，在此以上人比擬為慧遠，稱讚之意濃厚。皇甫冉在〈望南山雪懷山寺普上人〉中，言

〔註 8〕參見頁 58 解釋。

自己經常夢見自己來到普上人所居寺院，但緣吝一面，皇甫冉讚揚普上人猶如慧遠般德行深遠；杜甫在〈大雪寺贊公房四首〉其二，將贊公比擬為支遁、惠遠，稱讚其德行。杜甫在〈題玄武禪師屋壁〉中讚揚禪師追尋慧遠的修行入路，並已參透精髓、得其心傳，如同與慧遠徜徉於修行之道。杜甫在〈大覺高僧蘭若〉中提到要拜訪大覺和尚，來到其所居佛寺，但其已遠離，從內容可見杜甫對其崇敬之意，以慧遠代指大覺，詩人點出此時季節為秋，在秋風吹拂下，僧人的遠離，使得寺院與詩人之心，更顯不遇的愁惆。杜甫在〈留別公安太易沙門〉中指出自己想隱居在慧遠所居住過的廬山，因為此地有位詩名與惠休齊等的僧人，杜甫用慧遠、惠休比擬太易僧人，其意在讚美僧人佛法與詩才均精湛。詩人在以上幾首詩中把僧人比擬為古代名僧，吾人從中亦可得知詩人的崇拜對象，也再次確認慧遠在盛唐詩人中的崇高地位；孟浩然在〈晚泊潯陽望廬山〉中描述自己在望見香爐峰時，想起自己曾閱讀過慧遠的傳記，對其一生的高蹈行誼佩服、懷想不已。孟浩然〈彭蠡湖中望廬山〉中描述自己早想效法向子遠離塵紛、過著悠遊名山大川的生活，看見廬山亦想起慧遠不出虎溪的堅持，此二句傳達詩人想隱居之意向。孟浩然〈疾愈過龍泉精舍呈易業二公〉中指出當年與易、業二上人同游，日暮時分我辭別二位上人，我們依依不捨一路遠送，猶如當年慧遠打破送客不過虎溪的規矩，竟送陶潛過虎溪才因虎鳴才發現，二位僧人亦承傳慧遠對朋友的熱情，一路送我過了虎溪；李白〈別山僧〉中讚揚僧人戲謔浪遊怎肯屈居支遁之下，其風流俊姿可與慧遠齊名；李白在〈同族姪評事黯遊昌禪師山池二首〉其一，提出昌禪師如同當年慧遠喜愛謝靈運一樣喜愛我，為我闡明啓開禪法之門；岑參在〈送青龍招提歸一上人遠遊吳楚別詩〉中指出歸一上人遠遊吳楚，會在南嶽參訪供奉慧思寶塔，也可朝拜慧遠生前所居的廬山。

（二）【表 3-1-4-2】支遁〔註9〕

標號	詩　　　句	語典解釋
1	此心竟誰證，回憩支公床（全唐詩・崔國輔〈宿法華寺〉・頁 1199）	「支公」，即支遁、支道林。《全唐詩》的注，認為「不獨支公住」此詩非裴迪所著。
2	不獨支公住，曾經陸羽居（全唐詩・裴迪〈西塔寺陸羽茶泉〉・頁 1315）	

〔註9〕關於論及支遁詩的解說，筆者放在第五章，故在此略過。

3	支公已寂滅，影塔山上古（全唐詩·崔曙〈宿大通和尚塔敬贈如上人兼呈常孫二山人〉·頁 1602）
4	支公何處在，神理竟茫茫（全唐詩·張謂〈哭護國上人〉·頁 2026）
5	欲究先儒教，還過支遁居（全唐詩·李嘉祐〈送王正字山寺讀書〉·頁 2150）
6	身歸沃洲老，名與支公接（全唐詩·皇甫曾〈贈沛禪師〉·頁 2186）
7	支公身欲老，長在沃州多（全唐詩·皇甫冉〈贈普門上人〉·頁 2789）
8	不見支公與玄度，相思擁膝坐長吟（全唐詩·皇甫冉〈秋夜有懷高三十五兼呈空和尚〉·頁 2790）
9	道林才不世，惠遠德過人（杜甫〈大雪寺贊公房四首〉其二·頁 334）
10	空忝許詢輩，難酬支遁詞（杜甫〈巳上人茅齋〉·頁 334）
11	從來支許遊，興趣江湖迥（杜甫〈西枝村尋置草堂地夜宿贊公土室二首〉其二·頁 596）
12	給園支遁隱，虛寂養身和（孟浩然〈春晚題永上人南亭〉·頁 91）
13	晚塗歸舊壑，偶與支公鄰（孟浩然〈還山詒湛法師〉·頁 125）
14	支遁初求道，深公笑買山（孟浩然〈宿立公房〉·頁 371）
15	櫪嘶支遁馬，池養右軍鵝（孟浩然〈宴榮山人亭〉·頁 395）
16	晚憩支公房，故人逢右軍（孟浩然〈同王九題就師山房〉·頁 180）
17	今日逢支遁，高談出有無（李白〈贈宣州靈源寺仲濬公〉·頁 631）
18	卓絕道門秀，談玄乃支公（李白〈將遊衡岳，過漢陽雙松亭，留別族弟浮屠談皓〉·頁 735）

19	謔浪肯居支遁下？風流還與遠公齊（李白〈別山僧〉‧頁745）
20	雖遊道林寺，亦舉陶潛杯（李白〈陪族叔當塗宰遊化城寺升公清風亭〉‧頁965）
21	日西到山寺，林下逢支公（岑參〈秋夜宿仙遊寺南涼堂呈謙道人〉‧頁145）
22	聞君尋野寺，便宿支公房（岑參〈聞崔十二侍御灌口夜宿報恩寺〉‧頁605）
23	此外塵俗都不染，惟余玄度得相尋（李頎〈題璇公山池〉‧186）

（三）【表3-1-4-3】四祖、慧可、僧粲、金粟、雙峰寺、七祖、迦葉、智者、深公、湯惠休、朗公、杯度、慧思、無著、天親

標號	詩　　　句	語典解釋
1	人間第四祖，雲裡一雙峰（全唐詩‧包佶〈雙山過信公所居〉‧頁2142）	「四祖」，指禪宗四祖道信大師；「粲可」，粲可是指禪宗東方第二祖慧可與第三祖僧粲；「金粟」，金粟如來相傳是維摩詰居士的前身；「雙峰寺」，指的是弘忍的東山法門；「七祖」應指神會，此時六祖已涅槃，若要求禪法，應至七祖座下求得開示，雙峰與七祖均可視為追求大乘法門之意；「迦葉」是佛陀的大弟子；「智者」，天臺宗創始人，智顗大師；「深公」，指竺法潛；「惠休」，指南朝宋人湯惠休，其早年曾為僧；「朗公」，指晉高僧康法朗；「杯度」，南朝宋時高僧；「思師」，即慧思；「無著」，是大乘佛教瑜伽行派的創立者之一；「天親」，天親即世親。生卒年不詳，無著之弟，出家後先學小乘有部，後學經部，並採用經部見解批判有部。
2	余亦師粲可，身猶縛禪寂（杜甫〈夜聽許十一誦詩愛而有作〉‧頁247）	
3	虎頭金粟影，神妙獨難忘（杜甫〈送許八拾遺歸江寧覲省甫昔時嘗客遊此縣於許生處乞瓦棺寺維摩圖樣志諸篇末〉‧頁457）	
4	身許雙峰寺，門求七祖禪。……本自依迦葉，何曾藉偓佺（杜甫〈秋日夔府詠懷奉寄鄭監李賓客一百韻〉‧頁1713）	
5	欲就終焉志，先聞智者名（孟浩然〈陪張丞相祠紫蓋山述經玉泉寺〉‧頁68）	
6	支遁初求道，深公笑買山（孟浩然〈宿立公房〉‧頁371）〔註10〕	
7	何日更攜手，乘杯向蓬瀛（李白〈贈僧崖公〉‧頁542）	
8	梁有湯惠休，常從鮑照遊（李白〈贈僧行融〉‧頁633）	

〔註10〕關於竺法潛的典故，請參照第五章第一節第十一項的解說。

9	嚴種朗公橘,門深杯度松(李白〈送通禪師還南陵隱靜寺〉,頁837)	
10	湖州司馬何須問,金粟如來是後身(李白〈答湖州迦葉司馬問白是何人〉,頁876)	
11	思師石可訪,惠遠峰猶在(岑參〈送青龍招提歸一上人遠遊吳楚別詩〉,頁53)〔註11〕	
12	無著天親弟與兄,嵩丘蘭若一峰晴(王維詩〈過乘如禪師蕭居士嵩丘蘭若〉,頁111)	

　　包佶〈雙山過信公所居〉中描述經過供奉道信寶塔時的感觸,道信是禪宗在人間承傳的第四祖,其舍利寶塔建在這高聳入雲的雙鋒;杜甫〈夜聽許十一誦詩愛而有作〉表露皈依禪門的志向,粲可是指禪宗東方第二祖慧可與第三祖僧粲。杜甫在〈送許八拾遺歸江寧覲省甫昔時嘗客遊此縣於許生處乞瓦棺寺維摩圖樣志諸篇末〉中描述寺中壁畫,金粟是佛名,金粟如來相傳是維摩詰居士的前身,金粟影指的是維摩圖。杜甫在〈秋日夔府詠懷奉寄鄭監李賓客一百韻〉中寄託自己深切的感慨,迦葉是禪宗天竺二十五祖之首,雙峰寺乃禪宗東方第四祖道信與第五祖弘忍的道場,杜甫意欲投身東山法門,追求歷代禪宗祖師的心法,這是杜甫晚年的詩作,在嚐盡人生的悲歡離合與耳朵始聾後,他所企慕的不再是濟世大業,而是心靈上的歸宿,縱然最後並未出世,杜甫的出家之言,仍留給後人許多的想像。

　　孟浩然〈陪張丞相祠紫蓋山述經玉泉寺〉中描述自己在陪張九齡途經玉泉寺時的感觸,玉泉寺是天台宗創始人智者大師所居寺廟,作者想到智者一生的行誼而心生仰慕,因此,詩中有想隱居於此的心意表露;李白在〈贈僧崖公〉中寫詩送僧人,詩中充滿仰慕之情,對崖公的佛法與修持推崇不已,期待有朝一日也能與崖公如杯度般乘著木杯,渡向佛仙所居之靈地。李白〈贈僧行融〉提及梁朝僧人湯惠休與鮑照是好友,常常一起出外遊歷各地。李白〈送通禪師還南陵隱靜寺〉中提及隱靜寺所在的山巖有康法朗當年親手種植的橘樹,寺門則有傳奇僧人杯度親手栽種的古松。李白在〈答湖州迦葉司馬問白是何人〉中戲說自己是金粟如來的後身,而維摩詰居士的前身亦為金粟

〔註11〕參見頁54解釋。

如來。王維在〈過乘如禪師蕭居士嵩丘蘭若〉中將乘如禪師與蕭居士比擬為無著和天親兄弟，此舉當是稱讚兩位修行者的德行，他們居住在嵩山的一座晴朗山峰中的寺院。

五、小　結

　　盛唐詩人對佛經、佛法的名稱與佛徒了解甚多，以貝葉、多羅指佛經，對於無上甚深微妙法的說明也用第一義、大乘等詞語表示，不僅詞句富於變化，也說明詩人們對佛禪的認識程度。佛教名人的羅列中，東晉慧遠是最被盛唐詩人所提及的高僧，慧遠提倡念經修道，並立愿往生極樂淨土，被稱為淨土宗的倡導者、初祖。他分別被七位詩人直接提及，而且讚揚其德行，這反映出當時特別推崇慧遠，吾人從這個現象可知當時人們對慧遠特別推崇，自然跟隨其唸佛成佛的主張，於是造成淨土宗盛行。

第二節　與僧人、寺院、佛樂及其相關儀軌

一、僧人行儀、寺院飾物

　　盛唐詩人喜歡結交僧人，往往在詩中會藉由僧人的食衣住行、修行儀軌、服飾、禮器表達自己對僧師的孺慕之情，其次，詩人因喜遊寺院，故詩中亦多所表達寺院中的擺設，有時純指飾物，有時又隱含寓意，試就所知整理如下：

（一）【表 3-2-1-1】飲食相關：一飲、斷葷血、蔬食、清齋、羶腥食；
　　　僧人行儀相關：漱口、鉢、衣鉢、銅瓶

標號	詩　　　　　句	語典解釋
1	六時自搥磬，一飲常帶索（王維〈燕子龕禪師詠〉·頁 572）	「一飲」，佛教苦行之一，指一天僅一食；釋氏法。食後必漱口，並取楊柳等之小枝，將枝頭咬成細條，用以刷牙淨齒；「鉢」，僧人食具。底平，口略小，形圓稍扁。用泥或鐵等製成；「乞食」，十二頭陀行之一。比
2	齋時不乞食，定應空漱口（王維〈胡居士臥病遺米因贈〉·頁 528）	
3	綻衣秋日裡，洗鉢古松間（王維〈同崔興宗送衡嶽瑗公南歸〉·頁 334）	
4	悲哉世上人，甘此羶腥食（王維〈贈李頎〉·頁 266）	

5	誓從斷葷血，不復嬰世網（王維〈謁璿上人〉・頁 179）	丘爲資自己之色身，乞食於人也，是爲清淨之正命；「銅瓶」，僧人用於盥洗的淨瓶；「衣鉢」，佛教僧尼的袈裟與飯盂；「斷葷血」、「蔬食」、「清齋」，佛教修行者戒葷腥並素食；「甘此羶腥食」，王維鼓勵世人要素食；「齋時」，吃齋食的時間。自黎明至正午之間。
6	吾生好清靜，蔬食去情塵（王維〈戲贈張五弟諲三首〉其三・頁 201）	
7	山中習靜觀朝槿，松下清齋折露葵（王維〈積雨輞川莊作〉・頁 444）	
8	一老猶鳴日暮鐘，諸僧但乞齋時飯（杜甫〈大覺高僧蘭若〉・頁 1801）	
9	今旦飛錫去，何時持鉢還（岑參〈送青龍招提歸一上人遠遊吳楚別詩〉・頁 53）	
10	雨氣濕衣鉢，香煙泛庭除（岑參〈觀楚國寺璋上人一切經院南有曲池深竹〉・頁 218）	
11	持鉢何年至，傳燈是日歸（全唐詩・孫逖〈送新羅法師還國〉・頁 1196）	
12	銅瓶與竹杖，來自祝融峰（全唐詩・崔興宗〈同王右丞送瑗公南歸〉・頁 1315）	
13	竹房見衣鉢，松宇清身心（全唐詩・崔顥〈贈懷一上人〉・頁 1322）	
14	釋子身心無垢氛，獨將衣鉢去人群（全唐詩・皇甫冉〈同李萬晚望南岳寺懷普門上人〉・頁 2815）	

　　王維在〈燕子龕禪師詠〉中讚揚燕子龕禪師的修行精苦，一晝夜六個時辰均親自擊磬做佛事，亦奉行一日一餐的的頭陀行、與身繫粗麻做的腰帶。王維在〈胡居士臥病遺米因贈〉中言胡居士受貧病之苦，想必食齋之時未乞食，只有漱口淨齒而已，故特送米解其困。王維在〈同崔興宗送衡嶽瑗公南歸〉中言瑗上人在秋日縫補僧衣，在古松林立的溪河中洗沖僧鉢。王維在〈贈李頎〉中鼓勵大家素食修行，並感嘆世人不知如李頎般服食修練，僅愛好羶腥味的肉類。王維在〈謁璿上人〉中亦言自己當追隨佛陀腳步，並立誓斷除葷血肉食，不再陷入塵世欲望的牽縛。王維在〈戲贈張五弟諲三首〉其三，則表明自己愛好清靜，飲食不再涉及魚肉，追求名利欲望之心亦已斬除。對於詩人而言，切斷食肉即是脫離紅塵的肇始。王維在〈積雨輞川莊作〉中描述自己閒居山林生活，在山中靜觀朝槿花的開落，在松林之下享用素齋與採摘沾上露水的葵葉。王維山水詩之引人入勝，在於其靜謐的山水中總有一股生機盎然，有時以鳥獸一呼動山河，有時以花落聲破寂寥。此詩以靜觀朝槿對照折取露葵，以靜顯動實爲絕妙；杜甫在〈大覺高僧蘭若〉中懷念大覺禪師，描述禪師不在的寺院，仍有僧人按佛律做法事、修行，應敲鐘

則敲鐘，該出門乞食即出門；岑參在〈送青龍招提歸一上人遠遊吳楚別詩〉中言及歸一上人帶著錫杖離開，不知何時才會持缽而回。岑參在〈觀楚國寺璋上人一切經院南有曲池深竹〉中言寺中雨氣沾濕僧人的衣與缽，此時已是日暮時分，寺中晚課所焚香之香味，瀰漫整個寺院；孫逖在〈送新羅法師還國〉中言法師何年持缽至中土求法、習法已不可知，但回國傳承佛法之日一至，即是其必定的歸期；崔興宗在〈同王右丞送瑗公南歸〉中則言瑗公平日行遊總帶著淨瓶與竹杖，如今南歸亦是如此服儀；崔顥在〈贈懷一上人〉中言及在懷一上人的禪房見其僧衣與缽碗，禪房位於松林之間，人在其中更顯清靜；皇甫冉在〈同李萬晚望南岳寺懷普門上人〉中提及望南岳寺時懷想著普門上人，遙想其修行精進且心無塵世垢染，常著僧衣帶缽碗至人群中傳法。

（二）【表 3-2-1-2】趺坐、經行、天香、削髮、寶幡、禪誦、結跏、梵

標號	詩　　句	語典解釋
1	頓草承趺坐，長松響梵聲（王維〈登辨覺寺〉·頁 176）	趺坐，盤腿端坐、禪坐；「經行」，於一定之地旋繞往來也。即坐禪而欲睡眠時，為此防之，又為養身療病；在一定的地方兜圈子，其目的在於避免坐禪時發生昏沉或睡眠；「天香」、「蕙香」、「香」，祭神、禮佛的香；天上之香。又人中之妙香亦云天香，如人中之好華曰天華。「栴檀」，即檀香，寺廟中用以燃燒祀佛；「削髮」，剃髮出家。佛教戒儀之一；「寶幡」，佛寺上懸掛的旗幡；「蓋」，佛之供具，寶蓋天蓋等；「禪誦」，佛教語。謂坐禪誦經；「梵」，指誦經聲。
2	趺坐簷前日，焚香竹下煙（王維〈過盧員外宅看飯僧共題七韻〉·頁 342）	
3	山木日陰陰，結跏歸舊林（王維〈燕子龕禪師詠〉·頁 572）	
4	覺路山童引，經行谷鳥從（全唐詩·孫逖〈奉和崔司馬游雲門寺〉·頁 1190）	
5	更憶登攀處，天香滿袖歸（全唐詩·孫逖〈酬萬八賀九雲門下歸溪中作〉·頁 1190）	
6	衰草經行處，微燈舊道場……科斗書空古，栴檀缽自香（全唐詩·秦系〈秋日過僧惟則故院〉·頁 2889）	
7	山壚響信鼓，蘅薄生蕙香（全唐詩·儲光羲〈至岳寺即大通大照禪塔上溫上人〉·頁 1382）	
8	君子又知我，焚香期化心（全唐詩·儲光羲〈石甕寺〉·頁 1387）	
9	落髮自南州，燕居在西土（全唐詩·儲光羲〈同房憲部應旋〉·頁 1400）	

10	削髮十二年，誦經峨眉裡（全唐詩·崔顥〈贈懷一上人〉·頁1322）
11	虛室猶焚香，林空靜磬長（全唐詩·李嘉祐〈同皇甫侍御題薦福寺一公房〉·頁2154）
12	觀空靜室掩，行道眾香焚（全唐詩·綦毋潛〈題靈隱寺山頂禪院〉·頁1370）
13	珊珊寶幡掛，焰焰明燈燒……願謝攜手客，茲山禪誦饒（全唐詩·綦毋潛〈題鶴林寺〉·頁1386）
14	夜來猿鳥靜，鐘梵響雲中（全唐詩·陶翰〈宿天竺寺〉·頁1478）
15	秋夜聞清梵，餘音逐海潮（全唐詩·皇甫曾〈送少微上人東南游〉·頁2183）
16	樹色依禪誦，泉聲入寂寥（全唐詩·皇甫曾〈贈鑑上人〉·頁2185）
17	後夜空山禪誦時，寥寥掛在枯樹枝（全唐詩·皇甫曾〈錫杖歌送明楚上人歸佛川〉·頁2188）
18	獨坐焚香誦經處，深山古寺雪紛紛（全唐詩·皇甫冉〈寄振上人無礙寺所居〉·頁2808）
19	遍禮南朝寺，焚香古像前（全唐詩·皇甫冉〈送延陵陳法師赴上元〉·頁2821）
20	長老偏摩頂，時流尚誦經（全唐詩·皇甫冉〈送志彌師往淮南〉·頁2811）

　　王維在〈登辨覺寺〉中言佛寺一景，寺中草地柔軟，眾僧人在上面禪坐，此時僧人們的誦經聲響迴於松林之中。王維在〈過盧員外宅看飯僧共題七韻〉中言盧員外的供僧之舉，僧人在員外府宅前禪坐，在竹林裡焚香供佛僧。王維在〈燕子龕禪師詠〉中言燕子龕禪師回至舊居禪坐；孫逖在〈奉和崔司馬游雲門寺〉中言自己在游雲門寺的所感，詩中「覺路」一語雙關，即言通往大道之路，又言醒覺佛性過程，不論何者均需明者指引，後「山童」二字即言童子又言赤子之心，詩人在經行修煉時，更有谷中眾鳥隨之。人要能走上覺路，不可或缺的是本身的省察，省察的前提又是本具的佛性、赤子心有無發顯，詩人以「覺路」連「山童」

實爲妥切，再以「山童」對「谷鳥」則表示欲覺山童處，仍需大善知識的引導。在〈酬萬八賀九雲門下歸溪中作〉中則言回想當時在佛寺的高處時，寺中檀香陣陣環繞，歸去時，香味充塞整個身心。

　　秦系在〈秋日過僧惟則故院〉中言過去經行處已長滿野草，寺中只餘些微燈光，後再言寺中用梵文寫的佛經已空，但燒檀香之缽仍發出陣陣馨香；儲光羲在〈至岳寺即大通大照禪塔上溫上人〉中言山中響起層層信鼓聲，而不甚茂密的杜蘅受寺中檀香熏染，亦散發出陣陣花檀馨香。儲光羲在〈石甕寺〉中言在石甕寺的感觸，看到寺中松樹聯想到君子，想必松樹明瞭我的心，此刻的我正在焚香以期生發化身之心，尋求一種與佛無別、能隨順因緣而有所變化的智慧心。儲光羲在〈同房憲部應旋〉中言衡山寺的高僧，其在南方落髮出家，後在西方落腳傳法；崔顥在〈贈懷一上人〉中則言懷一禪師出家十二年，在峨眉修行；李嘉祐在〈同皇甫侍御題薦福寺一公房〉中言一公禪房燃著靜香，整個空間是靜謐的狀態，寺中所敲之鐘磬聲聽來格外悠長；綦毋潛在〈題靈隱寺山頂禪院〉言禪堂處於相當隱密之處，肉眼觀視不易發現，但在前往探尋的路上，又似有人正焚香指引著、另一解則爲若欲持修空觀，可尋寺中靜房禪坐，寺中道路均有焚香，可依香味進行經行。綦毋潛在〈題鶴林寺〉中云佛寺外懸掛著旗幡，佛寺內正燃燒著光亮明晰的燈燭，詩人自言在此可「暫令身心調」，寺中禪誦聲繚繞整座山林，似正酬謝不遠千里而來參拜的信徒。

　　陶翰則言夜宿天竺寺的感受，此時山中連猿鳥都在休息，整座山林悄然無異聲，惟有寺中定時所擊響的鐘磬聲；皇甫曾〈送少微上人東南游〉中言在秋夜時聽見陣陣禪誦聲，正如潮浪般不斷向前擴散，詩人讚揚上人雖遠游，但其德行仍在此地一波波地影響眾人。皇甫曾在〈贈鑑上人〉中言鑑上人修行精深，常在山林之中獨自禪坐誦經，周遭事物受其感染而噤聲，且同時進入禪法界。此詩意境深遠，詩人以靜之樹色連結動之誦，再以動之泉系連靜之寂，更以極靜巧之樹對照恆動之聲泉，還借由迴盪精確的禪誦聲，對比萬籟俱靜的寂，其修辭技巧純熟精湛。皇甫曾在〈錫杖歌送明楚上人歸佛川〉中稱讚明楚上人修行之深，即使在空無一人的山中，亦不忘禪誦的修持；皇甫冉在〈寄振上人無礙寺所居〉言獨坐在僧人禪誦焚香之處，此時在深山的古寺已雪花片片。皇甫冉〈送延陵陳法師赴上元〉言陳法師遍禮南朝時的古寺，並一一上香以示虔誠。皇甫冉〈送志彌師往淮南〉中稱讚志彌師早已是

被僧俗所認可的高僧，但他為迎合世人喜愛聽誦經的趨向，仍不辭辛勞到處講經說法。

（三）【表 3-2-1-3】歸心、加持、作禮、得度、結跏、如意、僧臘、摩頂、柄

標號	詩　　　句	語典解釋
21	今日觀身我，歸心復何處（全唐詩·綦毋潛〈題栖霞寺〉·頁 1369）	「歸心」，即皈依；「加持」，意謂施加佛力於眾生，以保護扶持之；「作禮」，作敬禮也；「得度」，在此指得到引度，披剃出家；「結跏」，又名結跏趺坐，佛陀的坐法，即盤膝而坐；「如意」，器物名，和尚宣講佛經時，持如意，記經文於上，以備遺忘；「僧臘」，僧尼受戒後的年歲；「摩頂」，佛用手撫摩弟子之頂，通常佛不是為了付囑大法而撫摩弟子之頂，就是為了授記而撫摩弟子之頂；「談柄」，和尚宣講佛經時，或持麈尾、如意，稱為談柄；「白拂」，白色的拂塵，僧人說法時執持；「玉柄」，指麈尾。即僧人所用之拂塵。
22	加持將暝合，朗悟豁然開（全唐詩·綦毋潛〈祇園寺〉·頁 1372）	
23	燃燈見棲鴿，作禮聞信鼓（全唐詩·崔曙〈宿大通和尚塔敬贈如上人兼呈常孫二山人〉·頁 1602）	
27	得度北州近，隨緣東路賒……鐘嶺更飛錫，爐峰期結跏（全唐詩·張謂〈送僧〉·頁 2026）	
28	手持如意高窗裡，斜日沿江千萬山（全唐詩·李嘉祐〈題道虔上人竹房〉·頁 2169）	
29	律儀傳教誘，僧臘老煙霄（全唐詩·皇甫曾〈贈鑒上人〉·頁 2185）	
30	出家童子歲，愛此雪山人（全唐詩·皇甫冉〈送安律師〉·頁 2804）	
31	大師幾度曾摩頂，高士何年遂發心（全唐詩·皇甫冉〈秋夜有懷高三十五兼呈空和尚〉·頁 2790）	
32	長老偏摩頂，時流尚誦經（全唐詩·皇甫冉〈送志彌師往淮南〉·頁 2811）〔註12〕	
33	平生竹如意，猶掛草堂前（孟浩然〈過景空寺故融公蘭若〉·頁 66）	
34	講席邀談柄，泉堂施浴衣（孟浩然〈臘八日於剡縣石城寺禮拜〉·頁 77）	

綦毋潛在〈題栖霞寺〉言自我觀照身心時，心中頗有感觸，人之身處處可得

〔註12〕參見頁 73 解釋。

憩息，但人之心卻不易有止歸處，詩人皈佛之心隱然浮現。綦毋潛〈祇園寺〉中云在寺中受到佛法加持灌頂，使累世來的佛性障蔽頓開，並復其清朗明悟；崔曙則言寺中大殿燃著佛燈，其莊嚴佛氛連鴿子亦來棲息，詩人正在作禮敬拜佛菩薩，寺中響起陣陣令人生起大信心的鼓聲；張謂在〈送僧〉中言僧人在北州附近出家，長久往東方隨緣化度眾生，其後又云僧人手持錫杖在崇山峻嶺之間行走，又在山之峰結跏禪坐。李嘉祐在〈題道虔上人竹房〉中云從竹房往外看，想像上人在房中記經文於如意，此時夕照千山萬水，頗有一即一切、一切即一之佛義蘊含；皇甫曾在〈贈鑒上人〉中言鑒上人持守佛律謹嚴並受眾人推崇效法，其出家雖久而其持律仍嚴，上人德行直入雲霄；皇甫冉〈送安律師〉中云安律師很早就出家，並以雪山童子為法忘軀的精神所感召。皇甫冉在〈秋夜有懷高三十五兼呈空和尚〉言禪師已多次為你摩頂受記，高三十五又是何時開始發心向佛道呢？孟浩然在〈過景空寺故融公蘭若〉中懷念融公，提及融公生前所隨身持帶的如意仍掛在草堂，有睹物思人之慨嘆。孟浩然在〈臘八日於剡縣石城寺禮拜〉中云自己在寺中受邀聆聽僧人講演佛法，並在寺中受贈浴衣以便洗滌身體之污穢，此句亦可解為聽經如同在寺中泉堂洗滌心中污染般，脫掉髒衣換上佛陀所施贈之清淨衣。

（四）【表 3-2-1-4】誦咒、遊方、白拂、天香、玉柄、焚香、珠、禪誦、跌坐、梵、楊枝、如意、灌頂、琉璃

標號	詩　　句	語典解釋
35	問言誦咒幾千徧，口道恒河沙復沙（李白〈僧伽歌〉・頁 406）	「誦咒」，誦經，念經；「遊方」，謂僧人雲游四方；「所在即為寶」，此指僧寶，三寶之一；「仙梵」，指佛教徒誦經的聲音；「珠」，指念珠，念佛號或經咒時用以計數的串珠。用材不一，粒數有十八、二十七、五十四、一百零八之分；「紅燭」，寺中大殿上的紅燭；「梵流諸壑遍」，「梵」，注本曰清淨，但下句為花雨，按佛經記載，佛在講經時，天女會來散花，因此筆者認為此梵應為講經、誦經聲；「楊枝」是僧徒用以刷牙之物；另一解為手執楊枝，當願眾生皆得妙法，究竟清淨，「楊枝晨在手」以第一解為宜；「灌頂」，梵語的意譯。原為古印度帝王即
36	說法動海岳，遊方化公卿（李白〈贈僧崖公〉・頁 542）	
37	會公真名僧，所在即為寶。開堂振白拂，高論橫青雲（李白〈自梁園至敬亭山見會公，談陵陽山水兼期同遊，因有此贈〉・頁 621）	
38	樓臺成海氣，草木皆天香（李白〈安州般若寺水閣納涼，喜遇薛員外乂〉・頁 1061）	
39	天香生虛空，天樂鳴不歇（李白〈盧山東林寺夜懷〉・頁 1075）	

40	時聞天香來，了與世事絕（李白〈登梅崗望金陵，贈族姪高座寺僧中孚〉‧頁 984）
41	窺窗見白拂，挂壁生塵埃（李白〈尋山僧不遇作〉‧頁 1066）
42	高僧拂玉柄，童子獻雙梨（李白〈同族姪評事黯遊昌禪師山池二首〉其二‧頁 943）
43	焚香如雲屯，幡蓋珊瑚垂（岑參〈登千福寺楚金禪師法華院多寶塔〉‧頁 176）
44	頂上巢新鶴，衣中帶舊珠（岑參〈晚過磐石寺禮鄭和尚〉‧頁 502）
45	猿鳥樂鐘磬，松蘿泛天香（岑參〈上嘉州青衣山中峰題惠淨上人幽居寄兵部楊郎中〉‧頁 149）
46	雨氣濕衣鉢，香煙泛庭除（岑參〈觀楚國寺璋上人一切經院南有曲池深竹〉‧頁 218）〔註 13〕
47	山中多法侶，禪誦自爲群（王維〈山中寄諸弟妹〉‧頁 112）
48	頓草承趺坐，長松響梵聲（王維〈登辨覺寺〉‧頁 176）〔註 14〕
49	梵流諸壑遍，花雨一峰偏（王維〈投道一師蘭若宿〉‧頁 196）
50	誓陪清梵末，端坐學無生（王維〈遊感化寺〉‧頁 439）
51	朝梵林未曙，夜禪山更寂（王維〈藍田山石門精舍〉‧頁 460）
52	天香自然會，靈異識鐘音（王昌齡〈同王維集青龍寺曇壁上人兄院五韻〉‧頁 209）
53	彼此名言絕，空中聞異香（王昌齡〈題僧房〉‧頁 131）

位的儀式。佛教密宗效此法，凡弟子入門或繼承阿闍梨位時，必須先經本師以水或醍醐灌灑頭頂。灌謂灌持，表示諸佛的護念、慈悲；「琉璃」，詩文中常以喻晶瑩碧透之物，如佛性即是光瑩澄澈之物。

〔註 13〕 參見頁 70 解釋。
〔註 14〕 參見頁 72 解釋。

54	楊枝晨在手，豆子雨已熟（杜甫〈別贊上人〉·頁 667）	
55	花宮仙梵遠微微，月隱高城鐘漏稀（李頎〈宿瑩公禪房聞梵〉·頁 178）	
56	指揮如意天花落，坐臥閑房春草深（李頎〈題璿公山池〉·頁 186）	
57	鐘鳴時灌頂，對此日閑安（李頎〈長壽寺粲公院新甃井〉·頁 165）	
58	每聞第一義，心淨琉璃光（李頎〈題神力師院〉·頁 16）〔註15〕	

　　李白在〈僧伽歌〉中提問僧伽誦經已多少遍，僧伽回答已如恒河沙數般無法計數。李白在〈贈僧崖公〉中稱讚崖公的講演佛法震動山岳大海，亦雲遊天下度化王侯卿相。李白在〈自梁園至敬亭山見會公，談陵陽山水兼期同遊，因有此贈〉中讚揚會公是一位真修的僧人，無論到何地均能以其德行感召眾人，使人間凡地變成一片祥和的佛國淨土，他也開壇講演佛法，並手持白色拂塵隨經文揮灑，其對佛法之體悟不僅透澈且玄妙，猶如青天之高聳、白雲之幽深。李白在〈安州般若寺水閣納涼，喜遇薛員外乂〉中描述般若寺的景觀，寺中樓閣如海市蜃樓般迷離，寺中林園散出陣陣天上才有的香氣。李白〈廬山東林寺夜懷〉中言在東林寺的感觸，有奇妙的天香在虛空中散延，耳中傳來天上才有的妙樂，而且鳴響不絕。李白在〈登梅崗望金陵，贈族姪高座寺僧中孚〉中讚揚中孚所講演之佛法奧妙、所居之地常聞天上方存的香味，讓人隔絕、忘卻塵世眾多紛擾。李白〈尋山僧不遇作〉中提及自己從窗戶外窺視，只見拂塵仍掛在牆壁，但已灰塵滿佈，此間透露主人不在已久。李白於〈同族姪評事黯遊昌禪師山池二首〉其二，則描述在昌禪師所居地遊玩，但見禪師手持玉柄拂塵、童子獻上經霜的梨子款待我。

　　岑參〈登千福寺楚金禪師法華院多寶塔〉云此多寶塔之壯麗、不可思議，句中言塔中焚香時，其煙聚而不散，有如雲之聚集，塔上之佛旗法傘亦在空中飄逸伸揚，其氛圍高潔肅重。岑參在〈晚過磐石寺禮鄭和尚〉中描述經過磐石寺的見聞與所感，佛寺附近有白鶴築巢於樹頂，而自己為表虔敬身上帶有念珠。岑參在〈上嘉州青衣山中峰題惠淨上人幽居寄兵部楊郎中〉中讚揚惠淨上人的德行，不僅感化猿猴野性而令其喜近佛音，連松蘿等植物亦長聞佛語而泛出陣陣天上才有的香氣；王維在〈山中寄諸弟妹〉云山中的出家眾

〔註15〕參見頁 51 解釋。

很多，因此禪坐誦經者常常成群修行。王維在〈投道一師蘭若宿〉中稱讚道一禪師所居之寺受其德行薰染而清淨非常，此股氛圍散佈在整座山中，落花亦多飄落禪師所居之山峰。王維在〈遊感化寺〉中有所感觸，立下誓願欲追隨禪誦僧，並且努力參悟佛教終究涅槃之理。王維在〈藍田山石門精舍〉中言僧人們早晨誦經禮拜時尚未見到曙光，夜宿山中精舍並禪坐時，整座山林更顯寂靜。詩人以禪誦突顯禪坐的空寂，明示動中取靜方為靜之意涵；王昌齡在〈同王維集青龍寺曇壁上人兄院五韻〉中稱揚曇壁上人修行甚有靈感，不僅寺院常飄異香，更有陣陣梵鐘樂音傳來。王昌齡〈題僧房〉中言與僧人談論佛法時，此時忽有天上異香傳來，彼此心中有所頓悟，深契世上一切為空無以言說的妙法；杜甫在〈別贊上人〉中言贊上人風塵僕僕傳道修行，如豆子從菁至熟多回，表示修行精進、無有懈怠；李頎在〈宿瑩公禪房聞梵〉中描述夜宿瑩公禪房時，隱約之間聽到誦經梵樂遠遠傳來，此時月亮已隱身於高城，夜深的打更聲逐漸稀疏。李頎在〈題璿公山池〉中讚揚璿公手持如意在講演佛法時，常精彩深入到似有天女來散花，當講說完畢回到僧房時，放下一切稱揚，回歸最初的心念靜寂。李頎〈長壽寺粲公院新甃井〉中言今日寺院鐘聲響起時，是舉行灌頂儀式的時間，完成後，心靈當是時刻幽閒安樂的境地、李頎在〈題神力師院〉中讚揚神力師深明無上究極妙法，堅持把守與佛不別的佛性，不使其受到蒙蔽，也因神力師常能徹見事物的真相，萬物在其眼下，如琉璃般澄澈透明。

（五）【表 3-2-1-5】綻衣、水田衣、稻畦、袈裟、禪衣、天衣、比丘衣

標號	詩　句	語典解釋
1	綻衣秋日裡，洗缽古松間（王維〈同崔興宗送衡嶽瑗公南歸〉‧頁 334）〔註16〕	「綻衣」，綻，縫補，意為縫補僧衣，佛教稱僧衣為百納綻衣，意為有很多補綴的衣服；袈裟又稱水田衣、稻畦帔。「水田衣」，袈裟的別名。因用多塊長方形布片連綴而成，宛如水稻田之界畫，故名。也叫百衲衣；「禪衣」、「比丘衣」、「袈裟」、「衲衣」，指僧衣；「天衣」，佛教謂諸天人所著之衣；偏袒右肩，僧人身披袈裟，祖露
2	手巾花疊淨，香帔稻畦成（王維〈與蘇盧二員外期遊方丈寺而蘇不至因有是作〉‧頁 340）	
3	乞飯從香積，裁衣學水田（王維〈過盧員外宅看飯僧共題七韻〉‧頁 342）	

4	上卿揮別藻，中禁下禪衣（全唐詩·孫逖〈送新羅法師還國〉·頁 1196）	右肩，以示恭敬。
5	燈明方丈寺，珠繫比丘衣（全唐詩·綦毋潛〈宿龍興寺〉·頁 1371）	
6	一生求清淨，百毳納袈裟（全唐詩·張謂〈送僧〉·頁 2026）	
7	舍利眾生得，袈裟弟子將（全唐詩·張謂〈哭護國上人〉·頁 2026）	
8	磬聲寂歷宜秋夜，手冷燈前自衲衣（全唐詩·秦系〈秋日送僧志幽歸山寺〉·頁 2892）	
9	入定幾時將出定，不知巢燕汙袈裟（全唐詩·秦系〈題僧明惠房〉·頁 2892）	
10	瑞蓮生佛步，瑤樹掛天衣（全唐詩·宋昱〈題石窟寺〉·頁 1217）	
11	知君悟此道，所未被袈裟（高適〈同群公宿開善寺贈陳十六所居〉·頁 295）〔註17〕	
12	棋局動隨幽澗竹，袈裟憶上泛湖船（杜甫〈因許八奉寄江寧旻上人〉·頁 458）	
13	偏袒右肩露雙腳，葉裡松子僧前落（杜甫〈戲為韋偃雙松圖歌〉·頁 758）	
14	孤峰隔身世，百衲老寒喧（李頎〈無盡上人東林禪居〉·頁 62）	
15	杉風吹袈裟，石壁冷孤燈（岑參〈寄青城龍溪奐道人〉·頁 89）	
16	江雲入袈裟，山月吐繩床（岑參〈上嘉州青衣山中峰題惠淨上人幽居寄兵部楊郎中〉·頁 149）	
17	滿寺枇杷多著花，老僧相見具袈裟（岑參〈赴嘉州過城固縣尋永安超禪師房〉·頁 726）	

〔註17〕參見頁 49 解釋。

　　王維在〈與蘇盧二員外期遊方丈寺而蘇不至因有是作〉中指出僧人的棉織手巾潔淨，身上袈裟亦薰香、完整無缺。王維在〈過盧員外宅看飯僧共題七韻〉中云員外樂善好施，僧人到員外家乞食，員外不僅給飯，還縫製袈裟贈予僧人；孫逖在〈送新羅法師還國〉中云朝廷上卿用華美文辭送別法師，皇上則賜禪衣送別；綦毋潛在〈宿龍興寺〉言夜宿龍興寺所感，方丈室深夜燈火通明，念珠仍繫僧衣上未取下，表示方丈勤修佛法、未嘗有所懈怠；張謂〈送僧〉中讚揚僧人一生但求身心清淨，外在僧衣亦是一般毛織衣非絲綢。張謂〈哭護國上人〉中哀傷上人涅槃，其法身舍利將受眾生供養，其法、缽、袈裟亦將由眾弟子們承傳；秦系〈秋日送僧志幽歸山寺〉中指出，寺院磬聲適巧在寂靜空曠的秋夜中迴盪著，從寺外回來的僧人，冰寒的手正拿著一盞油燈，另手則在整理僧衣。秦系〈題僧明惠房〉中言禪師修定中，何時出定無法確認，入定中的禪師應不知燕鳥曾棲息袈裟而將其染污。

　　宋昱〈題石窟寺〉言石窟寺所見，寺中繪有佛陀出生時腳踏蓮花而行、口言天上天下惟我獨尊之場景，亦繪有傳說中的玉白瑤樹，樹上掛滿天人方有之天衣；杜甫在〈因許八奉寄江寧旻上人〉詩中懷想與旻上人過往相處的情景，曾帶棋局到旻上人幽居之地相隨，亦曾僧俗同遊湖上。杜甫在〈戲為韋偃雙松圖歌〉中描繪畫中老僧神態，除其偏袒右肩露雙腳的裝扮外，神來一筆的葉裡松子僧前落更顯蕭穆，松子落時，老僧會掬起或是隨其落地呢？畫中充滿無限想像；李頎在〈無盡上人東林禪居〉中言孤聳山峰隔絕禪寺與人世的距離，每遇上人總會親切地問候冷暖，不因人多人少而有所改變；岑參〈寄青城龍溪奐道人〉中講述僧人的生活情態，在山林古樹中禪坐、經行，偶有林風吹拂著袈裟，回到寺中又繼續面壁禪修，只有寺中孤燈相伴。岑參在〈上嘉州青衣山中峰題惠淨上人幽居寄兵部楊郎中〉言惠淨上人所居禪寺在大江上的青衣山，每當雲霧紛起時，僧人身上袈裟常有霧氣繚繞，僧人生活簡單、刻苦，山寺歲月中，所居禪房只見坐具繩床別無他物。詩人以雲入袈裟暗指僧人的一切都如雲霧般虛無，這是佛教空的概念，若執有即非真僧。岑參〈赴嘉州過城固縣尋永安超禪師房〉中言超禪師所居寺院開滿枇杷花，禪師身著袈裟接近詩人的來訪。

（六）【表3-2-1-6】錫杖、金策、飛錫、白拂、玉柄

標號	詩　　句	語典解釋
1	海闊杯還度，雲遙錫更飛（全唐詩・孫逖〈送新羅法師還國〉・頁1196）	「錫飛」，飛錫。謂僧人出行；「錫」，指錫杖，僧人所持的禪杖。其制：杖頭有一鐵捲，中段用木，下安鐵纂，振時作聲，取錫錫作聲爲義；「金策」，指禪杖；「飛錫」，指僧人游方、指游方僧、謂僧人等執錫杖飛空。
2	傳燈遍都邑，杖錫游王公（全唐詩・崔顥〈贈懷一上人〉・頁1322）	
3	鐘嶺更飛錫，爐峰期結跏（全唐詩・張謂〈送僧〉・頁2026）	
4	口翻貝葉古字經，手持金策聲泠泠（全唐詩・皇甫曾〈錫杖歌送明楚上人歸佛川〉・頁2188）〔註18〕	
5	護法護身惟振錫，石瀨雲溪深寂寂（全唐詩・皇甫曾〈錫杖歌送明楚上人歸佛川〉・頁2188）	
6	到處花爲雨，行時杖出泉（全唐詩・郎士元〈送大德講時河東徐明府招〉・頁2780）	
7	山門二緇叟，振錫聞幽聲（全唐詩・劉慎虛〈登盧山峰頂寺〉・頁2862）	
8	上人飛錫杖，檀越施金錢（王維〈過盧員外宅看飯僧共題七韻〉・頁342）	
9	應眞坐松柏，錫杖掛惣戶（王昌齡〈諸官遊招隱寺〉・頁76）	
10	皂蓋依松憩，緇徒擁錫迎（孟浩然〈陪張丞相祠紫蓋山述經玉泉寺〉・頁68）	
11	南庭黃竹爾不敵，借問何時堪挂錫（李頎〈照公院雙橙〉・頁115）	
12	錫杖或圍繞，吾師一念深（李頎〈覺公院施鳥石臺〉・頁147）	
13	宮女擎錫杖，御筵出香爐（岑參〈送青龍招提歸一上人遠遊吳楚別詩〉・頁53）	
14	錫杖倚枯松，繩床映深竹（岑參〈題華嚴寺環公禪房〉・頁189）	

〔註18〕參見頁54解釋。

15	不知將錫杖，早晚躡空虛（岑參〈觀楚國寺璋上人一切經院南有曲池深竹〉‧頁218）
16	擔錫香爐緇，釣魚滄浪翁（岑參〈劉相公中書江山畫障〉‧頁295）
17	抽莖高錫杖，引影到繩牀（岑參〈臨洮龍興寺玄上人院同詠青木香叢〉‧頁494）
18	今旦飛錫去，何時持缽還（岑參〈送青龍招提歸一上人遠遊吳楚別詩〉‧頁53）〔註19〕
19	平明別我上山去，手攜金策踏雲梯（李白〈別山僧〉‧頁745）
20	道人制猛虎，振錫還孤峰（李白〈送通禪師還南陵隱靜寺〉‧頁837）
21	飛錫去年啼邑子，獻花何日許門徒（杜甫〈大覺高僧蘭若〉‧頁1801）
22	杖錫何來此，秋風已颯然（杜甫〈宿贊公房〉‧頁592）
23	先踏鑪峰置蘭若，徐飛錫杖出風塵（杜甫〈留別公安太易沙門〉‧頁1935）
24	一昨陪錫杖，卜鄰南山幽（杜甫〈寄贊上人〉‧頁597）

　　孫逖在〈送新羅法師還國〉詩中藉由乘杯渡江的事蹟，或許正如《高僧傳‧杯度》的記載一般，杯度最後不知所終，意指法師此次持杖錫如雲飄離開，今後恐再難相會，不捨之情溢於言表；崔顥〈贈懷一上人〉中言懷一上人的傳法、弟子遍佈市郊，上人本身亦常持錫杖往來、佈法於那些王公貴族；張謂〈送僧〉中描繪僧人持錫杖往來崇山峻嶺中，一邊修行一邊渡人，有時也可在爐峰看見僧人正在禪坐；皇甫曾在〈錫杖歌送明楚上人歸佛川〉中言明楚上人從西天竺東來傳法，惟有手中錫杖得以護肉身與衛佛法，上人一路風塵僕僕、孤身一人，涉過溪中急流、踏過雲氣繚繞、幽秘而寂靜的深山溪河；郎士元〈送大德講時河東徐明府招〉中云僧人所到之處，常有落花如雨般飄落，即指僧人所講說之法精湛，彷若能使天女亦為之散花，又云其錫杖所止棲之處常有泉水流出，即指其法能使人

〔註19〕參見頁70解釋。

生發大智慧，如水灌荒地得以再現清明；劉慎虛〈登廬山峰頂寺〉中言山寺門前有兩位老僧，他們揮持錫杖所發出的聲音，在此深山中更顯悠遠；王維〈過盧員外宅看飯僧共題七韻〉提及僧人手持錫杖遊方而至，施主於此佈施金錢；王昌齡〈諸官遊招隱寺〉中云在招隱寺遇一得道高僧正在松柏下禪坐，錫杖掛在窗戶旁；孟浩然在〈陪張丞相祠紫蓋山述經玉泉寺〉中提及陪張九齡至玉泉寺時，暫將馬匹繫在樹下休息，此時寺中僧侶穿著袈裟、手持錫杖相迎；李頎〈照公院雙橙〉中云橙樹的生長比不上南方的黃竹，不知橙樹何時才能長大至可掛錫杖的狀態？後一句是說欲投宿照公院。李頎〈覺公院施鳥石臺〉中言僧人持錫杖在寺院中環繞經行，此刻他只有繫心於一念，至於是何念？筆者認為是施食於鳥後的超脫之心，亦即不著滯功德相，其中也含有對轉生為鳥獸的眾生，心中所起的憐恤之念。

　　岑參〈送青龍招提歸一上人遠遊吳楚別詩〉中言青龍僧被召入宮廷時，宮女替他拿著錫杖，大殿上亦有香爐燃香，此二句表天子對其看重。岑參在〈題華嚴寺環公禪房〉中云環公禪房所見，錫杖倚在枯松所做成的傢俱旁，禪房外的竹影隨日光轉移映在房內的繩床上。岑參〈觀楚國寺璋上人一切經院南有曲池深竹〉中讚揚璋上人學法精深，明通萬物虛空無實相之理，早已毋須錫杖等外物輔助，其身心終日如踏虛空，常入空寂之境。岑參〈劉相公中書江山畫障〉中云畫中場景，在廬山香爐峰上有一僧人，其肩上揹著錫杖，在湘水之上有一老翁正在釣魚。岑參在〈臨洮龍興寺玄上人院同詠青木香叢〉中云青木的莖高與錫杖相近而略高，其樹影可映入禪房內的繩床，詩人語意為青木可入藥解人病痛，而佛法可解人心病，而此龍興寺玄上人院既有青木又有佛法，二者相輔相成故詠之；李白〈別山僧〉中云僧人在天將亮之時登山與其分別，僧人手持錫杖登上高聳入雲的石階。李白〈送通禪師還南陵隱靜寺〉中所要表達的是隱靜寺的神奇異相，留有許多傳奇性的事跡，尤其是寺中僧人彷若仍留有于法蘭制虎的能力，從外相的描述而暗指、讚美通禪師的修為，惜通禪師如今欲持錫杖返回深山；杜甫〈大覺高僧蘭若〉中云大覺禪師已持錫遠赴湖南，寺中僧人、附近鄉里的人們均日夜期盼禪師再回，不知禪師何時才能回寺，讓鄉民們在座前獻花呢？杜甫〈宿贊公房〉云贊公被謫，手持錫杖至此安置，首句即言此事，這事發生在秋風颯然的時節。杜甫在〈留別公安太易沙門〉中，杜甫則言太易僧人於鑪峰建置寺院道場，等待有一天能手持錫杖而出，臻至功果圓滿、超塵脫俗。杜甫〈寄贊上人〉中云

昨日與贊上人一起尋找自己的落腳地。錫杖在此指贊上人。

（七）【表3-2-1-7】龕

標號	詩　　　句	語典解釋
1	梵宇開金地，香龕鑿鐵圍（全唐詩‧宋昱〈題石窟寺〉‧頁1217）	「龕」，安置佛像之櫃。

宋昱在詩中描述石窟寺的景觀，因石窟開鑿爲寺，原本平凡地已成爲佛菩薩的淨土，佛寺依石窟而立，猶如被鐵圍山圍住，香龕所在地乃此一小世界的中心、亦是須彌山。詩人以金地對鐵圍，闡明佛寺猶如另一個小世界，其超脫俗世制約，此地惟有澄明。

（八）【表3-2-1-8】長老、法子、釋子、頭陀、法侶、緇徒、幽人、老宿、沙門

標號	詩　　　句	語典解釋
1	南歸見長老，且爲說心胸（全唐詩‧崔興宗〈同王右丞送璦公南歸〉‧頁1315）	「長老」，用爲僧人的尊稱；「禪伯」，對有道僧人的尊稱；「緇叟」，指老僧；「緇錫」，緇衣錫杖，僧人所用，借指僧人；「法子」，佛的弟子、凡隨順佛道，爲法所資養者，謂之法子；「釋子」，僧徒的通稱。取釋迦弟子之意；「禪侶」，僧侶。「法侶」，尊法之徒侶也，猶言僧侶。
2	試向東林問禪伯，遣將心地學琉璃（全唐詩‧張繼〈安公房問法〉‧頁2712）	
3	長老偏摩頂，時流尙誦經（全唐詩‧沉皇甫冉〈送志彌師往淮南〉‧頁2811）〔註20〕	
4	每與君攜手，多煩長老迎（全唐詩‧皇甫冉〈酬裴補闕吳寺見尋〉‧頁2823）	
5	山門二緇叟，振錫聞幽聲（全唐詩‧劉愼虛〈登廬山峰頂寺〉‧頁2862）〔註21〕	
6	青冥南山口，君與緇錫鄰（全唐詩‧劉愼虛〈寄閻防〉‧頁2862）	
7	君王既行幸，法子復來儀（全唐詩‧儲光羲〈送恂上人還吳〉‧頁1406）	

〔註20〕參見頁73解釋。
〔註21〕參見頁83解釋。

8	禪宮分兩地，釋子一爲心（全唐詩・儲光義〈題虬上人房〉・頁 1411）
9	嘉林幸勿剪，禪侶欣可庇（全唐詩・顏眞卿〈贈僧皎然〉・頁 1585）
10	經過容法侶，雕飾讓侯家（全唐詩・李嘉祐〈奉和杜相公長興新宅即事呈元相公〉・頁 2162）
11	本梡稀難識，沙門種則生（全唐詩・包何〈同李郎中淨律院梡子樹〉・頁 2171）
12	香花同法侶，旌旆入深山（全唐詩・皇甫曾〈奉陪韋中丞使君游鶴林寺〉・頁 2180）
13	寒蹤白雲裡，法侶自提攜（全唐詩・皇甫曾〈寄淨虛上人初至雲門〉・頁 2184）
14	釋子去兮訪名山，禪舟容與兮住仍前……政成人野皆不擾，遂令法侶性安閑（全唐詩・皇甫冉〈廬山歌送至弘法師兼呈薛江州〉・頁 2805）
15	釋子身心無垢氛，獨將衣缽去人群（全唐詩・皇甫冉〈同李萬晚望南岳寺懷普門上人〉・頁 2815）〔註22〕
16	法侶欣相逢，清談曉不寐（孟浩然〈尋香山湛上人〉・頁 3）
17	山中多法侶，禪誦自爲群（王維〈山中寄諸弟妹〉・頁 112）〔註23〕
18	空庭無玉樹，高殿生幽人（李白〈題江夏修靜寺〉・頁 1154）

　　崔興宗在〈同王右丞送瑗公南歸〉中請瑗公回南方時，不要忘了替他向主持院務的長老問候，並傳達自己的敬仰之心；張繼在〈安公房問法〉中言及人生事務眾多，不知何時才是終境，因此，欲向東林寺的安禪師請示解脫之法，如何讓自己的心學到清淨與光明，即是復其與生所俱之佛性；皇甫冉在〈酬裴補闕吳寺見尋〉中提到與裴補闕至吳寺時，寺中長老都不厭其煩地迎接我們。劉愼虛〈寄

〔註22〕 參見頁 70 解釋。
〔註23〕 參見頁 78 解釋。

閻防〉中云閻防所居之地與僧人爲鄰,而此時閻防的確在豐德寺讀書;儲光羲〈送恂上人還吳〉中提及洛陽是天邑,君王來此出行,像恂上人如此有德行之人亦在此降臨。儲光羲在〈題虯上人房〉中言及虯上人無論身在何方,其修行之心從未更改;顏眞卿〈贈僧皎然〉言幸好那片美好的樹林未被剪伐,尚可護庇眾多僧侶;李嘉祐在〈奉和杜相公長興新宅即事呈元相公〉中言新宅歡迎僧侶來此,其宅中雕飾比不上王侯家;包何〈同李郎中淨律院梡子樹〉中言梡子樹稀少難辨認,寺中僧人從天竺引進的品種長的很好。

　　皇甫曾〈奉陪韋中丞使君游鶴林寺〉中提到車上載著將呈奉佛祖的鮮花以及帶路的僧侶,車上插著使君的代表旗旆,一路進入寺院所在的深山。皇甫曾於〈寄淨盧上人初至雲門〉言在白雲圍繞、甚有寒意的路徑中,僧人們相互提攜而行;皇甫冉〈廬山歌送至弘法師兼呈薛江州〉是送別歌,詩歌言至弘法師要離開並遠訪佛教名山,禪師所坐之船已去,先前所住之處仍在,不捨之情溢於言表,最後又提到薛使君,言其政通人和,不論政治上或鄉野隱士,施政均不擾其生活,也因此在山中的僧侶能不受擾惑,進而自在安祥地修行。孟浩然在〈尋香山湛上人〉描述在山寺遇見湛上人的場景,不僅欣喜萬分,更與僧人相談甚歡,直至天亮都未就寢。李白〈題江夏修靜寺〉中感慨修靜寺是李邕的故宅,然而此時的庭院已不見優異秀美的李邕,高大的佛殿上只坐著正在修行的僧人。

(九)【表3-2-1-9】僧伽、頭陀、龍象、道人、禪伯、僧、僧寶、老宿

標號	詩　　句	語典解釋
19	眞僧法號號僧伽,有時與我論三車……此僧本住南天竺,爲法頭陀來此國(李白〈僧伽歌〉‧頁406)	「僧伽」,意爲大眾,原指出家佛教徒四人以上組成的團體,後單個和尚也稱僧伽,李白詩所指爲人名;「頭陀」,即去掉塵垢煩惱,因用以稱僧人,亦專指行腳乞食的僧人;「頭陀雲月多僧氣」則是指寺名;「龍象」,龍與象。水行中龍力大,陸行中象力大,故佛氏用以喻諸阿羅漢中修行勇猛有最大能力者,即指高僧;「道人」、「道士」,此指佛教徒、和尚;「僧寶」,佛教三
20	頭陀雲月多僧氣,山水何曾稱人意(李白〈江夏贈韋南陵冰〉‧頁584)	
21	此中積龍象,獨許澄公殊(李白〈贈宣州靈源寺仲濬公〉‧頁631)	
22	道人制猛虎,振錫還孤峰(李白〈送通禪師還南陵隱靜寺〉‧頁837)〔註24〕	

〔註24〕參見頁84解釋。

23	宗英乃禪伯，投贈有佳篇（李白〈答族姪僧中孚贈玉泉仙人掌茶〉‧頁 898）
24	吾宗挺禪伯，特秀鵷鳳骨（李白〈登梅崗望金陵，贈族姪高座寺僧中孚〉‧頁 984）
25	徘徊龍象側，始見香林花（高適〈同群公宿開善寺贈陳十六所居〉‧頁 295）
26	共仰頭陀行，能忘世諦情（王維〈與蘇盧二員外期遊方丈寺而蘇不至因有是作〉‧頁 340）
27	上人遠自西天至，頭陀行遍南朝寺（全唐詩‧皇甫曾〈錫杖歌送明楚上人歸佛川〉‧頁 2188）
28	山雲隨坐夏，江草伴頭陀（全唐詩‧皇甫冉〈贈普門上人〉‧頁 2789）
29	如聞龍象泣，足令信者哀（杜甫〈山寺〉‧頁 1059）
30	地靈步步雪山草，僧寶人人滄海珠……依止老宿亦未晚，富貴功名焉足圖（杜甫〈嶽麓山道林二寺行〉‧頁 1986）
31	靈岩有路入煙霞，臺殿高低釋子家（全唐詩‧張繼〈游靈岩〉‧頁 2714）

寶之一。原指僧團，後泛指繼承、宣揚佛教教義的僧眾；「釋子」，指僧侶。

　　李白〈僧伽歌〉云有位法號僧伽的僧人，有時會與我討論《法華經》中關於三乘的佛理，僧伽本為南天竺的僧人，為了傳播佛法而行腳至中土。李白〈江夏贈韋南陵冰〉云頭陀寺中僧氣隆興，連天上雲月均染佛氣，但離開了佛寺，寺外山水又何曾能依己心而相附和呢？李白〈贈宣州靈源寺仲濬公〉中言靈源寺聚集許多佛教中的高僧，讚許濬公是其中最傑出者。李白在〈答族姪僧中孚贈玉泉仙人掌茶〉中讚美中孚是家族中傑出的高僧，不僅送我茶也贈我優美的詩歌。李白在〈登梅崗望金陵，贈族姪高座寺僧中孚〉亦是讚美中孚不僅是佛門中的傑出高僧，更具有鵷鳳仙骨的特出骨骼；高適〈同群公宿開善寺贈陳十六所居〉中贈詩陳章甫，談及在寺中接觸到高僧大德，此感覺如見同為深契佛法的陳章甫，另解為聽高僧大德講經說法，其精湛妙法連天女均要來散花，以示虔敬；王維在〈與蘇盧二員外期遊方丈寺而蘇不至因有是作〉云和員外們共同景仰佛教的修行，認為能讓人忘卻俗世凡塵的認知與情感；皇甫曾〈錫杖歌送明楚上人歸佛川〉中言明楚上人從西天竺而來，行腳走遍整個南方的寺院；皇甫冉〈贈普門上人〉中描

述上人在夏季謹守戒律、於山上坐禪靜修三個月，亦常於各地行腳化渡眾生，前有山雲相隨、後來江畔之草為伴，此二句形容僧人修行精進與苦行精神。

杜甫〈山寺〉描述寺廟破敗情形，詩中提及若此殘敗景象被佛教中的高僧知道，想必會為此而哭泣，而對於信佛的人們來說，也會為此而感到哀傷吧！杜甫〈嶽麓山道林二寺行〉中稱揚此地是山川靈秀之地，並植滿供大力白牛食用的香草，寺中僧人，個個的佛性都已修至圓明而無瑕的境界。依止老宿就是皈依寺中德高望重的高僧，此時的杜甫已五十八歲，深刻體悟到富貴名利的實相，人生還是要追求心靈的寄託方是自然。詩人在此相互對照的技巧，此地之靈由於僧人的虔心修持所導致，相對地，因僧人的誠敬而使此地靈氣旺盛，二者相生、相輔、相成；張繼〈游靈岩〉中指出從靈岩的附近路徑可到達煙霞棲止之處，而那高低的臺殿是僧人所居的寺院。

（十）【表 3-2-1-10】招提客、沙門、方外、出世、幽人、靜者、僧寶

標號	詩　　　句	語典解釋
32	傳道招提客，詩書自討論（高適〈贈杜二拾遺〉·頁 306）	「招提客」，指寺僧；「沙門」，梵語的譯音，原為古印度反婆羅門教思潮各個派別出家者的通稱，佛教盛行後專指佛教僧侶；「方外」，今謂僧道曰方外；「出世」，猶言出家，謂脫離塵俗而修淨行者；「靜者」，深得清靜之道、超然恬靜的人。多指隱士、僧侶和道徒；「緇徒」，指僧侶，著黑色僧徒；「蓮華僧」，指信仰往生淨土的僧人；「比丘」，為佛教出家五眾之一，指已受具足戒的男性，俗稱和尚；「道者」，修行佛道者之稱，後謂禪林之行者云道者，投佛寺求出家而未得度者。
33	沙門既云滅，獨往豈殊調（王昌齡〈觀江淮名勝圖〉·頁 89）	
34	至人非別有，方外不應殊（王昌齡〈素上人影塔〉·頁 114）	
35	簷外含山翠，人間出世心（王昌齡〈同王維集青龍寺曇壁上人兄院五韻〉·頁 209）	
36	遂造幽人室，始知靜者妙（孟浩然〈題終南翠微寺空上人房〉·頁 38）	
37	皂蓋依松憩，緇徒擁錫迎（孟浩然〈陪張丞相祠紫蓋山述經玉泉寺〉·頁 68）〔註25〕	
38	釋子彌天秀，將軍武庫才（孟浩然〈與張折衝游耆闍寺〉·頁 99）	
39	龍象經行處，山腰度石關（孟浩然〈游景空寺蘭若〉·頁 369）	

〔註25〕參見頁 83 解釋。

40	龍溪盤中峰，上有蓮華僧（岑參〈寄青城龍溪奐道人〉・頁 89）	
41	曩聞道士語，偶見清淨源（岑參〈緱山西峰草堂作〉・頁 214）	
42	優婁比丘經論學，傴僂丈人鄉里賢（王維〈輞川別業〉・頁 467）〔註26〕	
43	花宮難久別，道者憶千燈（全唐詩・皇甫曾〈送普上人還陽羨〉・頁 2181）	

　　高適〈贈杜二拾遺〉中提及杜甫正居住在浣花溪寺，故將其形容成是傳道的僧人，第二句是言杜甫雖居佛寺，但也未忘整理、研究儒家典藉；王昌齡在〈觀江淮名勝圖〉中云佛教僧人常言世間萬物均非實體永存、終將毀壞。王昌齡〈素上人影塔〉讚揚素上人修行精深，甚有德行。王昌齡在〈同王維集青龍寺曇壁上人兄院五韻〉亦稱揚曇壁上人雖在人間，但其心早已脫塵拔俗，另入聖境；孟浩然〈題終南翠微寺空上人房〉中提及自己建造一間隱居處所，在隱居生活中對僧人的禪定靜坐的妙趣深有領悟。孟浩然在〈與張折衝游耆闍寺〉中讚揚陪游僧人們的志氣高遠猶如釋道安，而張折衝則是文武雙全的將才。這是很基礎的修辭，以彼喻此，以顯被比喻者的特性，在此的僧人如釋道安的勇猛為道護法，張折衝被喻為護國勇將。孟浩然〈游景空寺蘭若〉中言游覽融上人所居精舍的感觸，一是讚揚其為佛門高僧，二為其寺所在山腰有許多石頭林立、路況非佳，但融上人仍以此為經行處，顯其不畏艱難、一心向佛道；岑參〈寄青城龍溪奐道人〉中云青城山中有瀑布流洩，山上住有信持佛法的僧侶。岑參〈緱山西峰草堂作〉中提及過去曾聆聽僧人講說佛法，這些佛法現在成為自己遇煩惱時，得以解脫的清淨法源；皇甫曾在〈送普上人還陽羨〉中讚揚普上人的德行，言不論寺中僧眾或自己都難與普上人久別，因其德行常如燈火般照耀千百眾人，由燃一燈之火進而點燃千百之燈。

（十一）【表 3-2-1-11】繩床

標號	詩　　　　句	語典解釋
1	鼠行殘藥碗，蟲網舊繩床（全唐詩・張謂〈哭護國上人〉・頁 2026）	「繩床」，張繩之極麤椅子也，禪者倚之；「禪床」，坐禪之床。

〔註26〕參見頁 52 解釋。

2	閑窺數竿竹，老在一繩床（全唐詩·李嘉祐〈同皇甫侍御題荐福寺一公房〉·頁 2154）	
3	門人失譚柄，野鳥上禪床（全唐詩·秦系〈秋日過僧惟則故院〉·頁 2889）	
4	禪室繩床在翠微，松間荷笠一僧歸（全唐詩·秦系〈秋日送僧志幽歸山寺〉·頁 2892）	
5	亦知鐘梵報黃昏，猶臥禪床戀奇響（全唐詩·嚴武〈題巴州光福寺楠木〉·頁 2900）	
6	石室無人到，繩床見虎眠（孟浩然〈陪柏臺友共訪聰上人禪居〉·頁 41）	
7	江雲入袈裟，山月吐繩床（岑參〈上嘉州青衣山中峰題惠淨上人幽居寄兵部楊郎中〉·頁 149）〔註27〕	
8	錫杖倚枯松，繩床映深竹（岑參〈題華嚴寺環公禪房〉·頁 189）	
9	抽莖高錫杖，引影到繩牀（岑參〈臨洮龍興寺玄上人院同詠青木香叢〉·頁 494）〔註28〕	

　　張謂〈哭護國上人〉中描述上人涅槃後，生前所居禪房的殘敗，不僅鼠輩橫行、流竄，所臥之床亦已結滿珠網；李嘉祐〈同皇甫侍御題荐福寺一公房〉言閒暇時可從一公房往外數看竹子數目，若修行疲累亦可在繩床靜神；秦系〈秋日過僧惟則故院〉中則感慨惟則僧涅槃後，寺中僧人失去可以談話的對象與行事的尺度，野鳥亦因主人不在，而飛入惟則所居禪室、躍上禪床止息。秦系在〈秋日送僧志幽歸山寺〉中言及志幽禪師返回山寺的風采，山寺在山中彎曲不平的深處，禪師帶著斗笠穿梭在松林密蔭間；嚴武〈題巴州光福寺楠木〉中言在賞欣寺中楠木及其週遭山林景色的感觸，寺中鐘梵已響告知黃昏已至，但詩人看至出神，躺臥在床上聽著這聲聲令人陶醉的鐘梵聲；孟浩然〈陪柏臺友共訪聰上人禪居〉言與在柏臺任職的友人共遊法聰舊居，雖人事已非，但當年法聰繩床旁有二虎，人

〔註27〕參見頁 81 解釋。
〔註28〕參見頁 84 解釋。

見之不敢進，法聰即徒手按虎、閉處雙目的傳奇故事，似乎仍歷歷在目；岑參〈觀楚國寺璋上人一切經院南有曲池深竹〉中指出寺中梵鐘已響、竹林小路已暗，天色已晚，而剛剛僧人還在梧桐樹旁打水。

二、與佛教樂器、佛樂相關

　　盛唐詩人喜遊佛寺，有時甚至借宿佛寺，再加上盛唐佛教盛行、寺院林立，因此，詩人在詩中偶爾會談及當時路過或親入佛寺的見聞，其中所論述的景物中以佛教樂器佔大宗，或寫其器、或述其聲、或論其義，各有不同歸趣；亦有詩人將誦經聲比擬為佛國淨土之音樂、或是將樂器所吹奏出之音樂比擬為天人之伎樂，試就整理敘述如下：

（一）【表 3-2-2-1】鐘、鐘磬、齋鐘

標號	詩　　　句	語典解釋
1	日高猶自臥，鐘動始能飯（王維〈戲贈張五弟諲三首・其一〉・頁 198）	鐘動即齋鐘動，佛教戒律規定正午過後不再食，故僧人食齋之時多在日中，「齋鐘」即寺廟報齋的鐘聲；「鐘」，佛寺懸掛的鐘，多用作報時、報警、集合的信號。
2	萬籟此都寂，但餘鐘磬聲（全唐詩・常建〈題破山寺後禪院〉・頁 1464）	
3	鳴鐘集人天，施飯聚猿鳥（全唐詩・崔顥〈游天竺寺〉・頁 1322）	
4	塔影挂清漢，鐘聲和白雲（全唐詩・綦毋潛〈題靈隱寺山頂禪院〉・頁 1370）	
5	夜來猿鳥靜，鐘梵響雲中（全唐詩・陶翰〈宿天竺寺〉・頁 1478）	
6	遙禮前朝塔，微聞後夜鐘（全唐詩・包佶〈雙山過信公所居〉・頁 2142）	
7	乞食山家少，尋鐘野寺遙（全唐詩・皇甫曾〈送少微上人東南游〉・頁 2778）	
8	溪上遙聞精舍鐘，泊舟微徑度深松（全唐詩・郎士元〈柏林寺南望〉・頁 2778）	
9	鐘聲野寺迴，草色故城空（全唐詩・皇甫冉〈與張補闕王煉師自徐方清路同舟南下於臺頭寺留別趙員外裴補闕同賦雜題一首〉・頁 2788）	

10	東林初結構，已有晚鐘聲（全唐詩‧皇甫冉〈酬裴補闕吳寺見尋〉‧頁2823）
11	亦知鐘梵報黃昏，猶臥禪床戀奇響（全唐詩‧嚴武〈題巴州光福寺楠木〉‧頁2900）〔註29〕
12	鳴鐘山虎伏，說法天龍會（高適〈同馬太守聽九思法師講金剛經〉‧頁323）
13	天香自然會，靈異識鐘音（王昌齡〈同王維集青龍寺曇壁上人兄院五韻〉‧頁209）〔註30〕
14	香氣三天下，鐘聲萬壑連（李白〈春日歸山寄孟浩然〉‧頁683）
15	霜清東林鐘，水白虎溪月（李白〈廬山東林寺夜懷〉‧頁1075）
16	鐘鳴時灌頂，對此日閑安（李頎〈長壽寺粲公院新甃井〉‧頁165）〔註31〕
17	猿鳥樂鐘磬，松蘿泛天香（岑參〈上嘉州青衣山中峰題惠淨上人幽居寄兵部楊郎中〉‧頁149）〔註32〕
18	鳴鐘竹陰晚，汲水桐花初（岑參〈觀楚國寺璋上人一切經院南有曲池深竹〉‧頁218）
19	一持《楞伽》入中峰，世人難見但聞鐘（岑參〈大白胡僧歌〉‧頁404）
20	相訪但尋鐘，門寒古殿松（岑參〈攜琴酒尋閻防崇濟寺所居僧院〉‧頁476）
21	百尺紅亭對萬峰，平明相送到齋鐘（岑參〈虢州西山亭子送范端公〉‧頁772）
22	窗燈林靄裏，聞磬水聲中。更與龍華會，爐煙滿夕風（全唐詩‧陸海〈題龍門寺〉‧頁1231）

　　王維〈戲贈張五弟諲三首‧其一〉中提及與張五弟隱居時的情況，太陽已升高很久，但你仍在被窩未起床，中午寺院齋鐘響起我們才能用餐；常建

〔註29〕參見頁92解釋。
〔註30〕參見頁78解釋。
〔註31〕參見頁78解釋。
〔註32〕參見頁78解釋。

〈題破山寺後禪院〉中描述遊覽佛寺的感觸，詩句提及寺中的氛圍是悄然無聲，連天地萬物亦安靜，此時只有敲打寺院鐘磬，所傳來的陣陣清脆聲；崔顥〈游天竺寺〉中闡述游寺所感，詩句提及佛寺齋鐘響起，正呼喚著諸天眾人用膳，寺中僧眾亦施食於山中猿鳥；綦毋潛在〈題靈隱寺山頂禪院〉中言禪院的佛塔甚高，由下往上看，其塔影猶如挂在天空中，寺中鐘聲正與空中白雲相和著；陶翰在〈宿天竺寺〉中描敘夜已深，山中的猿鳥亦止聲，只有寺院鐘磬聲定時響起，在這靜謐的天地中，陣陣的鐘磬聲，似乎連在雲朵也能聽聞；包佶〈雙山過信公所居〉中云自己正從遠處禮拜著前朝所建、供奉道信的佛塔，此時隱約聽見深夜所傳來的寺院鐘磬聲；皇甫曾〈送少微上人東南游〉中擔心少微上人若走至人煙稀少的山中，恐怕要乞食也不容易，若要去寺院掛單又僅能尋找寺院鐘磬的響聲，只是聽到響聲與實際佛寺的所在地，當是一段不短的路程；郎士元在〈柏林寺南望〉中描述他於渡溪中，聽聞遠處柏林寺的梵鐘響起，他停好船進入松柏林立的幽深秘徑；皇甫冉在〈與張補闕王煉師自徐方清路同舟南下於臺頭寺留別趙員外裴補闕同賦雜題一首〉中描述在郊野的寺院梵鐘聲響徹四方，草綠色的故城一片空寂。皇甫冉〈酬裴補闕吳寺見尋〉中指出當我們在寺院相識邂逅時，已是寺中晚鐘響起時刻。

　　高適〈同馬太守聽九思法師講金剛經〉中讚揚九思法師的德行，寺中梵鐘響起，山林中的猛虎受法師德行感召，遂都降伏而不敢傷人，當僧人說法時，天龍八部受其感應，紛紛來此聖會聆聽法語。虎是人間百獸王，龍是天上眾神尊的座騎，當此二者同時受到感召來至此處，詩人以虎龍對舉，想表達的即是九思法師的德行超凡；李白〈春日歸山寄孟浩然〉中描述寺院的環境，佛殿所焚之香飄散於三界諸天，鐘聲一山連一山地傳遞迴響著。李白〈廬山東林寺夜懷〉中指出東林寺的鐘聲如秋霜清涼淒迷，虎溪的潔淨流水中，印有一輪的明月；岑參〈觀楚國寺璋上人一切經院南有曲池深竹〉中指出寺中梵鐘已響、竹林小路已暗，天色已晚，而剛剛僧人還在梧桐樹旁打水。岑參〈太白胡僧歌〉中形容神祕胡僧手持《楞伽經》深入太白山，外人難以得知其住處，但能聽聞深山寺院的鐘聲遠遠傳來。岑參〈攜琴酒尋閻防崇濟寺所居僧院〉中描述詩人欲至寺院尋找閻防，找寺院可以注意梵鐘的響聲在何方，詩人到達寺院，只見寺門寒意深，古老的佛殿周圍有松樹佇立。岑參〈虢州西山亭子送范端公〉中提及在百尺高的西原亭上送別范端公，從此亭遠望

可見諸多山脈，由此句傳達山遠、雲深不知處的意涵，更顯不知何時才能再見的惆悵，我們從天剛亮就在此聚首送別，直到寺中齋鐘響起。陸海在〈題龍門寺〉中指出寺院籠罩在一片煙靄中，在溪水聲中聞聽著鐘磬聲。如今幸逢寺院舉辦活動，在黃昏的此刻，清風吹來都帶著爐煙香氣。

（二）【表 3-2-2-2】磬

標號	詩　　　句	語典解釋
1	食隨鳴磬巢鳥下，行踏空林落葉聲（王維〈過乘如禪師蕭居士嵩丘蘭若〉‧頁 111）	「磬」，寺院中召集眾僧用的雲板形鳴器或誦經用的缽形打擊樂器。
2	燃燈晝欲盡，鳴磬夜方初（王維〈飯覆釜山僧〉‧頁 521）	
3	六時自搥磬，一飲常帶索（王維〈燕子龕禪師詠〉‧頁 572）〔註33〕	
4	客尋朝磬至，僧背夕陽歸（全唐詩‧李嘉祐〈蔣山開善寺〉‧頁 2150）	
5	虛室猶焚香，林空靜磬長（全唐詩‧李嘉祐〈同皇甫侍御題薦福寺一公房〉‧頁 2154）〔註34〕	
6	寒塘歸路轉，清磬隔微波（全唐詩‧李嘉祐〈奉陪韋潤州游鶴林寺〉‧頁 2157）	
7	寒磬虛空裡，孤雲起滅間（全唐詩‧皇甫曾〈奉陪韋中丞使君游鶴林寺〉‧頁 2180）	
8	寂寂燃燈夜，相思一磬聲（全唐詩‧皇甫曾〈送陸鴻漸山人采茶回〉‧頁 2182）	
9	罷磬風枝動，懸燈雪屋明（全唐詩‧郎士元〈冬夕寄青龍寺源公〉‧頁 2778）	
10	慮盡朝昏磬，禪隨坐臥心（全唐詩‧皇甫冉〈題昭上人房〉‧頁 2822）	
11	磬聲寂歷宜秋夜，手冷燈前自衲衣（全唐詩‧秦系〈秋日送僧志幽歸山寺〉‧頁 2892）〔註35〕	

〔註33〕參見頁 69 解釋。
〔註34〕參見頁 73 解釋。
〔註35〕參見頁 80 解釋。

12	綠葉傳僧磬，清陰潤井華（李頎〈題僧房雙桐〉．頁 7）	
13	墜葉和金磬，饑鳥鳴露盤（李頎〈聖善閣送裴迪入京〉．頁 154）	
14	漁舟帶遠火，山磬發孤煙（李頎〈宿香山寺石樓〉．頁 174）	
15	名香泛窗戶，幽磬清曉夕（岑參〈送青龍招提歸一上人遠遊吳楚別詩〉．頁 53）	
16	夜來聞清磬，月出蒼山空（岑參〈秋夜宿仙遊寺南涼堂呈謙道人〉．頁 145）	

　　王維〈過乘如禪師蕭居士嵩丘蘭若〉中提及禪師與居士的日常生活，他們都是在寺院磬聲響起才用膳，而巢鳥亦從枝頭飛下共食，他們兩人外出是踏著空闊山林的路徑，林中落葉泛起了聲響。王維〈飯覆釜山僧〉中云白天將盡，燃起了燈油，在初夜時分，僧人們開始擊磬、唸經、做佛事；李嘉祐〈蔣山開善寺〉指出客人循著寺院早上的磬聲來訪，僧人則在傍晚時分歸來。李嘉祐〈奉陪韋潤州游鶴林寺〉中指出在寒夜回去的路上，遇池塘當轉向，此時寺院傳來陣陣清脆的磬聲，音波使池塘泛起微微水波；皇甫曾〈奉陪韋中丞使君游鶴林寺〉中提及清冷的磬聲響透整個虛空界，空中的雲朵自其生滅、聚散。皇甫曾〈送陸鴻漸山人采茶回〉中提及，在點著燭燈的寂寥深夜裡，我的思念之情猶如山寺的磬聲，一聲疊一思；郎士元〈冬夕寄青龍寺源公〉中云寺中磬聲終了，樹枝因風而顫動，在一片雪花覆蓋的天地中，有間被雪覆蓋的的屋子還點著燈。

　　皇甫冉〈題昭上人房〉中指出，寺中以擊磬聲代表日夜的交替，但僧人的思慮澄明而垢盡，並不受外在事物的影響而損澄明，因為僧人的身、心早已在行住坐臥中入禪定。詩人在此以思慮對比禪坐，思慮的澄明來自禪坐的修習，在一片寂靜之中，佛寺的磬聲響起，更顯此時的無聲；李頎〈題僧房雙桐〉中指出綠葉濃密的桐花叢外，傳來僧人敲磬的聲音，陰涼的天氣又讓井水滋潤、增加不少。李頎在〈聖善閣送裴迪入京〉中描述寺院的落葉紛紛正與金磬聲相和著，饑餓的鳥兒在佛寺寶塔上的盤蓋鳴叫。李頎〈宿香山寺石樓〉中描述夜宿寺院所感，從寺中遠望，可見正作業的漁舟上點著燈火，遠方的嵐氣，彷彿在寺院的陣陣磬聲中被生發。岑參〈送青龍招提歸一上人遠遊吳楚別詩〉中提及僧人居處泛滿清雅的檀香味，寺中深遠而清脆的磬聲，呈顯世人日夜的交替；岑參〈秋夜宿仙遊寺南涼堂呈謙道人〉中提及在深夜

聽到寺中傳來清脆的磬聲，月亮高掛在僅有蒼山相伴的虛空裡。

（三）【表 3-2-2-3】信鼓、法鼓

標號	詩　　句	語典解釋
1	山爐響信鼓，薜薄生蕙香（全唐詩・儲光羲〈至岳寺即大通大照禪塔上溫上人〉・頁 1382）〔註36〕	「信鼓」，佛教禮懺時擊鼓以喚起虔敬信仰之心，故稱此鼓為信鼓；「法鼓」，扣鼓誡兵進眾以譬佛之說法為誡眾進善者、禪林之器，法堂設二鼓，其東北角之鼓，謂之法鼓、西北角之鼓，謂之茶鼓。
2	燃燈見棲鴿，作禮聞信鼓（全唐詩・崔曙〈宿大通和尚塔敬贈如上人兼呈常孫二山人〉・頁 1602）〔註37〕	
3	溪口聞法鼓，停橈登翠屏（全唐詩・獨孤及〈題思禪寺上方〉・頁 2759）	
4	兩廊振法鼓，四角吟風箏（李白〈登瓦官閣〉・頁 982）	

　　獨孤及〈題思禪寺上方〉中描述自己在溪流口，聽聞陣陣從寺院傳來的法鼓聲，於是停下船槳靠岸，登上峰巒蒼翠的山巖；李白〈登瓦官閣〉中描述登上瓦官寺閣的感受，詩句在說明寺閣的兩邊走廊響起法鼓聲，屋簷的四角掛著風鈴，此時受風而發出風鈴相碰的清脆響音。兩廊與四角是位置的對照，法鼓與風箏是器物的對偶，一者外、一者內，當同時響起時，若有相應之情狀，引人入勝聽之。

（四）【表 3-2-2-4】天樂、清樂

標號	詩　　句	語典解釋
1	五月寒風冷佛骨，六時天樂朝香爐（杜甫〈嶽麓山道林二寺行〉・頁 1986）	「天樂」，天人之伎樂也，法華經化城喻品曰：「四王諸天，為供養佛，常擊天鼓，其餘諸天，作天伎樂。」；「清樂」，佛經偈頌和笙笛唱之，謂之佛曲，亦稱清樂。
2	天樂流香閣，蓮舟颺晚風（李白〈流夜郎至江夏，陪長史叔及薛明府，宴興德寺南閣〉・頁 949）	
3	漫漫雨花落，嘈嘈天樂鳴（李白〈登瓦官閣〉・頁 982）	
4	天香生虛空，天樂鳴不歇（李白〈廬山東林寺夜懷〉・頁 1075）〔註38〕	

〔註36〕參見頁 72 解釋。
〔註37〕參見頁 75 解釋。
〔註38〕參見頁 77 解釋。

5	清樂動諸天，長松自吟哀（李白〈陪族叔當塗宰遊化城寺升公清風亭〉・頁965）

　　杜甫〈嶽麓山道林二寺行〉中則描述二寺勝景與概況，此二句在說明寺院在山中，故即使五月夏天仍有寒風吹拂著寺中建築，而僧眾則無時無刻朝向佛殿的香爐方向，進行梵唱與誦經。詩人以五月對仗六時，是季候節令與時辰的對應，即使在尚寒的五月，虔心的僧眾不分時辰不間斷地修行，換而言之，對於修佛者來說，不論何時何季都是修行的好時機；李白在〈流夜郎至江夏，陪長史叔及薛明府，宴興德寺南閣〉中言興德寺橫立在江上，青山全境映在水面中，飄渺的梵唱仙樂流洩在佛閣之中，船兒隨著晚風飄逸而去。李白在〈登瓦官閣〉中想像當年梁朝雲光法師在此講經時，感動諸天散花，如雨般的天花從天灑下，詩人在此看到雨花想到了天花，寺院周遭漫漫無際的雨花落下，眾多的天樂由諸天傳來，正與雨花相和著。雨花與天樂是相呼應的，因為法師的說法精湛，感動天人降下花雨與吹奏天樂，雖屬詩人的想像之語，但字句運用疊詞，令人產生如在眼前的幻景。李白〈陪族叔當塗宰遊化城寺升公清風亭〉中提及與叔父遊覽化成寺所感，此二句說明遊覽時聽到動人的美妙清樂傳來，悅耳樂聲恐將驚動三界諸天神祇，長松經風吹拂而發出自哀的吟聲。

三、小　結

　　佛教音樂有種讓人聽聞後心生寂靜的魅力，鼓聲使人莊嚴、鐘磬聲使人有警醒、繚繞與祥和的感覺作用，而詩人也喜用佛教樂音用以表達其情思，有時在一片靜肅的寺院氛圍中，詩中乍響的佛樂更顯寺院的靜寂，也突顯作者此時的寂寥心境；有時作者也在一聲聲的鐘磬餘音聲中，表達情思的惆悵不斷。這些都是佛教音樂帶給詩人的感受。

第三節　空有、有無、因緣、功德、四聖諦與涅槃相關

一、空有、有無、因緣相關

　　洪修平在《國學舉要・佛典》中指出：「大乘般若學，是印度佛教中最早

出現的大乘佛教學說，其中心內容是說世界萬法皆因緣和合，沒有恆常不變的自性或實體，因而都是虛幻不實的，認識到萬法皆空的道理，就是把握了宇宙的真實相狀，就能獲得解脫。……《般若經》所說的『空』並不是說萬法不存在，而是說存在的萬法都不真實，因而都不可執著。《般若經》所強調的是即假而空，即不離萬法之假而觀空。」〔註39〕所以，觀空是佛教思想的重要理論，佛教認為世人應認清凡間的一切最終都會幻滅，沒有一物可永久長存，目前肉眼所見的有，僅是短暫的因緣相聚，因緣過後，此一聚合的有即散為空無，故不可執著。盛唐詩人在競爭激烈的科舉制度下，並非人人均能金榜題名，因此，名落孫山的詩人亦多藉用此一教義安慰自己，也有詩人用空來表達自己的人生體悟或是修行的境界，也有詩人在遊覽名山大寺後，內心甚有感悟而在詩中加入佛理，試就整理敘述如下：

（一）【表3-3-1-1】空、虛空、性空、空虛、浮幻、虛假、心空

標號	詩 句	語典解釋
1	緣合妄相有，性空無所親（王維〈山中示弟〉·頁480）	「虛空」，佛教重要思想，一切萬物均由因緣聚合而成，緣散即空；「性空」，謂一切事物的現象，都是因緣和合而生的，暫生還滅，沒有實在的自體，故稱；「浮幻即吾真」，事物的本相即是虛浮空幻；「三空」，指空、無相、無願之三解脫，因此三者都是闡明空的道理，故名三空。布施行，言受者施者布施物三相之空也；「虛假」，不實之義，謂無實體也；「空寂」，無諸相曰空，無起滅曰寂，謂事物瞭無自性，本無生滅；「心空」，佛教語。謂心性廣大，含容萬象，有如虛空之無際。亦指本心澄澈空寂無相；「心空」，謂心性廣大，含容萬象，有如虛空之無際。亦指本心澄澈空寂無相。
2	思歸何必深，身世猶空虛（王維〈飯覆釜山僧〉·頁521）	
3	浮空徒漫漫，汎有定悠悠……空虛花聚散，煩惱樹稀稠（王維〈與胡居士皆病寄此詩兼示學人二首〉其二·頁535）	
4	礙有固為主，趣空寧捨賓……色聲非彼妄，浮幻即吾真（王維〈與胡居士皆病寄此詩兼示學人二首〉其一·頁532）	
5	即病即相實，趨空定狂走（王維〈胡居士臥病遺米因贈〉·頁528）	
6	高處敞招提，虛空詎有倪……眼界今無染，心空安可迷（王維〈青龍寺曇壁上人兄院集〉·頁228）	

〔註39〕參見洪修平《國學舉要·佛典》，武漢：湖北出版社，2002年9月版，頁166～167。

7	水潔三空性，香沾四大身（全唐詩‧寇坦〈同皇甫兵曹天官寺浴室新成招友人賞會〉‧頁 1211）
8	觀生盡入妄，悟有皆成空（全唐詩‧崔顥〈贈懷一上人〉‧頁 1322）
9	洗意歸清淨，澄心悟空了（全唐詩‧崔顥〈游天竺寺〉‧頁 1322）
10	一世榮枯無異同，百年哀樂又歸空（全唐詩‧包佶〈觀壁畫九想圖〉‧頁 2144）
11	對物雖留興，觀空已悟身（全唐詩‧李嘉祐〈同皇甫冉赴官留別靈一上人〉‧頁 2160）
12	觀空色不染，對境心自愜（全唐詩‧皇甫曾〈贈沛禪師〉‧頁 2186）
13	寒磬虛空裡，孤雲起滅間（全唐詩‧皇甫曾〈奉陪韋中丞使君游鶴林寺〉‧頁 2180）
14	驍然諸根空，破結如破瓶（全唐詩‧獨孤及〈題思禪寺上方〉‧頁 2759）
15	月在上方諸品靜，僧持半偈萬緣空（全唐詩‧郎士元〈題精舍寺〉‧頁 2779）〔註40〕
16	餌藥因隨病，觀身轉悟空（全唐詩‧皇甫冉〈問正上人疾〉‧頁 2798）
17	言是羽翼生，迴出虛空上（高適〈同諸公登慈恩寺塔〉‧頁 233）
18	空色在軒門，邊聲連鼓鼙（高適〈和竇侍御登涼州七級浮圖之作〉‧頁 280）
19	談空忘外物，持戒破諸邪（高適〈同群公宿開善寺贈陳十六所居〉‧頁 295）
20	放逐寧違性，虛空不離禪（杜甫〈宿贊公房〉‧頁 592）
21	春日無人境，虛空不住天（杜甫〈陪李梓州王閬州蘇遂州李果州四使君登惠義寺〉‧頁 995）

〔註40〕參見頁 53 解釋。

22	大珠脫玷翳，白月當空虛（杜甫〈謁文公上方〉・頁 950）	
23	談空對樵叟，授法與山精（孟浩然〈題明禪師西山蘭若〉・頁 55）〔註41〕	
24	會理知無我，觀空厭有形（孟浩然〈陪姚使君題惠上人房〉・頁 89）	
25	四禪合眞如，一切是虛假（孟浩然〈雲門蘭若與友人游〉・頁 8）	
26	嗟予落泊江淮久，罕遇眞僧說空有（李白〈僧伽歌〉・頁 406）	
27	一坐度小劫，觀空天地間（李白〈同族姪評事黯遊昌禪師山池二首〉其一・頁 942）	
28	天香生虛空，天樂鳴不歇（李白〈盧山東林寺夜懷〉・頁 1075）	
29	了然瑩心身，潔念樂空寂（岑參〈送青龍招提歸一上人遠遊吳楚別詩〉・頁 53）	
30	不知將錫杖，早晚躡空虛（岑參〈觀楚國寺璋上人一切經院南有曲池深竹〉・頁 218）〔註42〕	
31	天開一峰見，宮闕生虛空（陶翰〈宿天竺寺〉・頁 1478）	

　　王維〈山中示弟〉云世間一切原是因緣和合而成，眼見之物乍看爲眞，實爲虛妄、即生即滅，因此，體悟此道理的詩人，喊出了毋須親近此些事物的感觸。王維〈飯覆釜山僧〉中認爲返還山林的隱居心願不用太過著急，因爲就虛空的法界而言，不論何處均非實相，在紅塵、官場、山林，甚至人的肉身都是一樣，終究是空寂。王維在〈與胡居士皆病寄此詩兼示學人二首〉其二，則提出佛家雖說萬事因緣所成，其性本空，但又反對執著於空，執空亦陷頑空，一生都在空泛無際的世界而難以成就，故空中含有，佛家也說有，但並非告訴大家萬物爲實有，若執著實有，則人受牽絆而難以解脫，綜合言之，非空非有的中道觀方是佛家究

〔註41〕參見頁 46 解釋。
〔註42〕參見頁 84 解釋。

竟。王維其後又言本體爲空、外相爲有的花，有其生滅變化，而煩惱的樹亦有稀疏與密實的景況，此句在說明雖然萬物本體是空，但其生滅變化仍會影響人的修行，惟有超脫有無方能得至涅槃。王維在〈與胡居士皆病寄此詩兼示學人二首〉其一，則提到無論你將萬物皆空視爲主要思維、或是將事物存在的實有狀態當作思想中心，空中存有、有中實空的中道觀才是究竟，不可能捨棄有而存空或去有而守空。王維詩中又云色、聲、香、味、觸、法等六塵六境都不是使我們迷妄的助緣，六塵六境的本體亦爲空，若能認知此理即能找到不空不有的中道義。空、有對舉是佛教常見的論點，熟悉佛典的詩人透過有、無的自我論辯，體悟到不執二端的中道才是究竟，故得以解脫在朝在野的生命之困；王維〈胡居士臥病遺米因贈〉中言人若對有見、無見、斷見、常見產生執著即深陷法執，惟有超脫這些邊見，體悟到一切皆空之理才能得其究竟，但若執著萬物爲空而不思眞空妙有之理，將會陷入空執的束縛之中。王維〈青龍寺曇壁上人兄院集〉中描述青龍寺的地勢高廣，似乎身處虛空之中而無有邊際，也讚揚曇壁上人的眼界早已超脫紅塵俗染，因其心已入空觀，世俗萬物怎能迷惑他呢？

寇坦在〈同皇甫兵曹天官寺浴室新成招友人賞會〉中云清淨水可洗濯人對空、有的執著，如受者、施者、布施物三者的相互執著，或是增進對空、無相、無願的了悟，而寺中所焚之香，紛紛沾染於在場與會者由四大假合所聚集的身體上。作者在此運用水能潔物的特性，提出佛寺之水可濯洗各種心的執著，此水即是法，但相對水而言，佛寺所燃之香則會沾染僧俗二眾身上，然而此染非永久，僅在此身遠離命終，水與香的對舉之因，則在強調執著空者，以法水洗之、執著有者，以空而不有、眞空妙有之理破之；崔顥〈贈懷一上人〉中云懷一上人觀照覺察到眾生認妄爲眞的執迷，也體悟到眼前所見之有，其實體乃空。崔顥〈游天竺寺〉中提及來到天竺寺，透過寺中佛氛禪意一洗心身意的塵染，復歸於清淨，經由心體潔白而深悟萬緣皆空之理；包佶〈觀壁畫九想圖〉中提到一生的榮耀與落魄最終並無異同，家族、事業的百年榮盛或衰落在最後亦是同途，因爲萬事萬物本身並非實有，一切爲空，終歸散亡。作者在此用一世與百年對仗，再用榮枯與哀樂相對，總的在說明不論是一世興榮或百年寂枯，反之亦然，這些興衰終是虛幻不實，此句爲互文筆法。

李嘉祐〈同皇甫冉赴官留別靈一上人〉中讚揚上人雖對萬事萬物仍留有興味，但他明白從空觀看、察照，萬事萬物的本體爲空，四大假合所聚之身

體亦復如此；皇甫曾〈贈沛禪師〉中稱揚沛禪師善於從空法觀看萬物，因此六塵無法染污六根、亦不染心，無論身處哪種環境，其心自在愜意。皇甫曾〈奉陪韋中丞使君游鶴林寺〉中提及清冷的磬聲響透整個虛空界，空中的雲朵自其生滅、聚散；獨孤及〈題思禪寺上方〉言己游禪寺的所感，句中提到自己於寺中領悟佛理，如刀斷物般徹悟六根所見原是空，連六根也是虛妄，這一刀所破之久遠執著，如破瓶般紛紛剝落；皇甫冉在〈問正上人疾〉中言服藥需隨病況做調整，觀照人之肉身實乃四大假合所成，佛家所謂之空即由此悟入；高適〈同諸公登慈恩寺塔〉中讚嘆慈恩寺塔週邊白雲圍繞，猶如鳥伸羽翼般，高聳特出於這虛空界中。高適在〈和竇侍御登涼州七級浮圖之作〉中提及從塔之窗戶往外看，天地景色即入眼前，但作者用空色表萬物，即隱藏萬物眼前實有、本體歸於空的思考。高適〈同群公宿開善寺贈陳十六所居〉中言陳十六喜談玄奧的空觀理論，談至深入處，甚能進入脫落世俗執著、超越情感誘惑的境界，其守佛戒甚嚴，難有偏頗、邪惡的言論能影響到他。

　　杜甫〈宿贊公房〉中稱揚贊公身體的外相雖遇困境被貶逐，但其心早已深悟空觀，萬物皆非實有，惟有修行佛道方是解脫入路。杜甫在〈陪李梓州王閬州蘇遂州李果州四使君登惠義寺〉中描述登惠義寺所感，在春天來到佛寺，佛氛圍繞隱埋了喧囂的寺外人聲，萬事萬物雖然本體為空，但萬物並不因此而著滯不前，仍照其天賦本能於世上運作，此乃空即色、色即空之理。杜甫〈謁文公上方〉中讚揚文公精進修持，使自己的佛性寶珠脫離塵垢，呈現出一片光明而又虛靈的境界；孟浩然在〈陪姚使君題惠上人房〉中自我提醒要放下有形功名的執著，即使是佛法亦不能著滯，並要認知世間的一切有形並非實有，終歸虛空。孟浩然在〈雲門蘭若與友人游〉中指出上人塵念已捨，其禪定修持已入四禪定，並深契真如佛性的實相，了悟世間一切本非實相而為假有；李白〈僧伽歌〉中感慨自己落魄江淮已久，罕遇如此實修僧人，更不用說能與其談論佛教空、有的思考。李白〈同族姪評事黯遊昌禪師山池二首‧其一〉中言自己在昌禪師的指導下禪坐，詩人甚有心得，在山池上一坐就彷若經過一小劫的時間，詩人再用此心觀看天地，亦體悟到萬物為空之理。李白〈廬山東林寺夜懷〉中抒發夜遊東林寺之懷想，詩人於寺中聞到彷彿來至天上的異香，耳朵聽到如若佛國淨土才有的美妙音樂；岑參〈送青龍招提歸一上人遠遊吳楚別詩〉中讚賞歸一上人了悟真理，決心用畢生的心力使自己的身心光明潔白，並謹慎心念的萌發，促使心念的清淨無瑕，上人亦

樂於放下萬緣與執著，進入無起滅、無法相的空寂境界；陶翰〈宿天竺寺〉中描述所見，當時天空雲層散開，山峰朗現於前，佇立於山峰上的雄偉寺院，乍看之下，彷彿是從虛空中長出。

（二）【表 3-3-1-2】有、有為、有形、諸相、生滅

標號	詩　　句	語典解釋
1	礙有固為主，趣空寧捨賓（王維〈與胡居士皆病寄此詩兼示學人二首〉其一・頁 532）〔註43〕 浮空徒漫漫，汎有定悠悠（王維〈與胡居士皆病寄此詩兼示學人二首〉其二・頁 535）〔註44〕	「有」，從物質面來看，萬物為有；但其本質為空，故云假有；「有為」，為者造作之義，有造作，謂之有為。即因緣所生之事物，盡有為也。能生之因緣，是造作所生之事物者，所生之事物，必有此因緣之造作，故云有為法；「有無」，有法與無法也。有是指常見，即固執身心為實有的邪見；無是指斷見，即固執身心為斷滅的邪見；「諸相」，指一切事物外現的形態；「有形」，與「空」相對的存在；「生滅」、「起滅」，依因緣和合而有，謂之生，依因緣離散而無，謂之滅。
2	有無斷常見，生滅幻夢受（王維〈胡居士臥病遺米因贈〉・頁 528）	
3	共聽無漏法，兼濯有為塵（全唐詩・寇坦〈同皇甫兵曹天官寺浴室新成招友人賞會〉・頁 1211）	
4	徒知燕坐處，不見有為心（全唐詩・綦母潛〈題招隱寺絢公房〉・頁 1370）	
5	觀生盡入妄，悟有皆成空（全唐詩・崔顥〈贈懷一上人〉・頁 1322）〔註45〕	
6	心照有無界，業懸前後生（全唐詩・劉慎虛〈登廬山峰頂寺〉・頁 2862）	
7	香界泯群有，浮圖豈諸相（高適〈同諸公登慈恩寺塔〉・頁 233）	
8	會理知無我，觀空厭有形（孟浩然〈陪姚使君題惠上人房〉・頁 89）〔註46〕	
9	嗟予落泊江淮久，罕遇真僧說空有（李白〈僧伽歌〉・頁 406）〔註47〕	

〔註43〕參見頁 103 解釋。
〔註44〕參見頁 103 解釋。
〔註45〕參見頁 104 解釋。
〔註46〕參見頁 105 解釋。
〔註47〕參見頁 105 解釋。

10	本來生滅盡，何者是虛無（王昌齡〈素上人影塔〉‧頁 114）	
11	生滅紛無象，窺臨已得魚（全唐詩‧孫逖〈和崔司馬登稱心山寺〉‧頁 1195）	
12	起滅一以雪，往來亦誠亡（全唐詩‧儲光羲〈至岳寺即大通大照禪塔上溫上人〉‧頁 1382）	
13	起滅信易覺，清真知有所（全唐詩‧儲光羲〈同房憲部應旋〉‧頁 1400）	

　　王維〈胡居士臥病遺米因贈〉中指出有見、無見、斷見、常見等邊見，以及萬物的生滅和世間的各種變化，都帶給我們如夢似幻的感受。詩人在此欲表達的是人受困於眼見的事實，卻不知事實的背後原是空寂；寇坦在〈同皇甫兵曹天官寺浴室新成招友人賞會〉中提及與眾人一起聆聽高僧所講述的超脫煩惱的清淨法，透過此清淨法洗濯身上所沾染的俗世有為法，淨盡名利欲望的追求；綦毋潛〈題招隱寺絢公房〉中云絢公修行精一，心心念念只放在禪坐等法門的修行，對於塵世有為的名利欲求從不動心；劉慎虛〈登廬山峰頂寺〉中云登廬山峰頂寺的感觸，佛法認為人若能內觀己心則可徹見世間一切有無法的真相，世間萬物本為空相，惟有業識、業障會隨著輪迴而影響各人的前後生；高適在〈同諸公登慈恩寺塔〉中提及登上慈恩寺塔遠眺時，內心有所感觸，認為萬事萬物均無實相，終將消亡，即便是莊嚴佛塔亦是諸相之一，其體本空。「香界」是佛寺、「浮圖」是指佛塔，作者使此二者對舉，其意在說明無論何物，其體本空終將幻滅，實不可著滯；王昌齡〈素上人影塔〉中提到萬物非永恆不變，有生即有滅，其本體非實存，因此，外相的道理並非真如實體，惟有明瞭生滅之理，方能明悟無上真理；孫逖〈和崔司馬登稱心山寺〉中言萬事萬物的生滅並非事物的真實相狀，如能體悟此理則已窺得無上妙法之大要；儲光羲在〈至岳寺即大通大照禪塔上溫上人〉中提出人世間的生滅和合如雪般夜積而朝融，雪下時一片紛飛、雪融時則雪水滾滾，此積融來往之間毫無實相可言，故知假相本無實體，終歸滅亡。儲光羲〈同房憲部應旋〉中言惟有對佛教拳拳服膺者，才能易於體會宇宙萬物的生滅實相，方能保持本來清淨的佛性不受染污，並知此佛性的所居處所、以及宇宙萬物的真如實相。

（三）【表 3-3-1-3】無、無為、無我

標號	詩　　　句	語典解釋
1	無有一法眞，無有一法垢（王維〈胡居士臥病遺米因贈〉·頁 528）	「無有一法眞，無有一法垢」，謂諸法（物質與精神現象的總和）由因緣而生，並無獨立存在的實體，若能體悟這些道理，則外境外物便無法垢染人的情識；「無我」，謂世界上不存在實體的自我，以諸法無我爲根本義。
2	會理知無我，觀空厭有形（孟浩然〈陪姚使君題惠上人房〉·頁 89）〔註48〕	

　　王維在〈胡居士臥病遺米因贈〉中傳達對佛法的體悟，他認爲世上萬事萬法由因緣聚合而成，此事法適用的因緣若盡，事法亦散亡，因此，事法非永恆存在，世間惟有與佛無別的佛性才是永恆不變，並無任何事法可讓其本質改變。

（四）【表 3-3-1-4】緣、因緣、緣合、隨緣、香火緣

標號	詩　　　句	語典解釋
1	身逐因緣法，心過次第禪（王維〈過盧員外宅看飯僧共題七韻〉·頁 342）	「緣」，攀緣之義。人之心識，攀緣於一切之境界也，如眼識攀緣色境而見之，緣爲心對於境之作用，易言之，則爲心之慮知；「因緣」、「緣合」，佛教根本理論之一，指構成一切現象的原因，因指主因，緣謂助緣，佛教以此說明事物賴以存在的各種因果關係；「道緣」，與佛家的因緣；「萬緣」，指而自體動作，謂之隨緣。如水應風之緣而起波；「香火緣」，古人盟誓。多設香火告神。故佛家謂彼此契合曰香火因緣；「區中緣」，塵俗之情緣
2	緣合妄相有，性空無所親（王維〈山中示弟〉·頁 480）〔註49〕	
3	上人無生緣，生長居紫閣（王維〈燕子龕禪師詠〉·頁 572）	
4	月在上方諸品靜，僧持半偈萬緣空（全唐詩·郎士元〈題精舍寺〉·頁 2779）〔註50〕	
5	都非緣未盡，曾是教所任（全唐詩·崔顥〈贈懷一上人〉·頁 1322）	
6	忽紆塵外軫，遠訪區中緣（全唐詩·顏眞卿〈使過瑤臺寺有懷圓寂上人〉·頁 1586）	

〔註48〕　參見頁 105 解釋。
〔註49〕　參見頁 103 解釋。
〔註50〕　參見頁 53 解釋。

7	得度北州近，隨緣東路賒……殷勤結香火，來世上牛車（全唐詩・張謂〈送僧〉・頁 2026）	
8	淨教傳荊吳，道緣止漁獵（全唐詩・皇甫曾〈贈沛禪師〉・頁 2186）〔註51〕	
9	真法嘗傳心不住，東西南北隨緣路（全唐詩・皇甫曾〈錫杖歌送明楚上人歸佛川〉・頁 2188）〔註52〕	
10	宰君迎說法，童子伴隨緣（全唐詩・郎士元〈送大德講時河東徐明府招〉・頁 2780）	
11	延陵初罷講，建業去隨緣（全唐詩・皇甫冉〈送延陵陳法師赴上元〉頁 2821）	
12	世界蓮花藏，行人香火緣（全唐詩・綦毋潛〈滿公房〉・頁 1372）	
13	能使南人敬，修持香火緣（全唐詩・李嘉祐〈送弘志上人歸湖州〉・頁 2152）	
14	捨施割肌膚，攀緣去親愛（高適〈同馬太守聽九思法師講金剛經〉・頁 323）	
15	獨此林下意，杳無區中緣（李白〈安陸白兆山桃花巖寄劉侍御綰〉・頁 647）	
16	願謝區中緣，永依金人宮（岑參〈秋夜宿仙遊寺南涼堂呈謙道人〉・頁 145）	
17	願割區中緣，永從塵外遊（岑參〈登嘉州凌雲寺作〉・頁 162）	
18	庶割區中緣，脫身恆在茲（岑參〈登千福寺楚金禪師法華院多寶塔〉・頁 177）	

　　王維在〈過盧員外宅看飯僧共題七韻〉中闡述佛理，他說僧人隨著自己的因緣，修行屬於自己法門，但他們都朝著次第禪中的第九次定努力邁進，最終要進入解脫之境。詩人以無所求的隨緣行映對禪定的九種次第，除對比強烈以顯分別外，似乎也是詩人對出世與否的表態，為何一定要硬分出世與入世，隨個人因緣而行不是更好嗎？王維〈燕子龕禪師詠〉中言燕子龕禪師從小就深具修習佛教涅

〔註51〕參見頁 47 解釋。
〔註52〕參見頁 47 解釋。

槃法的緣份，長大後就居住在紫峰閣；崔顥〈贈懷一上人〉中云飛禽、走獸常親近懷一上人，他的之間的緣份不是未盡，只因以前曾在你的住所聆聽聖教，因此，牠們常會聚集上人身旁；顏真卿〈使過瑤臺寺有懷圓寂上人〉中言及自己忽然心中有所鬱悶，因而從紅塵俗世駕車前往上人所居寺院，惜上人已離開，前去渡化眾人的塵緣；張謂〈送僧〉中提及僧人在北州得度出家，於是以此為中心，長久往東邊隨緣度化眾生，詩人在最後又自我表白，自己已與僧人訂下契約，今後要努力修行，來世一起進入無上涅槃法門，共登彼岸，此詩亦可解為僧人與世尊立下努力修行之願，期盼來世登上無餘涅槃。

　　郎士元〈送大德講時河東徐明府招〉中提及使君迎請高僧大德講經說法，時有童子伴其高僧隨緣渡化。皇甫冉在〈送延陵陳法師赴上元〉中提到陳法師剛在延陵講說佛法完畢，緊接著又要到建業去隨緣宣化有緣；綦毋潛〈滿公房〉提到世界的生成變化都含蘊在蓮花中，正可謂「一花一世界，一葉一如來」的最佳闡釋，而滿公所居之禪室一如蓮花般含蘊世界，詩人心中暗與滿公相契合、結下佛緣；李嘉祐〈送弘志上人歸湖州〉中讚揚上人的修行精深，必定可感化南方民眾，使其敬信佛法，並與佛教相互契合，結下修行佛教的香火因緣；高適〈同馬太守聽九思法師講金剛經〉中讚揚九思法師效法世尊捨施身體以求法的精神，割捨頭髮出家，並隔絕塵世情緣，攀附出世佛緣；李白〈安陸白兆山桃花巖寄劉侍御綰〉中指出自己只想在這深林之下隱世，不願再去攀觸俗世的情緣；岑參在〈秋夜宿仙遊寺南涼堂呈謙道人〉中言夜宿仙遊寺時所感，詩人願意辭謝俗世塵緣，長久皈依佛陀座下。詩人以俗緣比襯佛寺，願從此去俗緣歸向道緣。岑參在〈登嘉州凌雲寺作〉中描述游寺所感，他體悟到塵緣虛幻而願捨去，並永遠在此塵外之境遨遊。岑參在〈登千福寺楚金禪師法華院多寶塔〉中提到但願能割捨這俗世的情緣，讓自己的心能脫離身體的束縛，永遠徜徉於佛國淨土中。

二、無生、涅槃、寂滅相關

　　修持佛法的最終目的即是離生滅、從生死輪迴的此岸到達涅槃解脫的彼岸，其功夫入路則是修持甚深微妙佛法，此妙法又稱之為涅槃、無生，這是一種不生不滅、超脫生死的法界，因此，受佛法熏習的盛唐詩人們，亦常在詩中展露對涅槃法界的追求與嚮往。由於仕途的不順，使得詩人多從今世的

功名追求轉而尋覓心靈的超脫，試就整理敘述如下：

（一）【表 3-3-2-1】無生

標號	詩　句	語典解釋
1	一心在法要，願以無生獎（王維〈謁璿上人〉·頁 179）〔註53〕	「無生」謂沒有生滅，不生不滅，指無生妙法、涅槃之真理。無生滅，故云無生，因而觀無生之理以破生滅之煩惱也；「得無生」之「無生」指已涅槃之意；「靜念無生篇」中的「無生」，指佛經。
2	憶惜君在時，問我學無生（王維〈哭殷遙〉·頁 234）	
3	安知不來往，翻得似無生（王維〈與蘇盧二員外期遊方丈寺而蘇不至因有是作〉·頁 340）	
4	誓陪清梵末，端坐學無生（王維〈遊感化寺〉·頁 439）〔註54〕	
5	欲知除老病，惟有學無生（王維〈秋夜獨坐〉·頁 482）	
6	上人無生緣，生長居紫閣（王維·〈燕子龕禪師詠〉·頁 572）〔註55〕	
7	空居法雲外，觀世得無生（王維〈登辨覺寺〉·頁 176）〔註56〕	
8	精廬不住子，自有無生鄉（全唐詩·儲光羲〈題慎言法師故房〉·頁 1387）	
9	論公長不宰，因病得無生（全唐詩·李嘉祐〈故燕國相公挽歌二首〉·頁 2160）	
10	誰謂無生眞可學，山中亦自有年華（全唐詩·張繼〈游靈岩〉·頁 2715）	
11	法證無生偈，詩成大雅篇（全唐詩·皇甫冉〈奉和獨孤中丞游法華寺〉·頁 2816）	
12	故人王夫子，靜念無生篇（全唐詩·儲光羲〈同王十三維哭殷遙〉·頁 1399）	

〔註53〕參見頁 50 解釋。
〔註54〕參見頁 78 解釋。
〔註55〕參見頁 110 解釋。
〔註56〕參見頁 45 解釋。

13	無生有汲引，茲理儻吹噓（杜甫〈謁文公上方〉·頁951）	
14	琴書全雅道，視聽已無生（王昌齡〈靜法師東齋〉·頁111）	
15	吾師位其下，禪坐證無生（孟浩然〈題明禪師西山蘭若〉·頁55）	
16	幼聞無生理，常欲觀此身（孟浩然〈還山詒湛法師〉·頁125）	

　　王維〈哭殷遙〉是悼念詩，追憶與殷遙往昔的生活點滴，從句中可知殷遙生前，曾向王維請問並修持佛教的解脫涅槃法門。王維〈與蘇盧二員外期遊方丈寺而蘇不至因有是作〉中言蘇員外因事不克前來，詩人遙想或許蘇員外在家，反而更能體悟出佛教的寂靜涅槃之法。王維〈秋夜獨坐〉中闡述佛教體悟，惟有修習佛教的涅槃法門，才能超脫生老病死之苦，終究得其無生。儲光羲〈題慎言法師故房〉中言法師已經離開以前所居住的房間，詩人認為法師已住在寂靜涅槃的地方；李嘉祐〈故燕國相公挽歌二首〉中言燕國公長久都是低調而非主宰性的人，即便事因其而成亦謙讓眾人，後因其生病才開始學習佛家涅槃超脫之法；皇甫冉〈奉和獨孤中丞游法華寺〉中言修持佛法，可以印證例來高僧所悟得之涅槃心法；儲光羲在〈同王十三維哭殷遙〉中悼念殷遙，描述好友王夫子正在替殷遙念佛經，期盼他能得神佛接引、往生淨土；杜甫〈謁文公上方〉則讚揚佛教涅槃之法可使眾生的佛性得以生發，此解脫法門廣大、並能汲引有緣入此法門；王昌齡〈靜法師東齋〉言靜法師修行精深，對琴書這些風雅之事，雖視之、聽之、做之，但僧人的心性卻早已超脫並進入真如法界；孟浩然〈題明禪師西山蘭若〉中言明禪師在西山的僧院中常禪坐，期能證入涅槃解脫法門。孟浩然〈還山詒湛法師〉中言自己年幼時即已聽聞佛教的涅槃解脫法，經常以此來觀照自察由四大假合所聚合的肉身。

（二）【表3-3-2-2】寂、寂滅、滅度、寂樂、寂照

標號	詩　句	語典解釋
1	一悟寂為樂，此生閑有餘（王維〈飯覆釜山僧〉·頁521）	「寂」，此指寂滅，涅槃的意譯，其體寂靜，離一切之相，故云寂滅。指超脫生死的理想境界；「支公已寂滅」，此「寂滅」為圓寂之意；「滅」，
2	更言窮寂滅，回策上南峰（全唐詩·孫逖〈奉和崔司馬游雲門寺〉·頁1190）	

3	苦心歸寂滅，宴坐得精微（全唐詩・孫逖〈送新羅法師還國〉・頁 1196）	梵語涅槃，華譯爲滅，因涅槃之體，無爲寂滅，故名；「滅度」，滅煩惱，度苦海，涅槃的意譯，亦指僧人死亡；「寂樂」，禪坐中一心清淨、萬慮俱止，稱寂靜之樂；「寂照」，真理之體云寂，真智之用云照。
4	支公已寂滅，影塔山上古（全唐詩・崔曙〈宿大通和尚塔敬贈如上人兼呈常孫二山人〉・頁 1602）	
5	自應憐寂滅，人世但傷情（全唐詩・李嘉祐〈故燕國相公挽歌二首・其一〉・頁 2160）	
6	身寂心成道，花閑鳥自啼（全唐詩・皇甫曾〈題贈吳門邕上人〉・頁 2182）	
7	此方今示滅，何國更分身（全唐詩・郎士元〈雙林寺謁傳大士〉・頁 2779）	
8	但有滅度理，而生開濟恩（全唐詩・崔顥〈贈懷一上人〉・頁 1322）	
9	金色身壞滅，真如性無主（王昌齡〈諸官遊招隱寺〉・頁 76）	
10	沙門既云滅，獨往豈殊調（王昌齡〈觀江淮名勝圖〉・頁 89）〔註57〕	
11	聞君尋寂樂，清夜宿招提（孟浩然〈夜泊廬江聞故人在東林寺以詩寄之〉・頁 140）	
12	澄慮觀此身，因得通寂照（李白〈與元丹丘方城寺談玄作〉・頁 1059）	
13	宴坐寂不動，人千入毫髮（李白〈廬山東林寺夜懷〉・頁 1075）	
14	平生種桃李，寂滅不成春（李白〈題江夏修靜寺〉・頁 1154）	

　　王維〈飯覆釜山僧〉中云如果人能了悟寂滅的境界才是至樂的道理，則人的一生就不會汲汲營營於虛幻的名利，此生當是閒靜而快樂有餘；孫逖〈奉和崔司馬游雲門寺〉中言在游雲門寺時熱烈討論著佛教涅槃解脫之法，出寺後掉轉馬匹直上南峰。孫逖〈送新羅法師還國〉中讚揚法師一心修持，只願能入無上解脫法門，在禪坐中得到甚深微妙法；崔曙〈宿大通和尚塔敬贈如上人兼呈常孫二山人〉中言支遁已經圓寂、入於涅槃，供奉其舍利的寶塔已久佇山峰；李嘉祐〈故燕國相公挽歌二首・其一〉中不捨燕國相公已入寂滅，對於在世之人仍易觸其情景而

〔註57〕參見頁 90 解釋。

傷悲；皇甫曾〈題贈吳門邕上人〉中讚揚邕上人外在的身軀正靜坐入禪寂，而其心則已入於佛道之精妙處，此時，花自開、鳥自啼，天、人與物交融一片。

　　郎士元〈雙林寺謁傅大士〉中感慨傅大士已示現四聖諦的真義，今已入於涅槃、證成道果，然其本願深厚，想必其化身仍在多處行施佛道、救渡眾生；崔顥〈贈懷一上人〉中提及上人為君王講述生滅度化之理，榮華富貴終究幻滅，鼓勵君王能多多匡濟老百姓，並以此建立德業；王昌齡〈諸官遊招隱寺〉中言即便是佛陀的色身亦有壞滅之時，惟有人的佛性方是真實而不變，沒有任何力量可以主宰、改變此一真理；李白〈與元丹丘方城寺談玄作〉中云自己對佛法的體悟，用澄觀靜慮的作為來觀想自己的身心，則能通曉照見寂滅不變的真義。李白〈廬山東林寺夜懷〉中提及自己正禪坐入於寂靜物空之境，此時整個大千世界納入我的毫髮之中，正是芥子納須彌之喻。李白在〈題江夏修靜寺〉中感慨李邕平生喜好種植桃李，可如今肉身已歸寂滅，再也無法看到春天的桃李。

（三）【表 3-3-2-3】甘露門、無漏法

標號	詩　　句	語典解釋
1	忽入甘露門，宛然清涼樂（王維〈苦熱〉·頁 571）	「甘露門」，到甘露涅槃之門戶也；「無漏法」，清淨無煩惱之法。出世間的一切無為法，都是清淨無煩惱之法，如三乘聖人所證得的戒定慧和涅槃，就是出世間的無漏法。
2	共聽無漏法，兼濯有為塵（全唐詩·寇坦〈同皇甫兵曹天官寺浴室新成招友人賞會〉·頁 1211）〔註58〕	

　　王維〈苦熱〉中闡述悶熱的天氣使人難以忍受，詩人只好讓自己的身心進入禪定之中，忽然進入寂靜涅槃的境界，身心超脫五行束縛，彷彿得到清涼法雨滋潤般的快樂。

三、四聖諦、二諦

　　世尊因在四城門見到生老病死的人生實狀，心有感悟而決定出家找尋解脫之道，就佛家而言，他們認為人生是苦海，眾生均在生老病死的不斷輪迴之中，亦活在表面所見的道理之下，絕大多數不知宇宙間尚有真理的存在，因此佛家認為惟有透過四聖諦，方能解脫人生與苦的連結，經由四聖諦的徹

〔註58〕參見頁 107 解釋。

悟修持，以「佛之道」消除人生之苦的持續集合，化解人身終歸毀滅的定律，尋找靈性的最終皈依處，方得以一窺佛家之至高義諦。盛唐詩人也藉由這些詞語傳達對人生的領會，試就整理敘述如下：

（一）【表3-3-3-1】人生四大苦、四諦、二諦

標號	詩　　句	語典解釋
1	欲知除老病，惟有學無生（王維〈秋夜獨坐〉‧頁482）〔註59〕	「老病」，佛教稱生、老、病、死為人生四大苦；「豈惡楊枝肘」，化用《莊子‧至樂》的典故，借指佛教生、老、病、死；「生死流」，生死之苦海能令人漂流和湮沒；「世諦」，佛教二諦（世諦與第一義諦）之一，謂有關世間種種事相的真理或指世俗之見；「諦苦」即四聖諦中的苦諦，佛教以苦、集、滅、道為四聖諦；「生滅」，依因緣和合而有，謂之生、依因緣離散而無，謂之滅；-「苦」，逼惱身心之謂也、或遇惡緣惡境，身心受其逼迫；「苦海」，佛教指塵世間的煩惱和苦難；「拔苦」，救拔眾生的痛苦。
2	徒言蓮花目，豈惡楊枝肘（王維〈胡居士臥病遺米因贈〉‧頁528）〔註60〕	
3	詎捨貧病域，不疲生死流（王維〈與胡居士皆病寄此詩兼示學人二首〉‧頁535）	
4	共仰頭陀行，能忘世諦情（王維〈與蘇盧二員外期遊方丈寺而蘇不至因有是作〉‧頁340）〔註61〕	
5	空搖白團其諦苦，欲向縹囊還歸旅（王維〈贈吳官〉‧頁583）	
6	有無斷常見，生滅幻夢受（王維〈胡居士臥病遺米因贈〉‧頁528）〔註62〕	
7	途經世諦間，心到空王外〔註63〕，……深知憶劫苦，善喻恒沙大（高適〈同馬太守聽九思法師講金剛經〉‧頁323）	
8	口云七十餘，能救諸有苦（王昌齡〈諸官遊招隱寺〉‧頁76）	
9	念茲泛苦海，方便示迷津，……欲知明滅意，朝夕海鷗馴（孟浩然〈還山詒湛法師〉‧頁125）	

〔註59〕參見頁113解釋。
〔註60〕參見頁59解釋。
〔註61〕參見頁89解釋。
〔註62〕參見頁107解釋。
〔註63〕參見頁57解釋。

10	隨病拔諸苦，致身如法王（李頎〈題神力師院〉・頁 16）〔註64〕	
11	衡山法王子，慧見息諸苦（全唐詩・儲光羲〈同房憲部應旋〉・頁 1400）	
12	更有眞僧來，道場救諸苦（全唐詩・崔曙〈宿大通和尚塔敬贈如上人兼呈常孫二山人〉・頁 1602）	

　　王維〈與胡居士皆病寄此詩兼示學人二首〉中提出若能捨去對貧困與病難的恐懼，也不因生死的去來無常而感到困頓，即能解脫各種名相的執著。王維〈贈吳官〉中提及長安旅舍悶熱，用團扇搧風亦無法解除酷熱感，詩人有感這就是佛教所說的一切事物、本性均爲苦的意涵，詩人想帶著青色書囊返回家鄉；高適〈同馬太守聽九思法師講金剛經〉中讚揚法師深知眾生已在無始劫的時間中，受生死輪迴之苦，因此善以恒河沙般多的教喻，告知眾人如何解脫生老病死的不斷循環；王昌齡〈諸官遊招隱寺〉中提及僧人已七十多歲，並稱揚其演說之佛法能啓迪眾生智慧、救脫其心中諸多的困苦；孟浩然〈還山詒湛法師〉中指出人的妄念常會使自己陷入執著的苦海，而湛然法師則常用靈活的佛法講述，教人解脫執迷。孟浩然〈還山詒湛法師〉中指出若想要知道自己的修行是否已得無上智慧、是否已明心見性、心中惡念惡行是否已淨盡？只要朝夕與海鷗相處即可得知，若心中純正光明，則海鷗有所感應會接近自己，反之則否；崔曙〈宿大通和尚塔敬贈如上人兼呈常孫二山人〉的意涵有雙關，一爲讚揚大通和尚眞修行，常爲眾人開示佛理、導人解脫煩惱，另一解則在讚揚如上人效法大通和尚的眞修行，常爲人開示離苦得樂之法。筆者認爲此「眞」字意涵深遠，具有詩眼功能，因爲如果僧人非「眞」，則苦何以能化解？非眞修行者，難以勘透苦諦。

（二）【表 3-3-3-2】依此、皈依、歸依

標號	詩　　　句	語典解釋
1	依此託山門，誰知效丘也（孟浩然〈雲門蘭若與友人游〉・頁 8）	「依此」即依止，依賴止住有力有德之處，而不離也；「歸」，指皈依。

〔註64〕參見頁 57 解釋。

2	下生彌勒見，迴向一心歸（孟浩然〈臘八日於剡縣石城寺禮拜〉‧頁 76）	
3	始覺浮生無住著，頓令心地欲歸依（李頎〈宿瑩公禪房聞梵〉‧頁 178）	
4	抖擻辭貧里，歸依宿化城（王維〈遊感化寺〉‧頁 439）	
5	依止老宿亦未晚，富貴功名焉足圖（杜甫〈嶽麓山道林二寺行〉‧頁 1986）〔註 65〕	

　　孟浩然〈雲門蘭若與友人游〉中指出自己想要就此依託於佛門，無法再效法孔丘，即有棄儒向佛之意。孟浩然在〈臘八日於剡縣石城寺禮拜〉中則指出石城寺的石壁有彌勒佛雕像，詩人當下禮拜並立下誓願，從今爾後願一心修持佛法，等待彌勒下生之時；李頎在〈宿瑩公禪房聞梵〉中有所感，體悟到人的一生最終亦無所著落點，生不帶來、死不帶去，因此詩中坦言想讓自己就此放下有執，使自己的身心都皈依佛、法、僧。佛教常言要人看透世情，然而如何看透是個問題，比較常用的字句是「覺」、「悟」、「頓」等字，作者在此以「始覺」對「頓令」即是明例，至於浮生是外在所見、心地則是內在所觀，內外再對照，結語則為當人能經由內外在的覺察省思，方能豁朗生命如萍，惟有修行才是究竟；王維〈遊感化寺〉中提及自己遊覽佛寺所感，因受佛氛影響，使自己振作精神、抖去煩惱執著，如同窮子離開貧民窟般，我歸依於佛門，今天住宿在感化寺。詩人用「抖擻」對應「歸依」，除了強調歸依三寶會帶給人們心靈上的振作外，更是遠離心靈痛苦的良藥，因為我們心中即住了一座佛寺，時時帶給吾人力量。

四、功德、迴向、功德水

　　慧能在《敦博本六祖壇經》回答韋使君關於福德與功德的問題時，曾明確指出：「造寺、布施、供養，只是修福，不可將福以為功德。……常行於敬，自修身即功，自修心即德。功德自心作，福與功德別。」〔註 66〕佛教認為功德是成佛的關鍵要素，因此歷來修行者無不以建立功德為首要目標，然而著

〔註65〕參見頁 89 解釋。
〔註66〕參見楊曾文《敦煌新本‧六祖壇經》，北京：宗教文化出版社，2001 年 5 月版，頁 42。

滯功德卻反而讓自己深陷法執，殊不知外相功德的追求只是落入福德，惟有從自心下功夫才是究竟功德。功德不僅己身受益，更可發大願力迴向給特定人士或是普羅大眾，亦能將其德行回歸於佛身。盛唐詩人，運用這些詞語傳達對功德的領會，試就整理敘述如下：

【表 3-3-4-1】功德、迴向、功德

標號	詩　　　　句	語典解釋
1	自笑無功德，殊恩謬激揚（全唐詩・獨孤及〈暮春於山谷寺上方遇恩命加官賜服酬皇甫侍御見賀之作〉・頁 2764）	「功德」，功者福利之功能，此功能為善行之德，故曰德。又，德者得也，修功有所得，故曰功德；「迴向」，謂回轉自己的功德，趨向眾生和佛果；「功德水」，即八功德水，佛教謂西方極樂世界中，處處皆有七妙寶池，八功德水彌滿其中，其水澄淨、清冷、甘美、輕軟、潤澤、安和，飲時除饑渴，能增益種種殊勝善根。
2	願聞第一義，迴向心地初（杜甫〈謁文公上方〉・頁 951）〔註 67〕	
3	一窺功德見，彌益道心加（孟浩然〈登總持浮圖〉・頁 58）	
4	下生彌勒見，迴向一心歸（孟浩然〈臘八日於剡縣石城寺禮拜〉・頁 76）〔註 68〕	
5	願從功德水，從心灌塵機（孟浩然〈臘八日於剡縣石城寺禮拜〉・頁 77）	

　　獨孤及〈暮春於山谷寺上方遇恩命加官賜服酬皇甫侍御見賀之作〉中表示受詔後，認為自己實無功業與德行，這殊榮實是為激勵我這淺薄的人。本詩的功德較偏向儒家所言功業，但因此詩是在山谷寺所寫，若以佛教所言的功德亦可解，故列於此；孟浩然的〈登總持浮圖〉是講述登上佛塔的感觸，想起當年五百童子聚沙的功德，可使其往生兜率天，頓時生起無限修佛的力量，自己的修道心更加堅定。孟浩然〈臘八日於剡縣石城寺禮拜〉中在禮拜佛菩薩之後，心中生起無限法喜，立愿將修持大乘、建立功德，以此功德水灌滅己心之塵念。

五、小　結

　　空有思想是佛教相當重要的教義，因人都會執著眼見為有，認為情愛名

〔註 67〕參見頁 51 解釋。
〔註 68〕參見頁 118 解釋。

利的享受是真，佛教爲了對治貪有而提出因緣法，萬物只是因緣聚合，緣散物也空，一切都非實有，更提出人生是苦集滅的不斷輪迴，唯有修道、建立功德方能進入涅槃。由這些佛義的靈活運用，可見盛唐詩人們以此自勉、不要苦執外在事物。

第四節　佛心、真如、心、心法、禪、清淨、塵、欲相關

一、佛心、真如相關

　　佛教在中國之所以能迅速傳播，主因在其所提出的佛性論，洪修平在《國學舉要‧佛典》中指出：

> 　　魏晉南北朝時期，社會動蕩，民不聊生，生活在現實苦難中的
> 人們普遍關心著個人的解脫問題，把幸福的希望寄託在來世和天
> 國，如果來世與天國皆空，精神寄託于何處？玄遠虛無的思辯理論
> 並不能給予渴望從現實苦難中解脫的人們以更多的精神安慰。就佛
> 教理論本身而言，如果沒有不滅的解脫主體，因果報應如何成立？
> 累世修行的功德誰來承受？又是誰超凡入聖，涅槃解脫？對於自古
> 以來就相信人死靈魂不滅的中國人來說，「般若學」一切皆空的理論
> 尤其不能使他們感到滿足。……因此，從般若學「真空」向佛性論
> 「妙有」的過渡，既是時代的迫切需要，也是佛教理論發展的內在
> 要求。〔註69〕

所以，《涅槃經》才強調人與佛無根本差別，佛是已覺之人，人是未覺之佛，人人均有一個與佛不別的佛性，只要人能徹悟此點並尋回此性，戮盡全力除去佛性外障，使其心性回復圓滿、光明，從凡夫身蛻變而成就佛果位並非不可能，因此，盛唐詩人們在詩中也多所談及佛性之理，亦透過描述寶珠的圓潤光滑隱指佛性之光明，試就整理敘述如下：

〔註69〕參見洪修平《國學舉要‧佛典》，武漢：湖北出版社，2002年9月版，頁184。

（一）【表 3-4-1-1】淨體、法性、自性、佛印

標號	詩　　　句	語典解釋
1	心持佛印久，摽割魔軍退（高適〈同馬太守聽九思法師講金剛經〉・頁 323）	「淨體」，指佛性；「法性」、「自性」，指佛性，諸法的本性。這種諸法的本性，在有情方面，叫做佛性，在無情方面，即叫做法性。法性也就是實相、眞如、法界、涅槃的別名；「佛印」，禪宗認爲人之自有的心性即是佛心，因其永久不變，猶如印契，故名之爲佛心印，省稱爲佛印。
2	淨體無眾染，苦心歸妙宗（全唐詩・崔顥〈贈懷一上人〉・頁 1322）〔註70〕	
3	四句了自性，一音亦非取（全唐詩・儲光羲〈同房憲部應旋〉・頁 1400）〔註71〕	
4	還言證法性，歸去比黃金（全唐詩・綦毋潛〈題招隱寺絢公房〉・頁 1370）	

　　高適〈同馬太守聽九思法師講金剛經〉中讚揚法師修持之精深，長久於內心持守佛教戒律，心不受迷惑而有所動搖，因此，可以擊退誘惑的欲望牽引；綦毋潛〈題招隱寺絢公房〉中讚賞絢公已證得人人本具的佛性所在，並常對信徒宣揚若能明瞭人與佛均有一個不別的佛性，將身心歸向佛性的所在，這是比黃金還要珍貴的體悟。

（二）【表 3-4-1-2】空性、真如

標號	詩　　　句	語典解釋
1	浮名寄纓珮，空性無羈鞅（王維〈謁璿上人〉・頁 179）	「空性」，眞如也。謂悟入空觀所顯示的眞實的本體，即佛性；眞如是法界相性眞實如此之本來面目，恆常如此不變不異，不生不滅，不增不減，不垢不淨，即無爲法。亦即一切眾生的自性清淨心，亦稱佛性、法身、如來藏、實相、法界、法性、圓成實性等。
2	地靈資淨土，水若護眞如（全唐詩・孫逖〈和崔司馬登稱心山寺〉・頁 1195）	
3	欲識眞如理，君嘗法味看（全唐詩・獨孤及〈詣開悟禪師問心法次第寄韓郎中〉・頁 2764）	
4	兜率知名寺，眞如會法堂（杜甫〈上兜率寺〉・頁 992）	

〔註70〕參見頁 50 解釋。
〔註71〕參見頁 49 解釋。

| 5 | 金色身壞滅，眞如性無主（王昌齡〈諸官遊招隱寺〉·頁 76）〔註 72〕 | |
| 6 | 四禪合眞如，一切是虛假（孟浩然〈雲門蘭若與友人游〉·頁 8）〔註 73〕 | |

　　王維〈謁璿上人〉中言虛浮的人生利祿，只有倚靠仕宦才得以擁有，佛家所言的眞如佛性，可以識透萬事萬物均無實體、其性本空的道理，因其不受內外相束縛，自可明瞭一切眞相；孫逖〈和崔司馬登稱心山寺〉中言此地山川的靈秀之氣，資養出佛國淨土般的寺院，寺外的流水如護城河般守護著此淨土，固守寺中僧俗不受紅塵洗染，佛性常住而顯明；獨孤及〈詣開悟禪師問心法次第寄韓郎中〉中言若想了解佛家所言涅槃眞如之妙理，則應先體悟佛法、再行施佛法於平時，悟、行相契印而得法喜，再由法喜深契初悟之法則可得眞如妙義；杜甫〈上兜率寺〉中言及兜率寺是知名佛寺，是得以使人一明眞如佛性之地。

（三）【表 3-4-1-3】額珠、摩尼珠、大珠、滄海珠、明珠、明月珠、日月珠

標號	詩　　　句	語典解釋
1	得知身垢妄，始喜額珠完（全唐詩·獨孤及〈詣開悟禪師問心法次第寄韓郎中〉·頁 2764）	「額珠」，各人固有之佛性，譬之額上之金剛珠；「摩尼珠」、「大珠」、「滄海」、「明珠」、「日月珠」均指人的光明佛性；「禪龕」本指佛堂，在此可解爲修者之心，即佛心。
2	惟有摩尼珠，可照濁水源（杜甫〈贈蜀僧閭丘師兄〉·頁 768）	
3	長者自布金，禪龕只宴如。大珠脫玷翳，白月當空虛（杜甫〈謁文公上方〉·頁 950）	
4	地靈步步雪山草，僧寶人人滄海珠（杜甫〈嶽麓山道林二寺行〉·頁 1986）〔註 74〕	
5	觀心同水月，解領得明珠（李白〈贈宣州靈源寺仲濬公〉·頁 631）	

〔註 72〕參見頁 59 解釋。
〔註 73〕參見頁 105 解釋。
〔註 74〕參見頁 89 解釋。

6	中有不死者，探得明月珠（李白〈贈僧朝美〉，頁 632）	
7	堅持日月珠，豁見滄江長（李頎〈題神力師院〉，頁 16）	

佛教喜以寶珠、明月指涉佛性，意指佛性如寶珠、明月般光亮。吳言生在《禪宗哲學象徵》中指出：「『心月』、『心珠』意象群，側重本心的圓明性。禪宗以此象徵本心光明，不受污染，天眞獨朗，無纖毫情塵意垢。……韶山《心珠歌》：『此心珠，如水月，地角天涯無殊別。只因迷悟有參差，所以如來多種說。……勸時流，深體悉，見在心珠勿浪失』（《傳燈》卷 30〈韶山〉）謂心珠如水月澄明，超越時空。由于有迷悟之別，所以佛陀祖師有各種不同的譬喻，無非是讓人體悉到這顆本來現成的『心珠』。」〔註75〕獨孤及在〈詣開悟禪師問心法次第寄韓郎中〉指出，在明瞭人的身體以及其所習染的執著、欲望均是虛妄、並終將毀滅的道理後，才生發、體悟出佛性寶珠的完滿實有。

杜甫在〈贈蜀僧閭丘師兄〉中稱讚閭丘的修爲，在這名利爭逐的年代，處處充斥濁惡的手段與氛圍，惟有閭丘未受俗務蒙塵，佛性仍如摩尼寶珠般清淨光明，足以洗滌這污穢世間。杜甫〈謁文公上方〉則是稱揚文公面對人世間的物欲，已達不動心的的境地，本來佛性如如不動，文公的修持精深，佛性上所蒙蔽的灰塵，已經在不斷修持下顯現本來面目，心性一片空靈清淨，而「白月當空虛」是在讚美文公心中無俗世塵擾、一片清寧與和祥，不論何時何地、白天還是晚上，心性總是光明，不住塵心。李白〈贈宣州靈源寺仲濬公〉中言觀察濬公的心性修持如同水中之月般澄明，其對佛理的領悟透徹，如同明珠寶光可照亮細微之物般的鮮亮。李白〈贈僧朝美〉中提出自己的佛學體悟，他認爲若能在廣大的煩惱苦海中不被沉溺、失去初心，即能在煩惱苦海中，徹見自己有一個光明精亮、與佛無別的眞如本性；李頎在〈題神力師院〉中則讚揚神力師堅持把守佛性，不使其受到蒙蔽，故其以佛性觀世物，萬物在其眼下，如江水般澄澈透明。

二、心

佛教喜談人心，用以與佛性作對照，人的心如猿猴一般忽上忽下，亦同狂馬一樣亂奔無方向，人心會受各種物欲、情欲牽引而形成妄念，妄念再生

〔註75〕參見吳言生《禪宗哲學象徵》，北京：中華書局，2001 年 9 月版，頁 243～244。

出妄心妄識，它會引領人們不斷去追逐，甚至不擇手段去獲取，所以佛教認為人心是一切造罪之源，有鑑於此，歷代佛教宗師多所闡言人心之可怕，時常提醒僧徒須防人心浮動、變化，盛唐詩人與僧徒來往時也會接觸這類教義，至於有心近禪的詩人也會藉此教義反躬自省，尤其對失意的文人來說亦是療傷的良藥，提醒自己不要深陷名利欲望的人心意識中，超脫欲心、復其灑脫自在。佛教希望人們要去除人心、恢復與佛無別的佛心、佛性，試就整理敘述如下：

（一）【表 3-4-2-1】心、心地，妄心、妄識

標號	詩　　　　句	語典解釋
1	白法調狂象，玄言問老龍（王維〈黎拾遺昕裴秀才迪見過秋夜對雨之作〉‧頁 432）	「狂象」，妄心之狂迷，譬之狂象；「妄」、「妄計」，猶佛家之妄念；「毒龍」，在此指妄心；「妄識」，虛妄的認識；「心」、「心地」，心為萬法之本，能生一切諸法，是故若善若惡，若聖若凡，無不皆由此心，以心本具萬法，而能成立眾事，故曰心、心地；「心猿」，以心之散動譬於猿猴，故曰心猿；「回心」，回轉心而由邪入正也；「迷心」，轉倒事理之妄心也；「迷津」，指迷妄的心。
2	妄計苟不生，是身孰休咎（王維〈胡居士臥病遺米因贈〉‧頁 528）	
3	色聲非彼妄，浮幻即吾真（王維〈與胡居士皆病寄此詩兼示學人二首〉‧頁 532）〔註 76〕	
4	薄暮空潭曲，安禪制毒龍（王維〈過香積寺〉‧頁 595）	
5	妄識皆心累，浮生定死媒（王維〈哭褚司馬〉‧頁 633）	
6	試向東林問禪伯，遣將心地學琉璃（全唐詩‧張繼〈安公房問法〉‧頁 2712）〔註 77〕	
7	寓形齊指馬，觀境制心猿（全唐詩‧包佶〈近獲風痺之疾題寄所懷〉‧頁 2144）	
8	借問回心後，賢愚去幾何（全唐詩‧皇甫冉〈贈普門上人〉‧頁 2789）	
9	觀生盡入妄，悟有皆成空（全唐詩‧崔顥〈贈懷一上人〉‧頁 1322）〔註 78〕	

〔註 76〕參見頁 103 解釋。
〔註 77〕參見頁 61 解釋。
〔註 78〕參見頁 104 解釋。

10	得知身垢妄，始喜額珠完（全唐詩・獨孤及〈詣開悟禪師問心法次第寄韓郎中〉・頁 2764）〔註 79〕
11	則是無心地，相看唯月華（高適〈同群公宿開善寺贈陳十六所居〉・頁 295）
12	看取蓮花淨，應知不染心（孟浩然〈題大禹義公房〉・頁 31）〔註 80〕
13	迷心應覺悟，客思未皇寧（孟浩然〈陪姚使君題惠上人房〉・頁 89）〔註 81〕
14	一燈如悟道，為照客心迷（孟浩然〈夜泊廬江聞故人在東林寺以詩寄之〉・頁 140）
15	念茲泛苦海，方便示迷津（孟浩然〈還山詒湛法師〉・頁 125）
16	下生彌勒見，迴向一心歸（孟浩然〈臘八日於剡縣石城寺禮拜〉・頁 76）
17	戒得長天秋月明，心如世上青蓮色（李白〈僧伽歌〉・頁 406）
18	觀心同水月，解領得明珠（李白〈贈宣州靈源寺仲濬公〉・頁 631）
19	從來不著水，清淨本因心（李頎〈桼公院各賦一物得初荷〉・頁 28）
20	境界因心淨，泉源見底寒（李頎〈長壽寺桼公院新鑿井〉・頁 165）
21	始覺浮生無住著，頓令心地欲歸依（李頎〈宿瑩公禪房聞梵〉・頁 178）

　　王維在〈黎拾遺昕裴秀才迪見過秋夜對雨之作〉中指出，自己正用佛法調息、降伏心中如狂象亂奔的妄念、妄心。王維〈胡居士臥病遺米因贈〉中則指出人若能不生發妄心、持有一顆純善之心，如此吾人之色身又有何吉凶可言呢？王維〈過香積寺〉則言自己在寺院旁的清澄潭湖附近禪坐，透過禪坐進而降伏心中的妄心、妄念。王維〈哭褚司馬〉則言人的妄心、妄念是造成心靈沉重負擔的原因，而人

〔註 79〕 參見頁 123 解釋。
〔註 80〕 參見頁 46 解釋。
〔註 81〕 參見頁 35 解釋。

在世上若只是過著虛浮不定的人生，那麼這是促進死亡的媒介；包佶〈近獲風痺之疾題寄所懷〉指出透過觀照外境對己心的影響變化，即能掌握內心的執著，如此則能降伏妄念的起伏；皇甫冉〈贈普門上人〉中提出疑問，若人改變心念轉修佛法，心中的愚昧能去除多少？到達賢者的距離又有多少？高適在〈同群公宿開善寺贈陳十六所居〉讚揚陳十六依循佛教熏染後的本心行事，最後一句則是想到對方正在人煙罕至處隱居、修行，能相知、相顧的也唯有月亮了吧！孟浩然在〈夜泊廬江聞故人在東林寺以詩寄之〉中則期許故人若能體悟到佛法的深奧處，還請故人能以其智慧力，為己解照心中的執迷。孟浩然〈還山詒湛法師〉中指出人的妄念常會使自己陷入執著的苦海，而湛然法師則常用靈活的佛法講述，教人解脫執迷。孟浩然在〈臘八日於郊縣石城寺禮拜〉中則指出石城寺的石壁有彌勒佛雕像，詩人當下禮拜並立下誓願，從今爾後願一心修持佛法，等待彌勒下生之時；李白〈僧伽歌〉中讚揚僧人的戒行如同長天明月般皎潔圓滿，而其禪修之心則如青蓮花般清淨無垢染。李頎〈粲公院各賦一物得初荷〉中表面是詠荷，其實是稱讚粲公之修行，荷葉不會被水潤濕，因其特性就是與水隔絕，而粲公亦如荷葉般不因外境而有所染汙，因為其心早已修至清淨無染著之境。李頎〈長壽寺粲公院新甃井〉中則言修行的境界，取決於己心的清淨程度。李頎在〈宿瑩公禪房聞梵〉中有所感，體悟到人的一生最終亦無所著落點，生不帶來、死不帶去，因此詩中坦言想讓自己就此放下有執，使自己的身心都皈依佛、法、僧。佛教常言要人看透世情，然而如何看透是個問題，比較常用的字句是「覺」、「悟」、「頓」等字，作者在此以「始覺」對「頓令」即是明例，至於浮生是外在所見、心地則是內在所觀，內外再對照，結語則為當人能經由內外在的覺察省思，方能豁朗生命如萍，惟有修行才是究竟。

（二）【表 3-4-2-2】塵心、塵念、塵機

標號	詩　　句	語典解釋
1	一從方外游，頓覺塵心變（全唐詩・張翬〈游棲霞寺〉・頁 1163）	「塵心」、「塵念」、「塵機」，指凡俗之心，名利之念；「世心」、「人世心」，即塵心。
2	試問真君子，游山非世心（全唐詩・儲光羲〈題辨覺精舍〉・頁 1387）	
3	遂及清淨所，都無人世心（高適〈同群公題中山寺〉・頁 328）	

4	上人亦何聞，塵念俱已捨（孟浩然〈雲門蘭若與友人游〉‧頁 8）
5	願從功德水，從心灌塵機（孟浩然〈臘八日於郊縣石城寺禮拜〉‧頁 77）
6	坐聽閑猿嘯，彌清塵外心（孟浩然〈武陵泛舟〉‧頁 371）
7	一興微塵念，橫有朝露身（王維〈與胡居士皆病寄此詩兼示學人二首〉‧頁 532）

　　張翬在〈游棲霞寺〉中則提及在佛寺遊覽之後，於紅塵所染的俗氣、俗心，頓覺產生變化，塵心已然洗滌、脫落；儲光羲〈題辨覺精舍〉中描述自己遊覽精舍及其周遭環境見聞，這兩句是一種省思，眞君子亦如眞修行者，一般人觀覽山寺精舍就只是純欣賞，然而眞修行者不會用俗心，而是用此與佛無別之眞如心去體悟；高適〈同群公題中山寺〉指出與眾人進入充滿清淨氛圍的佛寺，此時眾人的塵俗之心，彷彿都被清淨佛條洗滌淨盡；孟浩然〈雲門蘭若與友人游〉中提及僧人正在禪坐修行，未能聞見凡俗一切，入定僧的塵俗之心已紛紛捨落，進入無生妙境。孟浩然〈臘八日於郊縣石城寺禮拜〉中在禮拜佛菩薩之後，心中生起無限法喜，立愿將修持大乘、建立功德，以此功德水灌滅己心之塵念。孟浩然〈武陵泛舟〉則描述在舟上閑聽猿嘯聲，此時似有一種洗滌塵俗之心的力量，使內心更加清明；王維在〈與胡居士皆病寄此詩兼示學人二首〉中則提出人若興起對生命短長意義何在的塵俗微念，身心即受其牽引，往往會突然感慨生命如朝露般短暫。

（三）【表 3-4-2-3】明心、無心、菩提心、化心、禮心、道心、真心、直心

標號	詩　　句	語典解釋
1	問義天人接，無心世界閒（全唐詩‧王縉〈同王昌齡裴迪游青龍寺曇壁上人兄院集和兄維〉‧頁 1311）	「無心」，眞心離妄念，謂之無心，非云無心識；「化心」，化身之心，實無識慮者；「直心」，謂心常質直，離諸諂曲，能行正法，即是菩提之心也；「明心」，正明之心也；「禮心」，禮拜之心，
2	君子又知我，焚香期化心（全唐詩‧儲光羲〈石甕寺〉‧頁 1387）〔註82〕	

〔註82〕 參見頁 72 解釋。

3	直心視惠光，在此大法鼓（全唐詩·儲光羲〈同房憲部應旋〉·頁1400）〔註83〕	恭敬之意；「道心」，菩提心、悟道之心；「眞心」，眞實不妄之心也；「無心」，指解脫邪念的眞心，唐·修雅《聞誦〈法華經〉歌》：「我亦當年學空寂，一得無心便休息。」
4	應寂中有天，明心外無物（全唐詩·常建〈白龍窟泛舟寄天台學道者〉·頁1462）	
5	今我一禮心，億劫同不移（王昌齡〈香積寺禮拜萬迴平等二聖僧塔〉·頁5）	
6	一窺功德見，彌益道心加（孟浩然〈登總持浮圖〉·頁58）	
7	湛然冥眞心，曠劫斷出沒（李白〈廬山東林寺夜懷〉·頁1075）	
8	道心及牧童，世事問樵客（王維〈藍田山石門精舍〉·頁460）	
9	著處是蓮花，無心變楊柳（王維〈酬黎居士淅川作〉·頁232）	
10	迹爲無心隱，名因立教傳（王維〈投道一師蘭若宿〉·頁196）	

　　王縉〈同王昌齡裴迪游青龍寺曇壁上人兄院集和兄維〉中指出要明白佛教義理，惟有復其本具佛性，才能與佛相契印而得眞義，若人能到達無妄心、妄念，則世界均在其心的範圍中，再也無塵務能擾其心閑；常建〈白龍窟泛舟寄天台學道者〉中敘說泛舟時觀物所感，在一片的寂靜夜色中，天仍照其規律運行，而人只要能修至明心見性，宇宙萬物對他而言均是無實體的虛妄；王昌齡在〈香積寺禮拜萬迴平等二聖僧塔〉中對僧人的傳奇事蹟加以回顧，一面是讚揚其德行，另一面也是景仰其德，其對僧人的禮拜、敬仰之心，即便經過萬劫的時間亦無改變；孟浩然的〈登總持浮圖〉是講述登上佛塔的感觸，想起當年五百童子聚沙的功德，可使其往生兜率天，頓時生起無限修佛的力量，自己的修道心更加堅定；李白〈廬山東林寺夜懷〉中指出自己正在淡定寂然地持守此眞實無妄之心，斷絕萬劫的時間活動，使此眞心恆久不變；王維在〈藍田山石門精舍〉中闡述見聞，詩中提到僧人對修持佛教的道心堅定，這份道心影響了牧童，而僧人對世事的了解，則需請問樵夫才能得知。王維〈酬黎居士淅川作〉指出眞修行者無論身處何地，處處是蓮花佛國，對於人的生老病死是無須花費心神去注意，一切隨其所緣變化。王

〔註83〕參見頁46解釋。

維〈投道一師蘭若宿〉則稱讚道一爲專心修行而隱其形跡，其名之所以爲人知並被樹立、傳揚，導因其傳播佛法不息、立下教範不滅。

三、禪

　　盛唐是禪宗興盛的年代，無論詩人交往的對象是南宗僧人或北宗佛徒，其思想均受禪宗思維的影響，多所提及與禪相關的議題，有時是描述對禪宗的推崇、有時是在描寫禪坐所帶來的喜悅或禪定過程的體悟、有時是在論述禪定的境界、有時僅單純論及禪法，因此，盛唐詩中的「禪」字常出現，試就整理敘述如下，

（一）【表 3-4-3-1】禪、禪法、禪關、安禪、淵禪、禪心、坐覺

標號	詩　　句	語典解釋
1	談禪未得去，輟棹且踟躕（岑參〈晚過磐石寺禮鄭和尚〉・頁 502）	「禪」，指禪法、佛法；「禪關」，禪門、佛門、或指比喻悟徹佛教教義必須越過的關口；「安禪」指修行禪法、或指靜坐入定；「禪雲」是作者的意象投射，心之禪的映照；「禪心」，寂定之心也；「淵禪」，深深的禪寂之心；「坐覺」，禪坐時的思慮。
2	昔在朗陵東，學禪白眉空（李白〈贈僧崖公〉・頁 542）	
3	遠公愛康樂，爲我開禪關（李白〈同族姪評事黯遊昌禪師山池二首・其一〉・頁 942）〔註 84〕	
4	鳥聚疑聞法，龍參若護禪（李白〈春日歸山寄孟浩然〉・頁 684）	
5	欣逢柏臺友，共謁聰公禪（孟浩然〈陪柏臺友共訪聰上人禪居〉・頁 41）	
6	蓮花梵字本從天，華省仙郎早悟禪（全唐詩・苑咸〈酬王維〉・頁 1316）〔註 85〕	
7	萬法原無著，一心唯趣禪（全唐詩・顏眞卿〈使過瑤臺寺有懷圓寂上人〉・頁 1586）	
8	洞傍山僧皆學禪，無求無欲亦忘年（全唐詩・元結〈無爲洞口作〉・頁 2705）	
9	愛君得自遂，令我空淵禪（全唐詩・元結〈與黨評事〉・頁 2697）	

〔註 84〕參見頁 64 解釋。
〔註 85〕參見頁 46 解釋。

10	寶樹誰攀折，禪雲自卷舒（全唐詩・孫逖〈和崔司馬登稱心山寺〉・頁1195）
11	浮名竟何益，從此願棲禪（全唐詩・裴迪〈游感化寺曇興上人山院〉・頁1312）
12	安禪一室內，左右竹亭幽（全唐詩・裴迪〈夏日過青龍寺謁操禪師〉・頁1312）
13	禪心超忍辱，梵語問多羅（全唐詩・李嘉祐〈奉陪韋潤州游鶴林寺〉・頁2157）〔註86〕
14	詩思禪心共竹閑，任他流水向人間（全唐詩・李嘉祐〈題道虔上人竹房〉・頁2169）
15	腰金載筆謁承明，至道安禪得此生（全唐詩・皇甫曾〈奉寄中書王舍人〉・頁2185）
16	斂屨入寒竹，安禪過漏聲（全唐詩・郎士元〈冬夕寄青龍寺源公〉・頁2778）
17	今宵松月下，開閣想安禪（全唐詩・郎士元〈送大德講時河東徐明府招〉・頁2780）
18	石林精舍武溪東，夜扣禪關謁遠公（全唐詩・郎士元〈題精舍寺〉・頁2779）〔註87〕
19	慮盡朝昏磬，禪隨坐臥心（全唐詩・皇甫冉〈題昭上人房〉・頁2822）〔註88〕
20	鳥來還語法，客去更安禪（王維〈投道一師蘭若宿〉・頁196）
21	薄暮空潭曲，安禪制毒龍（王維〈過香積寺〉・頁595）〔註89〕
22	誰能解金印，瀟灑共安禪（杜甫〈陪李梓州王閬州蘇遂州李果州四使君登惠義寺〉・頁995）

〔註86〕參見頁54解釋。
〔註87〕參見頁63解釋。
〔註88〕參見頁97解釋。
〔註89〕參見頁126解釋。

23	義公習禪處，結構依空林（孟浩然〈題大禹義公房〉·頁31）
24	坐覺諸天近，空香逐落花（孟浩然〈登總持浮圖〉·頁58）
25	片石孤峰窺色相，清池白月照禪心（李頎〈題璇公山池〉·頁186）

岑參〈晚過磐石寺禮鄭和尚〉中言欲與鄭和尚談論禪定的佛理，但是恰巧僧人未在，以致無法得遂所願而離開，詩人內心惆悵，停下船槳任船徘徊於原處，似有等待僧人歸來之意；李白〈贈僧崖公〉中云自己曾在朗陵山之東，向白眉空禪師學習禪定的佛理。李白〈春日歸山寄孟浩然〉中描述山寺環境，時有群鳥相聚而下，似是為聽聞佛法而來，空中亦有龍王為護佛法而降臨；孟浩然在〈陪柏臺友共訪聰上人禪居〉提到欣逢與在柏臺任職的友人，我們一起去參謁法聰禪師遺留人間的禪法；顏眞卿在〈使過瑤臺寺有懷圓寂上人〉中懷想上人修行之精深，佛教認為萬事萬物均非永恆，其性本空，即使是佛法也不可著滯，佛法因其緣而生亦因其緣而滅，上人早已突破執著，其心中只有習禪、近禪、坐禪，使自己更趨近於禪。詩人在此用萬法對仗一心，含有《法華經》中一念三千的佛意，人的一念可含括三千大千世界，而萬法由心生亦由心滅，接著又以無著對偶趣禪，修行者能體悟此法空而不著滯法有，專心禪寂尋找究竟涅槃；元結〈無為洞口作〉中提及無為洞旁的山寺僧人皆是禪宗門人，他們學習禪法，對於人間事物既無欲望也無所求。元結〈與黨評事〉中表達內心的情感，很高興黨曄能得遂所欲，遠離是非的官場，更常教導我如何才能將心空其所有，並進入深深的禪寂世界；孫逖在〈和崔司馬登稱心山寺〉中描述登山寺的所感，因身在寺中，心受佛法氛圍的感染，所以所見一切均是禪意，如樹在詩人眼中即是佛國淨土的寶樹，是不應任意攀折，亦有想要進入佛國需實修實行、腳踏實地才行，至於空中之雲似乎亦習有禪法，任其本性天然、舒張隨意；裴迪〈游感化寺曇興上人山院〉中體悟到人世間的功名終究是浮幻，對人的最終歸處並無助益，因此，詩人的體悟就是要全心進入禪修的世界。裴迪〈夏日過青龍寺謁操禪師〉中指出在室內靜心禪坐，禪室左右有幽靜的竹亭；李嘉祐〈題道虔上人竹房〉中想像上人在竹房裡，有時在思考詩句、有時在禪坐修心，竹、思與心在此交融，呈顯出一片閒淡靜謐的氛圍，竹房外的河流順任其理往外流向人間，對於僧人而言，凡事順其天然，毋須太多人為造作；皇甫曾〈奉寄中書王舍人〉中指出身著正式官服上朝謁見君主，而其有志於修道，透

過禪坐、禪修方得人生真義；郎士元〈冬夕寄青龍寺源公〉中言收斂腳步，儘量不讓鞋子發出聲響，此時進入一片寒意森然的竹林，僧人在寺中參禪靜坐，報時的更漏聲，一聲過一聲。郎士元〈送大德講時河東徐明府招〉中指出在今晚明月古松的輝映下，想打開房閣，在月光古松下參禪靜坐；王維在〈投道一師蘭若宿〉中化用僧範的典故，意在讚揚道一禪師的講經說法已如釋僧範般，連飛鳥也會來聽法，而禪師也會為牠們說法，等到眾生都離開了，禪師又會進入禪修靜坐的法界；杜甫在〈陪李梓州王閬州蘇遂州李果州四使君登惠義寺〉中指出金印代表人們一生的名利富貴，誰能解脫這些物質執滯呢？此時的杜甫似已看透我執，不僅自我期許，還奉勸四使君放下這些物質欲望的羈絆，一起與他共邀遊在廣浩無垠的佛海之中，進入禪坐的法界；孟浩然〈題大禹義公房〉中指出義公平時禪坐修行的屋室，是興建在一片空曠的林木間。孟浩然〈登總持浮圖〉中言自己在佛塔上禪坐，頓覺身心已近三界諸天，在聖境佛土中，聆聽諸佛菩薩之妙法，此時天花紛紛灑落，空中呈顯出陣陣異香；李頎在〈題璇公山池〉中指出山中之片石、眾山之中的孤峰，均是宇宙萬物，可以得窺其形狀外貌，而修者的禪心無法從表相得窺，惟有人之心如璇公池般清澈、如明月般的皎潔，才能窺照修者之禪心。另一解則為僧人在池邊禪坐，僧人已入甚深法界，此時唯有清池與明月，方能映照禪者心。詩人在此運用外在的山峰片石，與修者心中所證的法悟相對照，外在所見均是色相，經修行而得的禪心，才能徹見色相之外的法相。

（二）【表 3-4-3-2】禪寂、禪坐、定、栖禪、禪功、四禪、八解

標號	詩　　句	語典解釋
1	朝梵林未曙，夜禪山更寂（王維〈藍田山石門精舍〉‧頁 460）〔註90〕	「禪」指坐禪；「禪寂」，禪定和解脫，釋家以寂滅為宗旨，故謂思慮寂靜為禪寂；「栖禪」，猶坐禪；「定」，指禪定，定止心於一境，不使散動，曰定；「禪功」，禪定的功夫、境界；「四禪」，色界初禪天至四禪天的四種禪定。人於欲界中修習禪定時，忽覺身心凝然，遍身毛孔，氣息徐徐出入，入無積聚，出無分散，是為初禪天定；然此禪定中，尚有覺觀之相，更攝心在
2	欲知禪坐久，行路長春芳（王維〈過福禪師蘭若〉‧頁 593）	
3	愛染日已薄，禪寂日已固（王維〈偶然作〉‧頁 73）	
4	一施傳心法，唯將戒定還（王維〈同崔興宗送衡嶽瑗公南歸〉‧頁 335）	

〔註90〕參見頁 78 解釋。

5	吾師久禪寂，在世超人群（全唐詩・裴迪〈青龍寺曇壁上人院集〉・頁1312）
6	入講鳥常狎，坐禪獸不侵（全唐詩・崔顥〈贈懷一上人〉・頁1322）
7	苔侵行道席，雲濕坐禪衣（全唐詩・祖咏〈題遠公經臺〉・頁1334）
8	奉佛栖禪久，辭官上疏頻（全唐詩・包佶〈客自江南話過亡友朱司議故宅〉・頁2143）
9	夜闌烏鵲相爭處，林下眞僧在定中（全唐詩・包佶〈觀壁畫九想圖〉・頁2144）
10	山林唯幽靜，行住不妨禪（全唐詩・李嘉祐〈送弘志上人歸湖州〉・頁2152）
11	大夢依禪定，高墳共化城（全唐詩・李嘉祐〈故燕國相公挽歌二首〉・頁2160）
12	慧力堪傳教，禪功久伏魔（全唐詩・皇甫冉〈題普門上人〉・頁2789）
13	團蕉何事教人見，暫借空床守坐禪（全唐詩・秦系〈奉寄畫公〉・頁2893）
14	入定幾時將出定，不知巢燕汙袈裟（全唐詩・秦系〈題僧明惠房〉・頁2892）〔註91〕
15	猛虎同三徑，愁猿學四禪（全唐詩・王縉〈游悟眞寺〉・頁1311）
16	四禪合眞如，一切是虛假（孟浩然〈雲門蘭若與友人游〉・頁8）〔註92〕
17	八解禪林秀，三明給苑才（孟浩然〈本闍黎新亭作〉・頁405）
18	吾師位其下，禪坐證無生（孟浩然〈題明禪師西山蘭若〉・頁55）〔註93〕
19	長者自布金，禪龕只宴如（杜甫〈謁文公上方〉・頁950）
20	余亦師粲可，身猶縛禪寂（杜甫〈夜聽許十一誦詩愛而有作〉・頁247）

定，覺觀即滅，乃發靜定之喜，是爲二禪天定；然以喜心涌動，定力尚不堅固，因攝心諦觀，喜心即謝，於是泯然入定，綿綿之樂，從內以發，此爲三禪天定；然樂能擾心，猶未徹底清淨，更加功不已，出入息斷，絕諸妄想，正念堅固，此爲四禪天定；「入定」，入於禪定之中；「出定」，出禪定也；「八解」，又名八背捨，違背三界之煩惱而捨離之，解脫其繫縛之八種禪定也；「宴如」即「定」義，是爲即使施金者（或外界資助等）至，禪心不動，外忘物也。

〔註91〕參見頁80解釋。
〔註92〕參見頁105解釋。
〔註93〕參見頁113解釋。

　　王維〈過福禪師蘭若〉中指出禪師坐禪已有一段長的時間，時節已至春天，佛寺外的道路植物紛紛長高。王維〈偶然作〉中描述自己的心情，對於人世間的欲念、愛嗔等情感均已逐漸薄寡，對於修行禪坐寂靜的心念卻日加堅固。「愛染」與「禪寂」是相互消長映對的事物，禪修心愈是堅強、塵欲心也就逐漸淡薄。王維〈同崔興宗送衡嶽瑗公南歸〉中講述禪師傳法均奉行禪宗的以心傳心，禪師修行精深，南歸之行不帶餘物，惟有祖師所傳的戒律與禪坐之法相隨；裴迪在〈青龍寺曇壁上人院集〉中讚賞上人的思慮久入寂靜，其修持、思慮之深，均已超出世人的認知；崔顥在〈贈懷一上人〉中推崇上人德行，連鳥獸亦有所感應，如其講經時，眾鳥都會飛下來聽法，其在野外禪坐時，不會有野獸來侵擾；祖詠〈題遠公經臺〉中云遠公經臺的沒落，青苔長滿行道講經、聽經的草席，山中霧氣沾濕了禪坐時的僧衣；包佶〈客自江南話過亡友朱司議故宅〉中描述好友生前已奉佛禪坐修行禪法已久，故不斷上疏朝廷，想辭官的念頭已久；包佶〈觀壁畫九想圖〉中描述壁畫中的一幕是在夜深人靜時，烏鵲正在一處相爭，而在別處的樹叢下，則有位真修行的僧侶，正在禪坐，其心已入甚深法定中；李嘉祐〈送弘志上人歸湖州〉中指出山林的特色就是幽靜，就禪宗而言，禪坐並非是坐禪，而是當心進入禪定時就算在禪定，所以詩人才說弘志上人即便在行走，但這並不妨礙其心的禪定。李嘉祐在〈故燕國相公挽歌二首〉中云：「大夢依禪定，高墳共化城。」詩人提及燕國相公依於禪定修行而醒覺人生真諦，今日燕國相公那高而隆起的墳墓，正與佛寺並存於一地；皇甫冉〈題普門上人〉中讚揚上人的般若智慧足以擔任傳教的大任，其禪修的功夫可以降伏各種心魔與外魔的考驗。修行自古以來均是考驗重重，這由釋迦牟尼的成道過程所歷經的魔考可知，所以佛教講求唸經、聽法、禪修、實務勞動、各種法會儀軌的修煉，無非都是想在這些修習過程中獲取大智慧，以通過修行的考煉，再透過大智慧去傳播佛法、破除各種邪說異端，所以作者在此以慧力和禪功互對，都是指大智慧，再以傳教、伏魔對舉，則是說明大智慧對治的方向；秦系〈奉寄書公〉中指出何以要讓人將蒲團拿出來呢？因為想暫借一空床，並在床上擺放蒲團、進行禪坐守心。王縉〈游悟真寺〉中描述佛教聖地的殊勝，其佛力加披，使得寺院周遭的猛獸竟如隱士般修行不害人，而時常發出愁惘悲音的猿猴也開始學習禪定的功夫；孟浩然〈本闍黎新亭作〉是在稱讚「本闍黎」的德行高遠，能悟得八解脫的意涵，其修行已臻至宿命明、天眼明與漏盡明的境界，是佛教的傑出人才；杜甫〈謁文公上方〉稱揚文公面對人世間的物欲，已達不

動心的的境地，其心已斷五欲、時常進入禪坐宴如的境界。杜甫在〈夜聽許十一誦詩愛而有作〉中提到想效法慧可斬斷左臂求法的精神，斷除、淨化自己的黑業復歸於白業，但自己已深縛世俗情感，由黑轉白只是空想，猶如執滯於禪修後所生發的智慧，一心只是禪修，卻不知早已犯下舍利弗「宴坐樹下」的謬行，若不改變宴坐的形式，「一心禪寂，攝諸亂意」的境界終難達成。杜甫在企羨許生的業白之餘，也在後言詩句中，期盼許生能指點超脫世俗情感的方法。

四、塵、欲

佛教認為人人均有一顆與佛無別的佛性，只因人受累世因緣所沉積的業因所惑、所遮蓋，以致無法顯現本有之光明佛性，因此，佛教義理不斷提及這些誘人迷失本性的詞語，勸告諸位修行者勿掉以輕心，比如用「塵」、「垢」來指涉一切染污之法，或用「塵」指涉紅塵俗世與塵俗誘惑，或是用「情」、「欲」來說明人的欲求無限且難以滿足，並從中產生煩惱、迷惑而痛苦難堪。試就整理敘述如下：

（一）【表3-4-4-1】塵、欲、名欲、病、微塵、情塵

標號	詩　　句	語典解釋
1	應同羅漢無名欲，故作馮唐老歲年（全唐詩・苑咸〈酬王維〉・頁1316）〔註94〕	「塵」，謂一切世間之事法，染污眞性者，四塵五塵六塵等；「名欲」，五欲之一，著於名聞之貪欲也；「微塵」，色體的極小者稱爲極塵，七倍極塵謂之微塵，常用以指極細小的物質；「情塵」指情愛，情欲。佛教視情欲若塵垢，故稱；「塵」，垢染也；「病」，因妄心妄念而起之著滯病。
2	洞傍山僧皆學禪，無求無欲亦忘年（全唐詩・元結〈無爲洞口作〉・頁2705）〔註95〕	
3	因心得化城，隨病皆與藥（全唐詩・崔顥〈贈懷一上人〉・頁1322）	
4	餌藥因隨病，觀身轉悟空（全唐詩・皇甫冉〈問正上人疾〉・頁2798）	
5	猶憐下生日，應在一微塵（全唐詩・郎士元〈雙林寺謁傅大士〉・頁2779）	

〔註94〕參見頁56解釋。
〔註95〕參見頁133解釋。

6	吾生好清靜，蔬食去情塵（王維〈戲贈張五弟諲三首・其三〉・頁 201）	
7	四達竟何遣，萬殊安可塵（王維〈與胡居士皆病寄此詩兼示學人二首〉・頁 532）〔註 96〕	
8	嘗讀遠公傳，永懷塵外蹤（孟浩然〈晚泊潯陽望廬山〉・頁 6）〔註 97〕	

　　崔顥〈贈懷一上人〉中指出人的內心均有一座想安逸度日的欲求，但這是修行的大忌，欲得無上般若智慧需實修實行，因此上人會針對每人不同的著滯而給予提點、指引，使其從欲望的化城走出、再精進於佛徑；郎士元〈雙林寺謁傅大士〉中憐惜傳說是彌勒佛轉世的傅大士，若再承願而至人間降生，應該也是與今生相同低調，出生於無數空間中的憶萬眾生之一員吧！王維〈戲贈張五弟諲三首・其三〉中指出自己平生最喜好清靜，透過食用素食以驅除心中對世俗情感、欲望的牽縛。

（二）【表 3-4-4-2】勝因、障、垢、業、愛網、魔、煩惱、愛染

標號	詩　　句	語典解釋
1	溫室歡初就，蘭交托勝因（全唐詩・寇坦〈同皇甫兵曹天官寺浴室新成招友人賞會〉・頁 1211）	「勝因」，殊勝之善因也，《佛說無常經》曰：「勝因生善道，惡業墮泥犁。」；「障」，煩惱之異名，煩惱能障礙聖道，故名障；「垢」，妄惑垢心性，故名垢，煩惱之異名；「業」，身口意善惡無記之所作也，其善性惡性，必感苦樂之果，故謂之業因，其在過去者，謂為宿業，現在者謂為現業；「愛網」，為情愛所束縛也；「魔」，華譯為能奪命、障礙、擾亂、破壞等，即能害人性命和障礙擾亂人們修道的餓鬼，欲界第六天之天主即是魔王；「煩惱」，佛教語。謂迷惑不覺。包括貪、瞋、痴等根本煩惱以及隨煩惱。能擾亂身
2	障深聞道晚，根鈍出塵難（全唐詩・獨孤及〈詣開悟禪師問心法次第寄韓郎中〉・頁 2764）	
3	得知身垢妄，始喜額珠完（全唐詩・獨孤及〈詣開悟禪師問心法次第寄韓郎中〉・頁 2764）〔註 98〕	
4	釋子身心無垢氛，獨將衣缽去人群（全唐詩・皇甫冉〈同李萬晚望南岳寺懷普門上人〉・頁 2815）〔註 99〕	

〔註 96〕參見頁 45 解釋。
〔註 97〕參見頁 64 解釋。
〔註 98〕參見頁 124 解釋。
〔註 99〕參見頁 70 解釋。

5	慧力堪傳教，禪功久伏魔（全唐詩・皇甫冉〈題普門上人〉・頁2789）〔註100〕
6	心照有無界，業懸前後生。雖知真機靜，尚與愛網並〔註101〕（全唐詩・劉慎虛〈登廬山峰頂寺〉・頁2862）
7	應以修往業，亦惟立此身（全唐詩・劉慎虛〈寄閻防〉・頁2862）
8	空虛花聚散，煩惱樹稀稠（王維〈與胡居士皆病寄此詩兼示學人二首・其二〉・頁535）〔註102〕
9	愛染日已薄，禪寂日已固（王維〈偶然作〉・頁73）〔註103〕
10	眼界今無染，心空安可迷（王維〈青龍寺曇壁上人兄院集〉・頁228）〔註104〕
11	看取蓮花淨，應知不染心（孟浩然〈題大禹義公房〉・頁31）〔註105〕
12	煩惱業頓捨，山林情轉殷（孟浩然〈還山詒湛法師〉・頁125）

心，引生諸苦，為輪回之因；「愛染」，謂本來潔淨的本性為外界情欲所感染；「染」，常曰染垢染污，不潔不淨之義。謂執著之妄念及所執之事物也。

　　寇坦〈同皇甫兵曹天官寺浴室新成招友人賞會〉中提及天官寺的浴室落成，大家都歡天喜地在慶祝，而我們這群金蘭之交亦透過此殊勝的因緣，方能聚集於此地；獨孤及在〈詣開悟禪師問心法次第寄韓郎中〉表白自己累世的業障深厚，以致於修行的時間比較晚開始，自己的佛根愚鈍，以致於想脫離紅塵的染著不易。詩人將「障深」與「根鈍」對舉，旨再強調本身的不足，也彰顯佛道的修行非易，接著再以「晚」與「難」襯託，說明修行要趁早，若太晚進道、紅塵染著已深，想得至高無上法門就較困難；劉慎虛〈登廬山峰頂寺〉中云登廬山峰頂寺的感觸，佛法認為人若能內觀己心則可徹見世間一切有無法的真相，世間萬物本為空相，惟有業識、業障會隨著輪迴而影響各人的前後生。劉

〔註100〕參見頁136解釋。
〔註101〕參見頁47解釋。
〔註102〕參見頁103解釋。
〔註103〕參見頁136解釋。
〔註104〕參見頁104解釋。
〔註105〕參見頁46解釋。

愼虛〈寄閻防〉中指出需努力修持以彌補往昔所造下的業緣，而要彌補、修持仍需依靠人身來實踐；孟浩然在〈還山詒湛法師〉中描述自己修佛的心得、過程，他體悟到過往名利的追求帶給他無數的煩惱障業，如今已經徹悟頓捨，想歸隱山林的志願逐漸增大。

（三）【表3-4-4-3】迷、迷方、有漏、疑、染、勝因

標號	詩　　　　句	語典解釋
1	金繩開覺路，寶筏度迷川（李白〈春日歸山寄孟浩然〉・頁683）〔註106〕	「迷」，眾生所以處處著者，爲有所迷故。迷故有著，著故三道生，三道生故輪迴現，故著可爲輪迴之總因，而迷又爲著之原因也；「迷方」，佛教語。指令人迷惑的境界；「有漏」，漏是煩惱的別名，有漏就是有煩惱漏含有漏泄和漏落二義：貪瞋等煩惱，日夜由六根門頭漏泄流注而不止，叫做漏；又煩惱能使人漏落於三惡道，也叫做漏，所以有煩惱之法就叫做有漏法，而世間的一切有爲法，都是煩惱的有漏法；「疑」，狐疑不信，是六根本煩惱之一，謂於諦理不能解了，心生猶豫，是非不決也。
2	玉毫如可見，于此照迷方（李白〈秋日登揚州西靈塔〉・頁977）	
3	而我遭有漏，與君用無方。心垢都已滅，永言題禪房（李白〈安州般若寺水閣納涼，喜遇薛員外乂〉・頁1061）	
4	花將色不染，水與心俱閑（李白〈同族姪評事黯遊昌禪師山池二首〉其一・頁942）	
5	淨理了可悟，勝因夙所宗（岑參〈與高適薛據同登慈恩寺塔〉・頁166）	
6	作禮睹靈境，聞香方證疑（岑參〈登千福寺楚金禪師法華院多寶塔〉・頁176）	
7	淨體無眾染，苦心歸妙宗（全唐詩・崔顥〈贈懷一上人〉・頁1322）〔註107〕	
8	觀空色不染，對境心自愜（全唐詩・皇甫曾〈贈沛禪師〉・頁2186）〔註108〕	
9	有法知不染，無言誰敢酬（全唐詩・裴迪〈夏日過青龍寺謁操禪師〉・頁1312）	
10	此外俗塵都不染，惟余玄度得相尋（李頎〈題璿公山池〉・頁186）	

〔註106〕參見頁45解釋。
〔註107〕參見頁50解釋。
〔註108〕參見頁104解釋。

李白〈秋日登揚州西靈塔〉中指出如果能見到佛陀眉目之間所散發出的佛光，即可在此照見令人沉醉的迷途，重現明路。李白〈安州般若寺水閣納涼，喜遇薛員外义〉中表白自己欲以佛法遺棄一切令人煩惱的事、法，與員外共以道家思維隨物之性而轉化，心垢煩惱都已去除淨盡，在此禪房詠言題詩；李白〈同族姪評事黯遊昌禪師山池二首〉其一，則言明池中蓮花清白不染餘色，借由白蓮不染意指現今己心不染著，如水般清閑自在。佛教以蓮花為清聖的象徵，詩人以此喻己心，再以水清喻心清，這雙重比喻、兩種認證，都在說明自己之清純樸白；岑參〈與高適薛據同登慈恩寺塔〉中提及佛教的清淨法義我已了悟在心，佛家所言的善惡因緣法，一直是我所相信並且奉為行事圭臬。岑參在〈登千福寺楚金禪師法華院多寶塔〉中述說自己致禮多寶塔後，心中對俗世紛擾與修行迷惑，均逐一脫落釋疑並證得解脫之法；裴迪〈夏日過青龍寺謁操禪師〉中讚揚僧人修行精深，已修至萬物不染心的境地，禪師正禪坐無言，此時無人敢與之問答；李頎〈題璿公山池〉中則是稱讚璿禪師對塵俗的名利欲望均不染著，猶如支遁般修行精深，想體悟、追尋其修為境界的人，惟有如許詢一樣能解支遁義的人才能了遂心願吧！

五、心法、傳法、傳承

宗教之所以能流傳恆久，並非僅僅倚靠創立者的傳播，尚須繼承者的永續經營，一代承傳一代，所以就佛家而言，佛法的承傳乃是大事，要付託給何人，攸關法脈的存亡，因此，在佛義中常用燈來比喻傳法，傳法如傳燈，佛法不僅要讓眾生光明，亦要督促自己心性上的提昇；除一般佛典的傳承外，禪宗一脈尤其重視祖師心法的傳承，心法無法用言語道說，只能以心契印，也因此一心法傳承，導致後來禪宗發展出狂禪、呵佛罵祖的現象產生；傳法除指傳承亦指傳播佛法，佛法之傳揚需靠僧眾口授，僧眾會隨當時狀況而傳授不同階段的佛法，期盼世俗大眾能由此而徹悟、得其解脫。以下試就傳法、說法的部份整理敘述如下：

（一）【表 3-4-5-1】傳燈、心法

標號	詩　句	語典解釋
1	持缽何年至，傳燈是日歸（全唐詩・孫逖〈送新羅法師還國〉・頁 1196）〔註109〕	「傳燈」，佛家指傳法。佛法猶如明燈，能破除迷暗，故稱，「傳燈無白日」則指佛像前的長明燈；「心法」，

2	傳燈遍都邑，杖錫游王公（全唐詩·崔顥〈贈懷一上人〉·頁 1322）〔註110〕	經典以外所傳授的佛法，一切諸法，分爲色法和心法二種，色法是指一切有形的物質，心法是指一切無形的精神。
3	古寺傳燈久，層城閉閣閑（全唐詩·皇甫曾〈奉陪韋中丞使君游鶴林寺〉·頁 2180）	
4	傳心不傳法，誰可繼高蹤（全唐詩·包佶〈雙山過信公所居〉·頁 2142）〔註111〕	
5	傳燈無白日，布地有黃金（杜甫〈望牛頭寺〉·頁 990）	

　　皇甫曾〈奉陪韋中丞使君游鶴林寺〉中言鶴林寺的法脈傳承已經相當久遠，寺院被層層高山圍繞，彷彿關閉寺中的館閣般，人置身於寺中，方感到悠閒自在；杜甫〈望牛頭寺〉是詩人遊賞牛頭寺的心情觸動，佛寺中的長明燈一直點亮著，如同世代傳承的禪宗法脈，一代傳一代，佛寺的建築也需要眾人的齊心佈施方能成立，詩人在此引用祇孤獨園的典故。

（二）【表 3-4-5-2】覺路、白法、軟語

標號	詩　　句	語典解釋
1	覺路山童引，經行谷鳥從（全唐詩·孫逖〈奉和崔司馬游雲門寺〉·頁 1190）〔註112〕	「覺路」，正覺之道路、菩提之道；「白法」，一切善法的總稱；「軟語」，所說之法能讓眾生心得安穩。
2	白法調狂象，玄言問老龍（王維〈黎拾遺昕裴秀才迪見過秋夜對雨之作〉·頁 432）〔註113〕	
3	夜闌接軟語，落月如金盆（杜甫〈贈蜀僧閭丘師兄〉·頁 767）	
4	金繩開覺路，寶筏度迷川（李白〈春日歸山寄孟浩然〉·頁 683）〔註114〕	
5	誓將掛冠去，覺道資無窮（岑參〈與高適薛據同登慈恩寺塔〉·頁 166）	

〔註110〕參見頁 83 解釋。
〔註111〕參見頁 46 解釋。
〔註112〕參見頁 72 解釋。
〔註113〕參見頁 126 解釋。
〔註114〕參見頁 45 解釋。

　　杜甫在〈贈蜀僧閭丘師兄〉中提及與僧人相見甚歡，在夜深人靜時，大自然正吹奏著令人心安的樂曲，另一解則爲與僧人相談交心，其說之法令人心得安穩，此時天將明、即將落下的月亮，猶如一只金盆；岑參〈與高適薛據同登慈恩寺塔〉中提及自己誓將辭官、歸隱山林，修行佛道以至正覺的道路，想必會讓我有所滋長、受用無用。

六、小　結

　　佛教希望人們能頓捨對情物的過份執著，因這些執著會蒙蔽吾人原本光明的佛性，對於盛唐文人來說，科舉就是其放不下的欲望，也因此而痛苦傷悲，這時的文人會透過佛法調息自己，人心如猿不斷奔跑，使人迷失正道，經由禪定使人心不妄動，讓佛心生發、常寂、明亮，如此則能帶給人們安定與清淨。

第五節　佛教的修行階地、佛國、宇宙觀及其相關事物

一、佛教的修行階地、境界

　　對於佛教的修行者來說，雖然當下的頓悟即可進入佛、菩薩的境地，但這只是一個境界，此境界仍有階次之別，羅漢、菩薩、佛的境界各自不同，如從菩薩界進入佛界要經過十個階位。盛唐詩人大多和僧徒往來密切，所以詩中常有稱讚僧徒修行境界之高深，亦有詩人從佛寺的臺階中體悟出修行階次的不易，也有詩人自我期許能修至某個佛、菩薩的境地，因此，詩中會提及一些屬於修行境界的術語，試就整理敘述如下：

（一）【表 3-5-1-1】三賢、七聖、聲聞

標號	詩　　　句	語典解釋
1	三賢異七聖，青眼慕青蓮（王維〈過盧員外宅看飯僧共題七韻〉‧頁 342）〔註115〕	「三賢」，十住十行十迴向諸位菩薩，但斷見思惑，尚有塵沙無明惑在，未入十地聖位，所以只稱爲三

〔註115〕參見頁 59 解釋。

標號	詩　　　句	（續上）
2	既飽香積飯，不醉聲聞酒（王維〈胡居士臥病遺米因贈〉，頁528）	賢，或地前菩薩；「七聖」，佛教以隨信行、隨法行、信解、見至、身證、慧解脫、俱解脫七品修行階次為七聖。乃見道後的修行階次；「聲聞」，佛家稱聞佛之言教，證四諦之理的得道者，常指羅漢。

　　王維〈胡居士臥病遺米因贈〉中指出當維摩詰居士至香積國，求得香積如來的香飯，並將此缽香飯施予眾天神與諸天大眾，這是大乘菩薩的精神，不爲自己求安樂，以救渡眾生爲職志。因此，王維詩中的「既飽香積飯」就是意指胡居士已得聞大乘法，對於修持聲聞的小乘法，當不會有所汲取。詩人在此以香積飯對偶聲聞酒，除了是大乘與小乘的分別外，酒是佛教五戒之一，不論在家出家均不可食用，其中也寄意作著本身如胡居士般不醉心於小乘法，引申出作者對人間利祿的淡泊，惟有大乘香積飯方是作者所欲享用、追求。

（二）【表3-5-1-2】初地、法雲地

標號	詩　　　句	語典解釋
1	竹徑連初地，蓮峰出化城（王維〈登辨覺寺〉，頁176）	「初地」，謂修行過程十個階位中的第一階位，大乘菩薩十地中，以歡喜地爲初地，此句指佛寺下方的最初臺階；修行最重初心，《華嚴》云：「初發心時，便成正覺是也，故曰心地初。」；「幾地」意指修行的次第，十地修行中要到何地才能自心受用、內心一片生機？
2	開門得初地，伏檻接諸天（全唐詩・皇甫冉〈奉和獨孤中丞游法華寺〉，頁2815）	
3	佛因初地識，人覺四天空（高適〈同群公登濮陽聖佛寺閣〉，頁180）	
4	願開初地因，永奉彌天對（高適〈同馬太守聽九思法師講金剛經〉，頁323）	
5	累劫從初地，爲童憶聚沙（孟浩然〈登總持浮圖〉，頁58）	
6	願聞第一義，迴向心地初（杜甫〈謁文公上方〉，頁951）〔註116〕	
7	眾香深黯黯，幾地蕭芊芊（杜甫〈秋日夔府詠懷奉寄鄭監李賓客一百韻〉，頁1715）	

〔註116〕參見頁51解釋。

8	我師一念登初地，佛國笙歌兩度來（全唐詩・段懷然〈挽涌泉寺僧懷玉〉，頁2877）

　　王維〈登辨覺寺〉中描繪登佛寺的感觸，在一片竹林地上的小路，它一直延伸到層層階梯，詩人拾級而上，心中體悟到修習佛法亦需從最初的地方開始，在登臨的過程中，王維忽見蓮花峰現出佛寺，猶如《法華經》中佛陀所變現的城廓一般。對於有心修行者而言，眼見處處是佛心、身觸事事皆佛意，詩人以竹徑對蓮峰，由最低處映照高聳的蓮峰，象徵修行的逐步踏實，再由菩薩行的初始地映對佛經的化城則有深意，欲臻菩薩地需經十地修行，每至一地都有不同體觸，修行者不可誤此地為解脫，這都只是過程、只是化城，只有修至法雲地所見佛城才是真實無妄；皇甫冉〈奉和獨孤中丞游法華寺〉中談及游寺心得，詩人走到寺中樓閣，打開大門只見一層層階梯，這場景猶如修行者需從最初發心地往上走，並經一層層的磨練方得以證道，扶著樓梯的欄杆往上爬，彷彿可由此到達諸天神聖所居之各種殊勝天界；高適〈同群公登濮陽聖佛寺閣〉中指出想修行至佛境界，一切還須生初心、由初地修起，由最基礎向上邁進，當修行者能將身心修至超出無色界之外，則佛果當有可能。高適在〈同馬太守聽九思法師講金剛經〉中指出欲修大乘菩薩道的修行者，其願力的開始即是從初地生發，經過磨練、修持進而逐步提昇直至十地、佛境界，詩人在此表露想修行佛法的初心，並以效法道安的「彌天」之德為典範。

　　孟浩然〈登總持浮圖〉中闡述自己登上佛塔的感觸，無論世界生滅幾次、時間有多遠，對於修行而言，一切均得由發初心、立初地開始，猶如行走這佛塔的階梯，從下而上才能到達最高處，詩人登上佛塔向外遙視，記起《法華經》中童子因聚沙成佛塔之因緣而成道的典故。杜甫在〈秋日夔府詠懷奉寄鄭監李賓客一百韻〉中提及寺中香煙嬝嬝，遮蔽了光線而略顯黯朦，在此有虔誠禮佛之意，但當修行者不斷往上爬昇時，內心總有深層的不確定感，因為不知何年何月才能到達究竟？杜甫已體悟此點，才說出「幾地肅芊芊」的感慨，詩人接著又說多想無用，還是努力行道才是真理；段懷然在〈挽涌泉寺僧懷玉〉中恬懷僧人德行，言其修行虔誠、精進，其初發修行之念時，即已頓入歡喜地，當功果已滿，乍見佛菩薩以天樂銀蓮臺接往西方淨土，僧人一見自己的蓮臺只是銀座，遂懺悔再精進修行，不久佛菩薩再以天樂金蓮臺接引，僧人才告別眾人、歡喜圓寂。

（三）【表 3-5-1-3】法雲地、淨居天、次第禪

標號	詩　　句	語典解釋
1	寒空法雲地，秋色淨居天（王維〈過盧員外宅看飯僧共題七韻〉·頁 342）	「法雲地」，大乘菩薩修行的第十個階位，此位成就大法智，具足無邊功德，法身如虛空，智慧如大雲；「淨居天」，佛教稱修四禪定，死後可生於色界四禪天，在色界四禪之最高處，有五重天，為證得不還果的聖者所生之處，因無外道雜居，故名淨居；「次第禪」，佛教修行禪定有九個次第，又稱「九次第定」，九者，自初禪至滅受想定，凡九種也，次第者，謂人若入禪時，智慧深利，能從一禪又入一禪，如是次第而入，心心相續，不生異念，無間無雜、定者，攝心不亂也。
2	身逐因緣法，心過次第禪（王維〈過盧員外宅看飯僧共題七韻〉·頁 342）〔註 117〕	

　　王維〈過盧員外宅看飯僧共題七韻〉中闡揚佛教的修行階次，或許詩人在看見員外飯僧而心有所感，佛教有六度萬行法，每一度法都是得無上佛慧的前提，員外的佈施亦是如此，一階階往上修持，最終得入法雲地。詩人再將場景轉入天地景色，寒空中所覆蓋之雲層，猶如得入法雲地時所得之無上佛慧，正普照著大地，而此秋色的明淨，亦如聖者所居之淨居天無垢而純然。詩人在此以法雲地對舉淨居天有其深意，無論是修習菩薩道還是禪定法，要修至究竟，都無法離開進入人群的修行，這是大乘菩薩道的精神，不為自己求安樂，但願眾得離苦即是最好的註解。

二、佛教的宇宙世界、輪迴觀念

　　《楞嚴經》卷四云：「何名為眾生世界？世為遷流、界為方位。汝今當知，東西南北，東南、西南、東北、西北上下為界；過去、未來、現在為世。」這是佛教的宇宙世界觀，這其中兼有時間與空間的意義。陳詠明在《佛教的大千世界》中進一步闡明佛教所構築的時空界，他說：

　　　　但佛教的世界在形態、結構、本質上與我們現在的世界有很多
　　　　根本差別。譬如，佛教說世界中央是一座山，最外圍也被山圍繞著。
　　　　中間有四大部洲，人類居其中之一。人與各種生靈升沉浮降，居於

〔註 117〕參見頁 110 解釋。

不同的境界，有三界、六道、十界等分別，形成立體的層次。人類
的生命，是一個不斷投胎轉生的過程，歷史只有從前生、今生、來
生即「三世」的角度考慮才有意義。形態相同的世界有無數個，像
恆河裡的沙子一樣多。整個世界並非直線或螺旋形上升地發展演
化，而是歷經成、住、壞、空等階段，無盡地反覆循環。〔註118〕

佛教講三世因果輪迴，認為此生的種種均來自於前生的造作，來生的處境則
由今生的善惡作為決定，除此之外，佛教的時間與空間概念如陳詠明所述，
自有一套主張，這些教義串起佛教的宇宙觀、輪迴觀，釋迦牟尼在世時亦曾
顯法輪邀請來自不同世界的佛、菩薩、也提及自己的眾多前世因緣；也在佛
經中授記眾菩薩、弟子，預言其將來成就與轉生之處。所以近禪的詩人受此
啟發，在詩文中猜測自己的前世、或是談及佛教的時間與空間觀念，展現曠
達無礙的氣魄，或藉此時空論及修行事，試就整理敘述如下：

（一）【表3-5-2-1】世界、三千、諸天、三界、三天、空界、大千、
　　　十方、天

標號	詩　　句	語典解釋
1	此地日清淨，諸天應未如（岑參〈觀楚國寺璋上人一切經院南有曲池深竹〉・頁218）	「世界」，猶言宇宙。世指時間，界指空間；「三千」，即三千大千世界，以須彌山為中心，七山八海交互繞之，更以鐵圍山為外郭，是日一小世界，合此小世界一千為小千世界，合此小世界一千為中千世界，合此中千世界一千為大千世界；「諸天」，欲界有六天，謂之六欲天、色界之四禪有十八天、無色界之四處有四天、其他有日天、月天、韋馱天等諸種天神，即諸天部也；「三界」，佛教指眾生輪迴的欲界、色界和無色界；「三天」，佛教稱欲界、色界、無色界為三天；「空界」，六界之一，謂無邊之虛空也、「六界」，又日六大，地水火風空識之六法也，此六法各有分齊，故名
2	聞有胡僧在太白，蘭若去天三百尺（岑參〈太白胡僧歌〉・頁404）	
3	訪道三千界，當仁五百年。……開門得初地，伏檻接諸天（全唐詩・皇甫冉〈奉和獨孤中丞游法華寺〉・頁2815）〔註119〕	
4	金沙童子戲，香飯諸天食（全唐詩・儲光羲〈京口題崇上人山亭〉・頁1403）	
5	下視三界狹，但聞五濁腥（全唐詩・獨孤及〈題思禪寺上方〉・頁2759）	
6	佛因初地識，人覺四天空（高適〈同群公登濮陽聖佛寺閣〉・頁180）	

〔註118〕參見陳詠明《佛教的大千世界》，臺北：文津出版社，1997年6月版，頁9。
〔註119〕前二句參見頁49解釋、後二句參見頁147解釋。

7	諸天合在藤蘿外，昏黑應須到上頭（杜甫〈涪城縣香積寺官閣〉·頁986）	爲界；「大千」，即大千世界，三千大千世界也；「十方」，指東西南北及四維上下。
8	諸天必歡喜，鬼物無嫌猜（杜甫〈山寺〉·頁1060）	
9	取供十方僧，香美勝牛乳（杜甫〈太平寺泉眼〉·頁600）	
10	今我一禮心，億劫同不移。〔註120〕蕭蕭松柏下，諸天來有時（王昌齡〈香積寺禮拜萬迴平等二聖僧塔〉·頁5）	
11	閉戶脫三界，白雲自虛盈（王昌齡〈靜法師東齋〉·頁111）	
12	累劫從初地，爲童憶聚沙。〔註121〕……坐覺諸天近，空香逐落花（孟浩然〈登總持浮圖〉·頁58）	
13	竹栢禪庭古，樓臺世界稀（孟浩然〈臘八日於郯縣石城寺禮拜〉·頁76）	
14	香氣三天下，鐘聲萬壑連（李白〈春日歸山寄孟浩然〉·頁683）	
15	騰身轉覺三天近，舉足迴看萬嶺低（李白〈別山僧〉·頁745）	
16	萬象分空界，三天接畫梁（李白〈秋日登揚州西靈塔〉·頁977）	
17	朝坐有餘興，長吟播諸天（李白〈答族姪僧中孚贈玉泉仙人掌茶〉·頁898）	
18	清樂動諸天，長松自吟哀（李白〈陪族叔當塗宰遊化城寺升公清風亭〉·頁965）	
19	墨點三千界，丹飛六一泥（王維〈和宋中丞夏日遊福賢觀天長寺之作〉·頁499）	
20	山河天眼裡，世界法身中（王維〈夏日過青龍寺謁操禪師〉·頁362）	
21	山河窮百二，世界接三千（全唐詩·王縉〈游悟眞寺〉·頁1311）	

〔註120〕參見頁130解釋。
〔註121〕參見頁147解釋。

　　岑參〈觀楚國寺璋上人一切經院南有曲池深竹〉中讚嘆楚國寺的佛氛濃烈、僧人修行虔誠，讓此佛地愈顯清淨，再加上院南的曲池深竹相映襯，實有佛國淨土之殊勝，詩人認爲即便是天人所居的三界諸天，亦不如此地之莊嚴。在〈太白胡僧歌〉中則言在太白山上有胡僧，其所居寺院距離三界諸天僅有三百尺之遙，形容其深居潛行，旁人尋找不易；儲光羲〈京口題崇上人山亭〉中指出《法華經》記載童子聚沙成佛塔，後來因童子們爲護沙塔而被水沖走亡身，佛陀印證此些童子已成道升兜率天的故事，而《維摩經》則記載維摩詰居士至香積國，求得香積如來的香飯，並將此缽香飯施予眾天神與諸天大眾，這兩個故事均是大乘菩薩的行道精神；獨孤及〈題思禪寺上方〉描述從山寺從下俯視，只體悟到佛教所說的三界都不是解脫的究竟地，就以眼見之欲界而言，處處充滿著五濁惡氛與腥臭穢氣；高適〈同群公登濮陽聖佛寺閣〉中指出想修行至佛境界，一切還須生初心、由初地修起，由最基礎向上邁進，當修行者能將身心修至超出無色界之外，則佛果當有可能。

　　杜甫〈涪城縣香積寺官閣〉中描述香積寺位於山頂，佛殿外生長著漫漫藤蘿，此句意指佛菩薩的存在境界在三界之外，詩人透過佛義傳達欲飽覽勝景，唯有在傍晚入寺才得以一觀。杜甫〈山寺〉中指出若行佛事，則三界諸天神祇必當歡喜賜福，鬼物等邪靈必不敢對其有所猜疑、加害。詩人用諸天神祇對應鬼怪，其中所傳達出的氛圍在於修佛者受天地神鬼的庇蔭。杜甫在〈太平寺泉眼〉中表達此泉的珍貴，它可供養來此寺的十方僧眾，泉水味美而色清，詩人甚至將世尊年幼多病故多飲牛乳的事做比喻，隱含泉水有治病的神奇療效，至少對身體有幫助是肯定的。〔註122〕王昌齡〈香積寺禮拜萬迴平等二聖僧塔〉中則言佛塔旁有松柏環繞著，更現周圍氣氛肅靜，有時彷若覺得此地像是三界諸天之一地，諸天神祇有時亦會至此禮拜二位聖僧。王昌齡〈靜法師東齋〉中則言法師已脫落紅塵俗染，不再讓六識向外攀緣習染，法師的修持當已超脫三界束縛，進入一切隨運自然、一片天成的眞如法界；孟浩然〈登總持浮圖〉中言自己在佛塔上禪坐，頓覺身心已近三界諸天，在聖境佛土中，聆聽諸佛菩薩之妙法，此時天花紛紛灑落，空中呈顯出陣陣異香。在〈臘八日於郯縣石城寺禮拜〉中則言石城寺的景觀，寺中種滿年代久

〔註122〕現今僧人之所以能飲用乳製品，導因於佛陀曾飲用牛乳的記載。《維摩經》云：「阿難白佛言：……『憶念昔時，世尊身小有疾，當用牛乳。』」詳見《大正藏》第十四冊，頁 542。

遠的竹柏，輝映著院剎之古，其樓閣高聳壯麗，登上遠望只覺世界之大而人生之渺小。詩人用竹柏之古相對下句的世界之大，在時間與空間的相映下，佛寺超時越空的形象卓然挺立。

李白〈春日歸山寄孟浩然〉中描述寺院的環境，佛殿所焚之香飄散於三界諸天，鐘聲一山連一山地傳遞迴響著。李白〈別山僧〉中提到與僧人一起上山，爬至高點頓覺離三界諸天甚近，抬足往下看只見眾山嶺都低低的。李白在〈秋日登揚州西靈塔〉中指出宇宙萬象分佈在這無邊的虛空界中，西靈塔的雕飾畫樑高聳直上雲霄，似與三界諸天相連接。李白〈答族姪僧中孚贈玉泉仙人掌茶〉中提到作者與中孚僧相互贈詩，對發現仙人掌茶相當自豪，有天早上起床後，心中對詩句有所餘興，故長聲歌吟，盼能將詩句傳播至三界諸天。李白〈陪族叔當塗宰遊化城寺升公清風亭〉中提及與叔父遊覽化成寺所感，此二句說明遊覽時聽到動人的美妙清樂傳來，悅耳樂聲恐將驚動三界諸天神祇，長松經風吹拂而發出自哀的吟聲。

王維〈夏日過青龍寺謁操禪師〉中讚美禪師對佛法的修持與體悟，山河大地均在禪師的天眼觀照裡，世上一切事物都在僧人的功德法身所涵蓋的範圍中。對於佛教徒來說，一花一世界，一葉一如來，所有可見物均蘊藏佛法，所以不論是大如須彌山或小如浮游，都是佛法、都在修者的一心一念中，真修行者能徹悟與佛不別的佛性，使法身顯現而含藏一切萬有。王維〈和宋中丞夏日遊福賢觀天長寺之作〉中指出若修行者能逐步積累自己的德行、修行佛法，終有成佛的時候，如道士修練丹丸般需經長時間的煉製，服食後即能羽化成仙；王縉〈游悟真寺〉中描述悟真寺位處形勢極其險要之地，悟真寺的所在是一個世界，而佛教認為宇宙共有三千大千世界，人若虔心修行，便可得其佛慧，即使人在小千世界，亦可連接大千世界。

（二）【表3-5-2-2】劫、前後際、六時

標號	詩　　　句	語典解釋
22	授余金仙道，曠劫未始聞（李白〈贈僧崖公〉·頁542）	「劫」，梵語劫簸的簡稱，譯為時分或大時，即通常年月日所不能計算的極長時間。「萬劫」，劫為分別世界成壞之時量名。萬劫者，經世界成壞一萬，言時之極長也；；「前後際」，佛家以
23	一坐度小劫，觀空天地間（李白〈同族姪評事黯遊昌禪師山池二首·其一〉·頁942）	

24	宴坐寂不動，大千入毫髮，湛然冥眞心，曠劫斷出沒（李白〈廬山東林寺夜懷〉·頁1075）	前際、中際、後際爲三際，猶言三世；「六時」，佛教分一晝夜爲六時：晨朝、日中、日沒、初夜、中夜、後夜。
25	朗悟前後際，始知金仙妙（李白〈與元丹丘方城寺談玄作〉·頁1059）	
26	六時自搥磬，一飮常帶索（王維〈燕子龕禪師詠〉·頁572）	
27	五月寒風冷佛骨，六時天樂朝香爐（杜甫〈嶽麓山道林二寺行〉·頁1986）	
28	昔喜三身淨，今悲萬劫長（全唐詩·張謂〈哭護國上人〉·頁2026）	
29	寶龕經末劫，畫壁見南朝（全唐詩·皇甫曾〈贈鑒上人〉·頁2185）	
30	誓將歷劫願，無以外物牽（全唐詩·閻防〈晚秋石門禮拜〉·頁2842）	
31	深知憶劫苦，善喻恒沙大（高適〈同馬太守聽九思法師講金剛經〉·頁323）	

　　李白在〈贈僧崖公〉中說承蒙傳授我世尊以來的佛法眞諦，是無始劫以來未曾聽聞過的事理。李白〈同族姪評事黯遊昌禪師山池二首·其一〉中言自己在昌禪師的指導下禪坐，詩人甚有心得，在山池上一坐就彷若經過一小劫的時間，詩人再用此心觀看天地，亦體悟到萬物爲空之理。李白〈廬山東林寺夜懷〉中指出自己正在淡定寂然地持守此眞實無妄之心，斷絕萬劫的時間活動，使此眞心恆久不變。李白〈與元丹丘方城寺談玄作〉中言自己在禪坐中，朗然省悟過去、未來與現在的種種，始知世尊佛法的精深奧妙；王維在〈燕子龕禪師詠〉中讚揚燕子龕禪師的修行精苦，一晝夜六個時辰均親自擊磬做佛事，亦奉行一日一餐的的頭陀行、與身繫粗麻做的腰帶。

　　杜甫〈嶽麓山道林二寺行〉中則描述二寺勝景與概況，此二句在說明寺院在山中，故即使五月夏天仍有寒風吹拂著寺中建築，而僧眾則無時無刻朝向佛殿的香爐方向，進行梵唱與誦經。詩人以五月對仗六時，是季候節令與時辰的對應，即使在尚寒的五月，虔心的僧眾不分時辰不間斷地修行，換而言之，對於修佛者來說，不論何時何季都是修行的好時機。張謂〈哭護國上人〉中感慨上人過往總喜愛身、心、性的清淨無礙，不願受紅塵所染著，雖然如今已修至身、心、性的純然清淨，上人卻功果圓滿、進入涅槃，留存活

著的我，則因上人的涅槃而悲痛萬分，這內心的悲傷是無法用時間來衡量；皇甫曾在〈贈鑒上人〉中提到因寺院有鑒上人的德行，才能使得佛理、佛教遠播而未受佛法末劫的影響，寺中畫壁猶可見當年南朝的佛法隆盛；閣防〈晚秋石門禮拜〉中立下誓願，願將無始劫的長久時間以來，在佛前所立的志願全要付之實行，不再被外物塵緣所侵擾、牽纏；高適在〈同馬太守聽九思法師講金剛經〉中指出僧人深知人於無始劫前已在世上，並身受各種痛苦而不斷輪迴，其輪迴的次數與所受的苦痛，猶如恒河沙一般無可勝數。

（三）【表3-5-2-3】宿世、前身、來世、宿命

標號	詩　　句	語典解釋
1	宿世謬詞客，前身應畫師（王維〈題輞川圖〉·頁477）	「宿世」，前世、前生；「前身」，猶前生；「來世」，佛教輪迴的說法，人死後會重行投生，因稱轉生之世為來世；「宿命」，宿世之生命，佛謂世人於過去世皆有生命，或為天或為人，或為餓鬼畜生，展轉輪迴，謂之宿命，能知宿命者，謂之宿命通。
2	殷勤結香火，來世上牛車（全唐詩·張謂〈送僧〉·頁2026）	
3	幾年出家通宿命，一朝卻憶臨池聖（全唐詩·朱逵〈懷素上人草書歌〉·頁2137）	
4	詩從宿世悟，法為本師傳（全唐詩·李嘉祐〈送弘志上人歸湖州〉·頁2152）	
5	心照有無界，業懸前後生（全唐詩·劉慎虛〈登廬山峰頂寺〉·頁2862）	

王維〈題輞川圖〉中說出自己秉承累世業緣，今生作了個不稱職的詩人，我的前生應該是一位畫師；張謂在〈送僧〉中自我表白，自己已與僧人訂下契約，今後要努力修行，來世一起進入無上涅槃法門，共登彼岸，此詩亦可解為僧人與世尊立下努力修行之願，期盼來世登上無餘涅槃；朱逵〈懷素上人草書歌〉中指出懷素剃度出家後，因虔心修行竟獲得神助，能明白人的宿世業緣，有天頓覺原來自己宿世因緣中，曾是一位大書法家；李嘉祐在〈送弘志上人歸湖州〉中指出詩的領悟力要靠宿世讀書的積累，但佛法的傳承則需要授戒僧人的指點，詩人在此讚揚上人之德行，足以堪任傳法大任。劉慎虛〈登廬山峰頂寺〉中云登廬山峰頂寺的感觸，佛法認為人若能內觀己心則可徹見世間一切有無法的真相，世間萬物本為空相，惟有業識、業障會隨著輪迴而影響各人的前後生。

三、佛教的淨土、佛國、彼岸世界、佛教勝地

　　修持佛教的最終目的，高柏園在《禪學與中國佛學》中指出：「『木村泰賢教授曾舉出佛教的二大使命：一、解脫的要求，二、完成更好世界的建設，並指出淨土理想正是結合此二大使命的結合。』而印順法師亦謂：『從自身清淨，而更求剎土的清淨，（這就含攝了利益眾生的成熟眾生），才顯出大乘佛法的特色。』。」〔註123〕大乘佛法離不開淨土，淨土思想是大乘法，高柏園再以印順法師所言敘之：「往生西方淨土，是大乘法門；大乘法，建立於菩提心；離了菩提心，即不成其為大乘了。」〔註124〕往生淨土即是希望能得超脫、從此岸到彼岸，此彼岸名佛教稱其為西土極樂、佛國或是彼岸世界。淨土就是佛所居住的世界，各個淨土又依每位佛的願力而有所區別，如阿彌陀佛的極樂世界，強調在世唸佛，若能一心不亂，死後即可往生極樂世界；又如彌勒佛所創的彌勒淨土，修持彌勒法門，死後可往生兜率宮外院享受天人之樂，若能不被迷惑再持之以恆修行，即可再進兜率宮內院聆聽彌勒佛說法。因此，近禪詩人常在詩中透過各種比喻論及淨土，有時是嚮往之心的流露、有時是讚美景物如淨土。除形而上的淨土外，盛唐詩人在遊歷山川之際，往往會參訪一些佛教聖地，所以在詩中會提及這些靈境；也有可能是佛典中所記載之世尊靈修地，詩人心中有感而在詩中有所呈現，試就整理敘述如下：

（一）【表3-5-3-1】蓮花、淨土、佛界、佛國、金池、兜率天、蓮花藏、清淨土、西方、金地

標號	詩　句	語典解釋
1	著處是蓮花，無心變楊柳（王維〈酬黎居士淅川作〉·頁232）〔註125〕	「蓮花」，喻佛門的妙法，在此指淨土；「佛界」，十界之一，諸佛之境界也、「佛國」，佛之國土也，「佛國」，佛所住之國土，又佛所化之國土也。淨土固為佛國，穢土就佛之所化，亦可云佛國，如娑婆世界為釋迦如來之佛國；「兜率天」，佛教謂天分許多層，第四層叫兜率天，它的內院是彌勒菩
2	偏依佛界通仙境，明滅玲瓏媚林嶺（全唐詩·皇甫冉〈雜言無錫惠山寺流泉歌〉·頁2796）	
3	我師一念登初地，佛國笙歌兩度來（全唐詩·段懷然〈挽涌泉寺僧懷玉〉·頁2877）〔註126〕	

〔註123〕參見高柏園《禪學與中國佛學》，臺北：里仁書局，2001年3月版，頁246。
〔註124〕參見高柏園《禪學與中國佛學》，臺北：里仁書局，2001年3月版，頁247。
〔註125〕參見頁130解釋。
〔註126〕參見頁147解釋。

4	地靈資淨土，水若護眞如（全唐詩・孫逖〈和崔司馬登稱心山寺〉・頁 1195）〔註 127〕	薩的淨土，外院是天上眾生所居之處；「淨土」，佛所居住的無塵世污染的清淨世界、一名佛土，多指西方阿彌陀佛淨土；「蓮花藏」，諸佛報身之淨土也，爲寶蓮華所成之土，故名；「金地」，佛教謂菩薩所居以黃金鋪地，故稱，近淨土之義；「清淨土」、「西方」，均指淨土；「金池」，淨土世界有七寶池，八功德水充盈其中，池底以金沙鋪展
5	世界蓮花藏，行人香火緣（全唐詩・綦母潛〈滿公房〉・頁 1372）〔註 128〕	
6	梵宇開金地，香龕鑿鐵圍（全唐詩・宋昱〈題石窟寺〉・頁 1217）〔註 129〕	
7	一承微妙法，寓宿清淨土（全唐詩・崔曙〈宿大通和尚塔敬贈如上人兼呈常孫二山人〉・頁 1602）〔註 130〕	
8	不應歸北斗〔註 131〕，應是向西方（全唐詩・張渭〈哭護國上人〉・頁 2026）	
9	天宮上兜率，沙界豁迷明（孟浩然〈陪張丞相祠紫蓋山述經玉泉寺〉・頁 68）	
10	客來花雨際，秋水落金池（李白〈同族姪評事黯遊昌禪師山池二首〉其二・頁 942）	

　　皇甫冉〈雜言無錫惠山寺流泉歌〉中提到流泉繞經佛寺周圍，旁人由外觀之，彷彿泉水有靈，可以讓人循著流泉而直達諸天神人所居聖境，泉水忽隱忽現地出沒於山嶺林間中，讓人對山、泉、寺充滿明亮而又柔媚的情感；張渭〈哭護國上人〉中提及上人涅槃後的靈魂歸處，不會去道教主管死亡的北斗星君處，而是回到佛菩薩所居住的西方淨土；孟浩然〈陪張丞相祠紫蓋山述經玉泉寺〉中描述在玉泉寺的感觸，詩人讚嘆玉泉寺的建築宏偉，如同彌勒佛的兜率天宮，登上此寺彷彿受佛力加披、智慧頓開，使心中猶如恆河沙般多的迷惑世界，竟一掃而盡，由迷惑轉開悟；李白在〈同族姪評事黯遊昌禪師山池二首〉其二，則描述山池之殊勝，詩人以佛教天女散花之典，形容每當昌禪師在此開壇說法時，其精彩奧妙猶如世尊在世說法，常令天人讚嘆，紛紛以花供養，而此地因有禪師的駐守而顯現濃厚的佛氛，山池彷彿是極樂淨土的七寶池，璀璨極妙非凡。

〔註 127〕參見頁 122 解釋。
〔註 128〕參見頁 110 解釋。
〔註 129〕參見頁 85 解釋。
〔註 130〕參見頁 46 解釋。
〔註 131〕道教稱北斗星君。《雲笈七籤》卷二四：「丹元星天之斗君，主命錄籍。上總九天譜錄，中統鬼神簿目，下領學眞兆民命籍，諸天諸地，莫不總統。」

（二）【表 3-5-3-2】佛教聖地：天台山、五臺山、雪山、清涼山、廬山

標號	詩　　句	語典解釋
1	天台積幽夢，早晚當負笈（全唐詩・皇甫曾〈贈沛禪師〉・頁 2186）	「天台」，即天台山，山名佛教天台宗亦發源於此；「五臺」指五臺山，傳說是文殊菩薩的道場；「雪山」原指印度北部喜馬拉雅諸山，相傳世尊曾在此修行，後借指佛門聖地；「清涼山」，五臺山別名；「廬山」，東漢時即已成中國佛教勝地。
2	佛川此去何時回，應眞莫便游天台，（全唐詩・皇甫曾〈錫杖歌送明楚上人歸佛川〉・頁 2188）〔註 132〕	
3	許生五臺賓，業白出石壁（杜甫〈夜聽許十一誦詩愛而有作〉・頁 247）	
4	地靈步步雪山草，僧寶人人滄海珠（杜甫〈嶽麓山道林二寺行〉・頁 1986）〔註 133〕	
5	自云歷天台，搏壁躡翠屏（李白〈贈僧崖公〉・頁 542）	
6	蕭然松石下，何異清涼山（李白〈同族姪評事黯遊昌禪師山池二首〉其一・頁 942）	
7	高人往來廬山遠，隱士往來張長公（李頎〈送劉四赴夏縣〉・頁 97）	

　　皇甫曾〈贈沛禪師〉中提及想去天台山的願望不斷在隱約的夢境中積累，遲早有一天，當負笈前往參訪。筆者認爲這兩句的意涵可代入僧人或作者均通，但偏向後者，指作者有心想去參訪沛禪師；杜甫〈夜聽許十一誦詩愛而有作〉中稱讚許生修行精進，已斷除、淨化自己的黑業復歸於白業，但杜甫自言雖有心持修禪門，但心已被世務所纏，無法生發智慧，期盼許生能啓發自己並解脫心中所縛；李白〈贈僧崖公〉中描述崖公遊歷天台山的場景，他曾在山上用身體緊貼翠屏山壁，並輕步小心行走。李白〈同族姪評事黯遊昌禪師山池二首〉其一，則讚賞昌禪師所居之地實爲聖地，其居處的松石下方自有一股蕭寂冷然的氛圍，此與佛教天台山別名清涼山又有什麼差別呢？李頎〈送劉四赴夏縣〉中讚揚劉四所結交的佛門高僧，都是如廬山慧遠般有德行之人，所結交的儒道隱士，都是如張長公般的眞隱士。

〔註 132〕參見頁 56 解釋。
〔註 133〕參見頁 89 解釋。

四、四大、假合

佛教對眼見世界的組成有其觀點，他們認爲有形世界的一切均是由地、水、火、風四個元素所組成，如以人體構造而言，骨骼、皮肉是由地的元素所組成，人體內的血、痰、淚等是水所組成，人身上有溫度是火的元素所組成，人會呼吸則是風的元素。然而人身或是宇宙萬物既然都是四大所組，其本身並無實體，故稱爲假合、幻身。盛唐詩人亦透由四大假合傳達外在功名終是空虛之感，試就整理敘述如下：

（一）【表3-5-4-1】四大、輪風、風火、四大假合、幻身

標號	詩　　　句	語典解釋
1	水潔三空性，香沾四大身（全唐詩·寇坦〈同皇甫兵曹天官寺浴室新成招友人賞會〉·頁1211）〔註134〕	「四大」，地大、水大、火大、風大。地以堅硬爲性，水以潮濕爲性，火以溫暖爲性，風以流動爲性。世間的一切有形物質，都是由四大所造，如人體的毛髮爪牙，皮骨筋肉等是堅硬性的地大；唾涕膿血，痰淚便利等是潮濕性的水大；溫度暖氣是溫暖性的火大；一呼一吸是流動性的風大；「輪風」，即「風輪」，佛教認爲整個三千大千世界的構成是大地下有水輪、水輪下有風輪，風輪下是空輪，三千世界以風輪爲基；「假合」，眾緣之假和合也。和合必有離散，是一時之和合而非永二久，故云假；「幻身」，人身無實如幻，是名幻身，亦即人身無實的意思。
2	了觀四大因，根性何所有（王維〈胡居士臥病遺米因贈〉·頁528）	
3	大地了鏡徹，迴旋寄輪風（李白〈贈僧崖公〉·頁542）	
4	騰轉風火來，假合作容貌（李白〈與元丹丘方城寺談玄作〉·頁1059）	
5	回首空門外，皓然一幻身（全唐詩·常袞〈登棲霞寺〉·頁2852）〔註135〕	

王維在〈胡居士臥病遺米因贈〉中指出自己的佛法見解，詩人對萬事萬物均由地水火風所造作、聚合而成的道理，已觀察並透徹了解，然而同由四大因所構成的人之根性，何以又有某些人的善業生發的多，有些人則惡業不斷，這其中的緣由爲何？李白〈贈僧崖公〉中指出對大地的了解相當透澈，也知道大地的迴旋變化需依靠風輪；李白〈與元丹丘方城寺談玄作〉中指出自己對佛教的體悟，他說騰轉於宇宙間的地、水、火、風四大元素，相互假合而形成我的身體容貌。

〔註134〕參見頁104解釋。
〔註135〕參見頁47解釋。

五、佛經中的聚會、人物、景物、動植物

　　盛唐詩人在詩句中會提到特定的佛經世界、人物、景物與動植物等，如提及將來彌勒佛下生人間時所開的龍華會，意在廣渡人天；另有佛教的世界觀點，如鐵圍山、香山等；還有佛經中的天人，如天女、天龍等；尚有提及佛經所言及的動、植物，如香象、優曇花等；也提及佛教的五眼之一，如能透視一切的天眼；佛經中也常用天人或人天來泛指一切眾生、用天界、下界指天神界與人界。試就整理敘述如下：

（一）【表 3-5-5-1】鐵圍山、天女、天眼、香山、龍華

標號	詩　　　　句	語典解釋
1	梵宇開金地，香龕鑿鐵圍（全唐詩·宋昱〈題石窟寺〉·頁 1217）〔註136〕	「鐵圍」，此指鐵圍山，佛教認為南贍部洲等四大部洲之外，有鐵圍山，周匝如輪，故名，圍繞鹹海而區劃一小世界之鐵山也，由鐵而成，須彌山為中心，外有七山八海，第八海即鹹海，贍部等四大洲在此，圍繞此鹹海者，即鐵圍山，此為一小世界；「龍華會」，彌勒菩薩今在兜率天內院，經當來五十六億七千萬年於此土出世，在華林園中龍華樹下開法會，普度人天，謂之龍華會。後指寺院活動；「天女」，欲界六天之女性也。色界以上之諸天無婬欲，故無男女之相；「天眼」，佛教所說五眼之一。又稱天趣眼，能透視六道、遠近、上下、前後、內外及未來等；「香山」，在無熱池之北，閻浮提洲之最高中心。漢所謂崑崙山也。俱舍論謂之香醉山。今地學家所謂脫蘭斯喜馬拉雅山也。
2	羽人飛奏樂，天女跪焚香（王維〈過福禪師蘭若〉·頁 593）	
3	山河天眼裡，世界法身中（王維〈夏日過青龍寺謁操禪師〉·頁 362）〔註137〕	
4	石壁開金像，香山倚鐵圍（孟浩然〈臘八日於郯縣石城寺禮拜〉·頁 76）〔註138〕	
5	紫極殿前朝伏奏，龍華會裡日相望（李頎〈失題〉·頁 193）	
6	窗燈林靄裏，聞磬水聲中。更與龍華會，爐煙滿夕風（全唐詩·陸海〈題龍門寺〉·頁 1231）	

　　王維〈過福禪師蘭若〉中提到寺院壁畫，其上有飛仙正吹奏著仙樂，仙女則跪下禮拜、燒香奉佛。李頎〈失題〉中寫出明顯對照，我們在宮殿中伏奏政事，也在寺院活動中有所照面。陸海在〈題龍門寺〉中指出寺院籠罩在一片煙靄中，

〔註136〕參見頁 85 解釋。
〔註137〕參見頁 60 解釋。
〔註138〕參見頁 59 解釋。

在溪水聲中聞聽著鐘磬聲。如今幸逢寺院舉辦活動，在黃昏的此刻，清風吹來都帶著爐煙香氣。

（二）【表3-5-5-2】優曇花、香象、天龍、龍、瑞花

標號	詩　　句	語典解釋
1	手持貝多葉，心念優曇花（全唐詩・張謂〈送僧〉・頁2026）〔註139〕	「優曇花」，是多年生草，莖高四五尺，花作紅黃色，產於喜馬位雅山麓及錫蘭等處，二千年開花一次，開時僅一現，故人們對於難見而易滅的事，稱爲曇花一現；世稱三千年開化一度。值佛出世始開；「香象」，佛經中指諸象之一。其身青色，有香氣；「天龍」，謂諸天與龍神；「龍」，八部眾之一，有神力，變化雲雨，五不思議之中有龍之不思議，孔雀王經等說諸龍王之護持佛法；「瑞花」，即優曇花，南史曰：「優曇華乃佛瑞應，三千年一現，現則金輪出世。」
2	香象隨僧久，祥鳥報客先（全唐詩・皇甫冉〈奉和獨孤中丞游法華寺〉・頁2816）	
3	鳴鐘山虎伏，說法天龍會（高適〈同馬太守聽九思法師講金剛經〉・頁323）〔註140〕	
4	瑞花長自下，靈藥豈須栽（孟浩然〈本闍黎新亭作〉・頁405）	
5	鳥聚疑聞法，龍參若護禪（李白〈春日歸山寄孟浩然〉・頁684）〔註141〕	
6	誦戒龍每聽，賦詩人則稱（岑參〈寄青城龍溪奐道人〉・頁89）	
7	積水浮香象，深山鳴白雞（王維〈和宋中丞夏日遊福賢觀天長寺之作〉・頁499）	

　　皇甫冉〈奉和獨孤中丞游法華寺〉中指出寺中香象雕飾，已在寺中跟隨僧人長久的時間，寺中受佛法薰陶的鳥兒，若有信徒來寺便會鳴叫著告知眾人；孟浩然〈本闍黎新亭作〉中提及寺中臨水亭子旁長滿傳說的優曇花，詩人即指此地爲殊勝寶地，方能長出佛教寶花，推而擴之，傳說的仙丹靈藥自然也會生長在此聖地，兩句都在強調本闍黎所居地的不凡；岑參〈寄青城龍溪奐道人〉中指出奐道人已得佛法眞義，每當他登壇講述佛家戒儀時，天龍八部紛紛來至人間爲其聽法、護法，而僧人所作詩歌亦爲人們所讚賞；王維〈和宋中丞夏日遊福賢觀天長寺之作〉中云寺院中的池塘彷若有香象游動著，這是以香象代指此地的殊勝，連香象都在此游動著，而深山中養著道教所認爲可避邪的白毛雞。

〔註139〕參見頁54解釋。
〔註140〕參見頁95解釋。
〔註141〕參見頁132解釋。

（三）【表 3-5-5-3】天人、人天、下界

標號	詩　　句	語典解釋
1	問義天人接，無心世界閒（全唐詩·王縉〈同王昌齡裴迪游青龍寺曇壁上人兄院集和兄維〉·頁 1311）〔註142〕	「天人」、「人天」，天與人，即六趣中之天趣與人趣也、亦泛指諸世間、眾生；「下界」，人界也。對於天上界而言。
2	鳴鐘集人天，施飯聚猿鳥（全唐詩·崔顥〈游天竺寺〉·頁 1322）〔註143〕	
3	且駐西來駕，人天日未曛（全唐詩·綦毋潛〈題靈隱寺山頂禪院〉·頁 1370）	
4	遠近作人天，王城指日邊（全唐詩·郎士元〈送大德講時河東徐明府招〉·頁 2780）	
5	下界千門在，前朝萬事非（全唐詩·李嘉祐〈蔣山開善寺〉·頁 2150）	
6	峰巒低枕席，世界接人天（李頎〈宿香山寺石樓〉·頁 174）	

　　綦毋潛〈題靈隱寺山頂禪院〉中提及靈隱寺是經由天竺僧人慧理至此創立，寺中有其舍利塔，詩人遊覽至此，心中有感，描述此時人間、天上均尚未至黃昏，即指佛教的傳播仍有相當大的空間、未至結尾；郎士元〈送大德講時河東徐明府招〉提及不論遠方或近處都是眾生界，僧人大德要前往王城的日子已為期不遠，即將到來；李嘉祐〈蔣山開善寺〉中云在人世間有著許多修行的法門，詩人在佛法氛圍的感召下，頓悟、省思著自己從前所為的種種錯誤；李頎〈宿香山寺石樓〉中描述自己夜宿香山寺石樓的感觸，石樓外是連綿的山巒，在此住宿彷若山巒都比我的枕頭低，這石樓似乎是連接天上與人間的重要橋樑。

六、小　結

　　近佛禪的盛唐詩人們，除了以空無、假有等佛理來勉勵自己，也對佛教的佛國世界嚮往，詩人明白修行是一階階往上走，對於修行的各個階段都相當清楚，因為大部分的人都需大善知識指引，罕有人能如慧能般聞法頓悟，

〔註142〕參見頁 129 解釋。
〔註143〕參見頁 94 解釋。

既然嚮往佛國淨土，他們在詩中對淨土的環境也有認知、說明，這也顯示盛
唐詩人對修行佛禪有相當程度的掌握，不是修行的門外漢。

第六節　其　它

　　盛唐詩人除了以上五節所述的常見佛語外，尚有部分少見的佛語散在各
處，因多屬少數例，故統一整理在此敘述。佛教僧人對於非僧侶一律稱呼施
主，即使出家前的父母亦然，王維在詩中提到的「檀越」就是施主的另稱，
至於「居士」則是僧俗統稱已受佛戒而未出家之佛徒名；苑咸藉古印度字母
的特點指《涅槃經》所說的三德、以「名言」指一切法之名目與文字；佛家
有四萬八千法門，隨其因緣而各說其法，此為方便法門；佛家有「五陰十八
界」和五濁、劫濁之說，前者指廣義的物質與精神世界，以及佛教對佛教對
世界一切現象所作的分類、概括，後者則指塵世中的煩惱痛苦熾盛，充滿五
種渾濁不淨，分別為命濁、眾生濁、煩惱濁、見濁與劫濁；佛教亦喜用恆河
之沙喻指人在世間的渺小，亦借由「人身難得」的佛義，勉人及時、早日修
行，因為比起連佛性都沒有的草木，擁有佛性的人要修至佛果當是較為可能；
佛教重功德的累積，佈施是最簡易的入路，一般人或許無法佈施金錢，但施
飯於僧人則不困難，這就是飯僧之意；宗教的修持會附加產生某種奇妙的力
量，統稱為神通，如五通、十通等，三明則屬五通之三；至於「僧氣」、「香
雲」則指寺院之氛圍與瑞象；「金繩」指離垢國用以分別界限的金製繩索；「應」
是僧徒與信徒之間的重要因素，試就整理敘述如下：

（一）【表 3-6-1】檀越

標號	詩　　　　　句	語典解釋
1	上人飛錫杖，檀越施金錢（王維〈過盧員外宅看飯僧共題七韻〉‧頁 342）〔註144〕	「檀越」，梵語的音譯，指施主。

〔註144〕參見頁 83 解釋。

（二）【表 3-6-2】三點成伊、名言

標號	詩　　　　句	語典解釋
1	三點成伊猶有想，一觀如幻自忘筌（全唐詩・苑咸〈酬王維〉・頁 1316）	「三點成伊」，指古印度的字母，原寫作不縱不橫的三個點，佛教借此三點不縱不橫的三角關係，以喻教義，一般指《涅槃經》所說的三德：法身德、般若德和解脫德，天台宗亦因以指空、假、中；「名言」，名目與言句，即一切法之名字與言句。
2	彼此名言絕，空中聞異香（王昌齡〈題僧房〉・頁 131）〔註145〕	

　　苑咸〈酬王維〉中指出梵文字母中由三點組成的文字，即是中國文字中的伊字，對於這種知識，王維是要經過思考、學習方能得知，但習禪精深的王維，在其妙智慧的觀照下，並不會拘泥文字表義，深明文字僅是透澈佛義的媒介，文字本身並無實體、其體終究爲空幻，欲得甚深佛法大義仍需實行實證才能體悟。

（三）【表 3-6-3】方便

標號	詩　　　　句	語典解釋
1	何用求方便，看心是一乘（全唐詩・皇甫曾〈送普上人還陽羨〉・頁 2181）	「方便」，有二釋：一對般若而釋。二對眞實而釋。對般若而釋，則謂達於眞如之智爲般若，謂通於權道之智爲方便。權道乃利益他之手段方法，依此釋則大小乘一切之佛教，概稱爲方便。
2	念茲泛苦海，方便示迷津（孟浩然〈還山詒湛法師〉・頁 125）〔註146〕	

　　皇甫曾〈送普上人還陽羨〉中指出佛教爲因應不同環境、階層的人們，而有各種不同的方便法門，但詩人在此認爲不論何種法門，只要從心做起、修起，謹愼每一個心念，則終歸大乘佛法，得其至高無上的一乘妙法。

〔註145〕參見頁 78 解釋。
〔註146〕參見頁 117 解釋。

（四）【表3-6-4】五濁、劫濁

標號	詩　　　句	語典解釋
1	下視三界狹，但聞五濁腥（全唐詩·獨孤及〈題思禪寺上方〉·頁2759）〔註147〕	「五濁」，命濁、眾生濁、煩惱濁、見濁、劫濁。命濁是眾生因煩惱叢集，心身交瘁，壽命短促；眾生濁是世人每多弊惡，心身不淨，不達義理；煩惱濁是世人貪於愛欲，瞋怒諍鬥，虛誑不已；見濁是世人知見不正，不奉正道，異說紛紜，莫衷一是；劫濁是生當末世，飢饉疾疫刀兵等相繼而起，生靈塗炭，永無寧日。
2	劫濁相從慣，迷途自謂安（全唐詩·獨孤及〈詣開悟禪師問心法次第寄韓郎中〉·頁2764）	

　　獨孤及在〈詣開悟禪師問心法次第寄韓郎中〉指出自己早已習慣在這末世的戰亂中存活，隨著世俗的價值觀活著，心中貪嗔痴樣樣俱足，以為這樣生活是一件心安理得的事、亦是此世間人人必走的過程。

（五）【表3-6-5】五陰十八界

標號	詩　　　句	語典解釋
1	色聲何為客，陰界復誰守（王維〈胡居士臥病遺米因贈〉·頁528）	「陰界」，此指五陰十八界，五陰即五蘊，指廣義的物質世界與精神世界的總和；十八界，佛教以人的認識為中心，對世界一切現象所作的分類、概括。或說，人的一身即具此十八界，包括能發生認識功能的六根（眼界、耳界、鼻界、舌界、身界、意界），作為認識對象的六境（色界、聲界、香界、味界、觸界、法界）和由此生起的六識（眼識界、耳識界、鼻識界、舌識界、身識界、意識界）。
2	如是觀陰界，何方置我人（王維〈與胡居士皆病寄此詩兼示學人二首〉·頁532）	

　　王維在〈胡居士臥病遺米因贈〉中提及一切肉眼所見、六識所生的種種境界，何以要定位為客呢？這世界的一切生滅現象又要任命誰來操持守護呢？王維提出人的妄心妄識不僅帶來狂亂，更是心靈的重大負荷。王維在〈與胡居士皆病寄此詩兼示學人二首〉中辯證佛理，指出如果用世俗的觀點，察看佛教所言的五陰十八界，即物質世界與精神世界的總和、人的六根塵所對外認知的世界現象，塵俗所看為實有，但佛教認為這些都是虛妄，但世俗會認為佛教既言萬物虛妄，那所言輪迴的主體與有情眾生要如何存在？

〔註147〕參見頁151解釋。

（六）【表 3-6-6】恆河沙數

標號	詩　　句	語典解釋
1	深知憶劫苦，善喻恒沙大（高適〈同馬太守聽九思法師講金剛經〉‧頁 323）〔註 148〕	「恆河沙」，恆河是印度大河，兩岸多細沙，佛說法時，每以恆河之細沙喻最多之數；「沙界」，謂多如恒河沙數的世界。
2	天宮上兜率，沙界豁迷明（孟浩然〈陪張丞相祠紫蓋山述經玉泉寺〉‧頁 68）〔註 149〕	
3	問言誦咒幾千徧，口道恒河沙復沙（李白〈僧伽歌〉‧頁 406）〔註 150〕	

（七）【表 3-6-7】金繩

標號	詩　　句	語典解釋
1	前驅入寶地，祖帳飄金繩（杜甫〈陪章留後惠義寺餞嘉州崔都督赴州〉‧頁 1023）	「金繩」，佛經謂離垢國用以分別界限的金製繩索。《法華經》：「國名離垢，琉璃爲地，有八交道，黃金爲繩，以界其側。」
2	金繩開覺路，寶筏度迷川（李白〈春日歸山寄孟浩然〉‧頁 683）〔註 151〕	

　　杜甫〈陪章留後惠義寺餞嘉州崔都督赴州〉中指出在惠義寺設帳，餞別崔嘉州，詩中所言寶地、金繩，均泛指佛寺、佛地。

（八）【表 3-6-8】飯僧

標號	詩　　句	語典解釋
1	仲月期角巾，飯僧嵩陽寺（王昌齡〈緱氏尉沈興宋置酒南溪留贈〉‧頁 92）	「飯僧」，猶言齋僧。
2	憶昨花飛滿空殿，密葉吹香飯僧遍（李頎〈愛敬寺古藤歌〉‧頁 102）	
3	傍見精舍開，長廊飯僧畢（孟浩然〈疾愈過龍泉精舍呈易業二公〉‧頁 79）	

〔註 148〕參見頁 117 解釋。
〔註 149〕參見頁 158 解釋。
〔註 150〕參見頁 77 解釋。
〔註 151〕參見頁 45 解釋。

　　王昌齡〈緱氏尉沈興宋置酒南溪留贈〉中提及自己有歸隱山林之意，將在嵩陽寺齋僧修行佛法；李頎〈愛敬寺古藤歌〉中回憶起當年寺中花開花落時，花朵飄散整個寺院大殿，僧人們在飄散香氣的濃蔭下吃著齋飯；孟浩然在〈疾愈過龍泉精舍呈易業二公〉中言己正步行山林，見一座龍泉精舍，此時寺中僧人午膳已用畢。

（九）【表3-6-9】無情無佛種

標號	詩　　句	語典解釋
1	草木本無性，榮枯自有時（孟浩然〈江上寄山陰崔少府國輔〉‧頁132）	指草木無佛種、佛性的存在。

　　孟浩然〈江上寄山陰崔少府國輔〉中提及草木等無情物，本來就沒有所謂的佛性，其生成凋落受到大自然規律的支配。此一觀點在《敦博本‧六祖壇經》中的〈真假動靜偈〉已經提到，慧能云：「不動是不動，無情無佛種。」

（十）【表3-6-10】三明、神通

標號	詩　　句	語典解釋
1	八解禪林秀，三明給苑才（孟浩然〈本闍黎新亭作〉‧頁405）〔註152〕	「三明」，指天眼明、宿命明、漏盡明；「神通」，不可測又無礙之力用，謂為神通或通力，有五通、六通、十通之別。
2	攬彼造化力，持為我神通（李白〈贈僧崖公〉‧頁542）	

　　李白〈贈僧崖公〉指出自己從宇宙運行的造化中攬取力量，藉此力量成為我修行得取神通的助緣。

（十一）【表3-6-11】僧氣、香雲

標號	詩　　句	語典解釋
1	頭陀雲月多僧氣，山水何曾稱人意（李白〈江夏贈韋南陵冰〉‧頁584）〔註153〕	「僧氣」，佛家的氣息，此指寺院中的靜肅氛圍；「香雲」，美好的雲氣，
2	香雲徧山起，花雨從天來（李白〈尋山僧不遇作〉‧頁1066）	最勝王經六日：「所有種種香雲香蓋，皆是金光明最勝王威神之力。」

〔註152〕參見頁137解釋。
〔註153〕參見頁88解釋。

　　李白〈尋山僧不遇作〉中描述佛寺周圍的雲氣逐漸湧起聚集，花朵如雨般從天飄落。詩人表面描繪山景，實則從香雲聚集、花雨飄落中，讚揚僧人宣講佛法之深妙，天地亦爲之感應。

（十二）【表 3-6-12】人身難得

標號	詩　　　句	語典解釋
1	了心何言說，各勉黃金軀（李白〈贈僧朝美〉‧頁 632）	「黃金軀」，寶貴的身體。此指「人身難得」，謂因行五常五戒，出離四趣，方得人身；人界之生也。梵網經序曰：「一失人身，萬劫不復。」涅槃經二十三曰：「人身難得，如優曇花。」要修煉成佛須靠此人身。

　　李白〈贈僧朝美〉中指出對於佛法妙義若能了悟於心，則毋須透過言語表達出來，深信輪迴的佛教強調人身難得，欲得無上甚深佛法，仍需藉由人身修持，故深契佛義的李白才會最後勸勉朝美，應珍惜難得的人身、好好修行。

（十三）【表 3-6-13】居士

標號	詩　　　句	語典解釋
1	青蓮居士謫仙人，酒肆藏名三十春（李白〈答湖州迦葉司馬問白是何人〉‧頁 876）	「居士」，梵語意譯。原指古印度吠舍種姓工商業中的富人，因信佛教者頗多，故佛教用以稱呼在家佛教徒之受過三歸、五戒者。

　　李白〈答湖州迦葉司馬問白是何人〉中指出自己是從天上被貶謫到人間的仙人，身藏酒店中已過三十多個春天。

（十四）【表 3-6-14】應

標號	詩　　　句	語典解釋
1	願聞開士說，庶以心相應（岑參〈寄青城龍溪奐道人〉‧頁 89）〔註154〕	「相應」，相契合。然梵語有二：謂事物之契合也。如心心所之相應是也；謂契合於理也。華嚴論曰：「一念相應一念佛，一日相應一日佛。」

〔註154〕參見頁 58 解釋。

（十五）【表 3-6-15】清涼

標號	詩　　　句	語典解釋
1	塔劫宮牆壯麗敵，香廚松道清涼俱（杜甫〈嶽麓山道林二寺行〉・頁 1968）	「清涼」，可解爲「清涼山」，即五臺山，《華嚴經疏》云：「清涼山者，即代州雁門郡五臺山也。以歲積堅冰，夏仍飛雪，曾無炎暑，故名清涼。」亦可解爲「清涼三昧」，即斷一切憎愛之念使爲清涼之三昧也。《大集經》十四曰：「有三昧，名曰清涼，能斷離憎愛故。」筆者認同後者解釋，因杜甫此詩在言山寺之清涼微風沁人心脾，使人忘卻諸多煩惱。

　　詩人稱讚嶽麓寺與道林寺的佛塔、寺院宮牆建築，足可以壯麗二字相配，寺中香廚齋飯猶如《維摩詰經・香積佛品》所載處處飄香，在寺中道路的兩旁種滿松樹，行走其中常有清涼風襲來，頗有《大般涅槃經》卷九所言：「善男子，譬如有國多清涼風，若觸眾生身諸毛孔，能除一切鬱蒸之惱。」〔註 155〕能除一切的鬱惱。詩人在此以寺院宮牆對舉香廚松道的作法甚有奇趣，寺牆隔絕塵俗與淨土，人在外所見只是壯麗，然而當人在內所見即又增添另一種佛氛，其能使人身心靈都清涼暢快。

（十六）【表 3-6-16】蓮華臺、青蓮、水月

標號	詩　　　句	語典解釋
1	吾知多羅樹，卻倚蓮華臺（杜甫〈山寺〉・頁 1060）〔註 156〕	「蓮華臺」即「佛座」；「青蓮」，佛教以爲蓮花清淨無染，故常用以指稱和佛教有關的事物，如「合丹只用青蓮花」中用青蓮花之葉修廣，青白分明，好像人的眼睛，所以拿來譬喻佛的眼睛，而李白二詩中的青蓮則指心之清淨無染；「水月」，水中之月。水月有影無實，以喻諸法無有實體。常形容明淨。
2	河上老人坐古槎，合丹只用青蓮花（王昌齡〈河上老人歌〉・頁 211）	
3	戒得長天秋月明，心如世上青蓮色（李白〈僧伽歌〉・頁 406）〔註 157〕	
4	了見水中月，青蓮出塵埃（李白〈陪族叔當塗宰遊化城寺升公清風亭〉・頁 965）	

〔註 155〕參見《大正藏》，第十二冊，第 660 頁中。
〔註 156〕參見頁 54 解釋。
〔註 157〕參見頁 127 解釋。

| 5 | 觀心同水月，解領得明珠（李白〈贈
宣州靈源寺仲濬公〉‧頁 631）〔註
158〕 | |

　　佛教喜用蓮花代表清淨無染，也常用蓮花表示與佛教相關的事物，因此詩人受此啟發，亦透過蓮花表達自己追求清淨的理想、或是稱讚修行者的境界，這種習慣沿習至今日，許多佛教團體即用各種不同的蓮花圖案代表自己；佛教也用水月的潔白晶瑩特色，表以心之清淨無著，盛唐詩人多有承繼。王昌齡〈河上老人歌〉中指出河畔有位老人坐在浮木上，其調製丹藥以清淨無染為象徵的青蓮花為主要材料；李白〈陪族叔當塗宰遊化城寺升公清風亭〉中稱讚升公其心猶如水中所見明月般清澈無瑕，又如青蓮般純淨無染、超脫紅塵之外。

　　因此一小節的例子都較少，要說代表性也稍嫌薄弱，故筆者不再加上小結。雖然詩人援引這些佛禪語的例子不多，但仍具有相當程度意義，是盛唐佛禪多元化的呈現。

〔註 158〕參見頁 124 解釋。